追放された俺が外れギフト『翻訳』で最強パーティー無双！

～魔物や魔族と話せる能力を駆使して成り上がる～

②

高野ケイ

イラスト／熊野だいごろう

TOブックス

キャラクター紹介

カサンドラ

魔族とのハーフの少女。

『魔性の預言者』近い未来をみたり、予言をさずかったりできるものの、それを他人に伝えることはできないというギフトを持つ。

一見冷たそうに見えるが、心を開いたものには優しい。シオンに救われた。

シオン

『万物の翻訳者』という動物や魔物と会話をするギフトを持つ少年。人とも魔物とも偏見なく接するお人よし。

シュバイン

魔物でありながら、シオンとパーティーを組んでいるオーク。戦う事が大好きで、強い奴に出会うためにシオンについてきた。

ライム

可愛い女の子と仲良くなるためにシオンと旅をしているスライム。プルプルとした肌が気持ちいい。

通称『エロイム』

c t e r s

追放された俺が外れギフト
『翻訳』で最強パーティー無双！
2
～魔物や魔族と話せる
能力を駆使して
成り上がる～

イアソン

『アルゴーノーツ』というシオンの元パーティーのリーダーで追放した張本人の一人。シオンとアスクレピオスとは幼馴染。

アスクレピオス

『医神の申し子』というギフトを持つ『アルゴーノーツ』の一員。シオンとは幼馴染。無表情だが、シオンにはよく甘える。

ヘルメス

吟遊詩人のような帽子をかぶった優男。言動が意味深だが、その正体は……？

アンジェリーナ

冒険者ギルドの受付嬢で、シオンが冒険者になった時から世話をしている。優しく面倒見が良いシオンの憧れの女性。巨乳。

ペルセウス

メデューサといる冒険者の青年。いつもメデューサに罵られているが嬉しそうにしている。実は結構強い。

メデューサ

ペルセウスと一緒にいるゴルゴーンの少女。普段はツンツンしているがペルセウスが好き。

c h a r a

イラスト／熊野だいごろう
デザイン／伸童舎

contents

夜分遅くに俺は、自分の部屋で一人の少女と向かい合っていた。純白のローブを身に纏い、腰まで伸びた輝くような銀髪の美少女は、無表情のまま俺の話に相槌を打っていた。

「ふーん……色々あったんだね……」

あの後、外で話すのもあれなので、久々に会ったアスを俺の部屋に招待し、紅茶をご馳走しながらも、これまでにあった事を話していたのだ。

イアソンとメディアにパーティーを追放された事、そしてカサンドラとの出会い、緊急ミッションでのギフト持ちのオークとの戦いを経て、新しいパーティーを組んだ事などだ。

全てを話した俺だったが、アスは相変わらず不機嫌そうに紅茶を飲んでいる。それでも、最初のように無感情な目で延々と「……で？」って繰り返して問われるのよりはマシである。特にカサンドラの名前を出したあたりから怖かった。いや、なんなのあれ？　マジで泣きたくなったんだけど!!

しかし、予想外だったのは、アスが俺をパーティーから追放することを知らなかった事である。アスに限ってそんな嘘をつくはずはない。ならば、なんでイアソンはそんなすぐにばれる嘘をついたのだろうか。

「あのね……シオン、私は怒ってるんだよ……なんで怒っているかわかるかな？」

「その……なんで怒ってるんでしょうか？」

俺はアスに恐る恐る聞き返す。人形の様に綺麗な顔だからか、無表情で眉をひそめていると妙な迫力があるのだ。彼女はカップに入った紅茶を飲み干すと、彼女にしては珍しく饒舌にしゃべった。

「君はちゃんとイアソンと話したの？　イアソンだって、本気でシオンを追放しようとしたはずないでしょ？　だって私達は三人で英雄になろうって約束したんだよ！　どうせ、メディアの馬鹿にそそのかされたんだよ。「シオンがパーティーにふさわしいか試します」とか何とか言ってさ……なんで幼馴染なのにそんなこともわからないの……！」

「いや……だって、あいつらは、俺ではもうついてこれないって……」

「イアソンの馬鹿は素直じゃないから、シオンに発破をかけただけに決まってるでしょ。そのくせ、意地っ張りだから、君がパーティーを本当に抜けるって言って、どうすればいいかわからなくなったんだよ。そういう面倒くさいやつだって幼馴染の私や、君ならわかっていたでしょう⁉」

「え……いや……」

　俺はあの時の事を思い出す。確かにイアソンは、前から俺が強くなることよりも、サポートに回っていた事を怒っていた。だから、あんなことを言ったのか？　そう言われてみると、あいつが新しい仲間を入れていたのも、カサンドラとあいつが模擬戦をした後の話だ。まさか、あいつは俺が戻るのを待っていたのか？　あほかよ、あいつは！　わかりにくすぎる。ああ、でもイアソンはそういうところがある男だった。例えばCランクで燻ぶっている冒険者達にも俺の時と同様に煽ったものだ。

　でも、それはアスの想像に過ぎない。あの場にいなかったアスの想像にすぎないのだ。それに……仮に発破をかけるにしても言って良い事と悪い事はあるはずだ。俺の顔を見て、アスはため息をついた。

「でもね、私が怒っているのはイアソンや、シオンだけにじゃないんだよ。そんなにも自分の力に苦しんでるシオンに気づけなかった私自身にも怒っているんだ。君がつらかった時にいっしょにいてあげられなかった私自身にも怒っているんだ……シオン、本当にごめん。私は君の幼馴染なのに……君が悩んでいる時になにもしてあげられなかったね……私がイアソンとメディアの馬鹿達を土下座させるから『アルゴーノーツ』に戻ってくれないかな」

俺はそう言って頭を下げるアスの言葉に、何も言い返すことはできなかった。アスの言葉の通り、あれは俺を奮い立たせるための言葉だったという可能性もある。でも、あの時の言葉の通りに本当に追放されていた可能性だってある。

そして、それはもう確かめようのないことだ。今イアソンに聞いたところで意地っ張りなあいつからはちゃんとした答えは返ってこないだろう。そして、もう、これは終わった話なのだ。

だって、俺のパーティーはもう、『アルゴーノーツ』ではないのだから……カサンドラやライム、シュバイン達と組んだパーティー『群団（レギオン）』なのだ。

確かにパーティーを組んでいる時間は短いけれど、苦難を乗り越えた彼女達とは、確かな絆がある。だからアスには言わなければいけない。俺はこの幼馴染に伝えなければいけない。俺の気持ちを……。

「ごめん、アス……俺はもう……」

「そっか、仕方ないよね。まあ、イアソンが悪いんだから仕方ないよ。あの二人にはちゃんと罰を与えるから安心して……」

「ひぇっ!!」

アスの顔を見て俺は思わず悲鳴を上げてしまった。無表情だけど、その瞳には確かな怒りが籠っていた。アスは怒ると本当に怖いんだよなぁ……昔の事を思い出して、俺は背筋が凍る。

「まあ、イアソンの話はもうどうでもいいんだ。終わったことだから。それよりもさ……」

いや、どうでもよくはないよね？　と突っ込みをいれようと思いつつ、再び感情の無い目になったアスをみて俺は言葉を呑み込んだ。マジで怖いんですけど!?

「カサンドラってどんな女の子なのかな……？　アンジェリーナさんや、ポルクス以外にも敵が現れるのは予想外……迂闊だった」

「ああ、良いやつだよ。ちょっとコミュ障なところもあるけど、腕も立つし頼りになるんだ」

後半はごにょごにょと呟いていたからよくは聞こえなかったけど、アスの問いかけに俺は答える。おそらく、俺の新しい相棒がどんな人間か、心配してくれているのであろうアスに、俺はカサンドラがどんなに良いやつで、どれだけ信頼しているかを伝える。

するとと、彼女はまたぶつぶつと言いながら何かを考えているようだった。でも、なんで不機嫌になってるんだ？

「ふーん、どんな人物かだいたいわかったかな……それで、明日、シオン達を指名してクエストを依頼していいかな……？　Bランク以上じゃないと難しい依頼なんだ……」

「ああ、今はクエストを特に受けてないから大丈夫だと思うけど、一応みんなに確認とってからでいいか？」

「うん……もちろん……ありがとう……シオンとまた一緒にいれるね」

そういうと彼女は嬉しそうに笑った。久々に笑う幼馴染を見て俺もつられて笑う。なんだかんだアスは寂しがり屋なところがあるんだよなぁ……。

「じゃあ、明日一緒にギルドに行こう……今日は旅から帰ってきて体が重いし……いっぱい喋ったからか疲れた……もう寝るね……」

「え、ちょっと待って？　ここ俺の部屋なんだけど⁉　ここに泊まるつもりじゃないよね？」

そう話している間にも彼女はローブを脱いで着替え始める。俺は慌てて反対方向を向いて見ないようにするが、布のすれる音がなんというかエッチな想像を掻き立てる。

「問題ない……私達は昔から一緒に寝てたし……パーティー組んだ最初の頃も雑魚寝してた……大丈夫……」

「それは子供の頃だし、パーティーを組んでた時はイアソンもいたよね⁉」

「じゃあ……おやすみ……」

振り向くと、いつの間にか彼女は俺のベッドに入っていた。俺は慌てて彼女に話しかける。

「ちょっと、アス⁉　話は終わってないんだけど……？　寝るの早くない？　おーい」

「こんな真夜中に宿も決まっていない女の子を放り出すの……？　シオンの鬼畜……」

「う……いや、それは……」

「やっぱり……シオンは優しい……と言うわけでおやすみ。フフ……シオンの匂いだ……癒される……」

そういうと彼女は寝息を立てはじめた。耳元で叫んで起こそうかと思ったが、幸せそうに寝ている彼女の寝顔をみて俺は諦めた。

まあ、俺とアスなら幼馴染だし変なことはおきないだろう……いや、おきないよね？　とはいえ、さすがに同じベッドはまずいよね。まあ、床に毛布でもしけばいいか……と思っていると、彼女の指が俺の服の裾を掴んでいた。振りほどこうとすると、彼女の口から小さい声がこぼれた。

「シオン……一緒にいて……寂しい……」

それは寝言だったのかもしれないし、彼女の本音だったのかもしれない。彼女からすれば旅から帰ってきたら、パーティーは解散して、幼馴染の一人は行方不明。もう一人は他のパーティーを結成していたのだ。不安になるのも無理はないだろう。

「大丈夫、俺はここにいるよ」

そういって彼女の横に寝ると心なしか彼女が微笑んだ気がした。そうして俺たちは同じベッドで眠りにつくのだった……。


って眠りにつけるはずないだろ？　隣に女の子がいるんだよ。いくら幼馴染だからって寝れないよ!?　待ってこういう時どうすればいいの？　あれだ、隣にいるのはゴブリン隣にいるのはゴブリン……いや、ゴブリンがいたら恐いよ。ここは、ダンジョンか？　それにこんな綺麗なゴブリンはいない。

うおおおおおおお、どうすればいいんだぁぁぁぁ!!　その日俺は結局一睡もすることはできなかった。

「シオン……おはよう……おかげでよく寝れたよ……」

「そうか、そりゃあよかったね……」

俺はあくびを噛み殺しながら顔を洗う。テーブルには、アスが用意してくれた朝食のパンと何かの肉、そしてハーブティーが並べられていたのでご馳走になる。少し早く起きたのは朝食を準備してくれていたからのようだ。

アスの淹れてくれたハーブティーによって、俺は頭が覚醒していくのを実感する。アスは医術のスペシャリストだ。『医神の申し子』たるギフトは回復系の頂点である。法術の効果の上昇はもちろんの事、毒や薬の効果も分析することができるらしい。例えば、彼女の力ならば軽い効果しかないハーブティーも、適切な配合によって法術と同じくらいの効果を持つのだ。

頭がすっきりした俺はどうしても聞かなければいけないことを思い出した。

「あのさ……この肉ってなに？」

「ん？　トロル……豚みたいでなかなか美味しい……あと、活力が湧く……」

やっぱりぃぃぃぃぃ!!　これが彼女の悪癖である。研究熱心な彼女の好奇心は薬草などだけではなく、魔物食などにもその興味は及んでいる。しかも質が悪いことに味は良いし、ギフトを使って調べているので、毒などの心配もないのだ。でもさ、魔物を食べるって抵抗ない？　あいつら二本足で歩くし、俺の場合はギフトのおかげで言葉もわかるんだよ。

俺がフォークを止めていると彼女は怪訝な顔をした。

「頑張って作ったんだけど……迷惑だった……？」

「いや、懐かしいなって思ってさ!!　おお、やっぱり朝はトロル肉だよね」

「そう……よかった……シオン体調悪そうだったから元気が出るものにしたんだ……」

彼女は俺がトロル肉を食べるのをみると幸せそうに笑った。やけになって食べるとむちゃくちゃうまいし、マジで体力が回復してきたんだけど……これ本当に何なんだ？

「トロルの肉に強壮効果のあるハーブを使うと、体力が回復する……最近発見した……寝不足の人間にも効果はあるよ」

確かにトロルは再生力の高い魔物だ。死んでもその効果は完全に失われずに違う効果を生み出すという事だろうか？　悔しいことに寝不足による体力の低下は完全に消え去った。頭もはっきりしてきたし、本題に入るとしよう。

「それで目的の物は見つかったの？」

「うん……材料の一つに目星はついた……そのためにシオン達の力を借りたい……」

「それが昨日言っていたクエストか……パーティーの皆にも聞いてみるけど大丈夫だと思う。それにアスの力にはなりたいしね」

「ありがとう……シオンならそう言ってくれると思った……」

そういうとアスは微笑みを浮かべる。彼女には一つの夢がある。それはすべての病や傷を癒す万能薬を作ること。実際、そんなものはできないかもしれない。だが彼女のギフトならばそれに近いものを作ることができる可能性がある。

イアソンは力で人を救う英雄を目指し、彼女は薬で人を救う英雄を目指しているのだ。魔物食もその研究の一環である。毒が薬になるように、魔物の肉や素材が、意外な効果を生む事がある。そして彼女は使えそうな素材の話を聞くと、パーティーを抜けて時々素材を探す旅に出るのだ。

「ちなみにこのハーブも新作？」

「そう……珍しい薬草があったから栽培してみた……口に合う？　ちなみに効果は二日酔いに効く」

「ああ、結構好きな味だよ、香りもいいしね」

「そう……一緒だね……私もこの香り好き」

パーティーにいる時は、時々こうしてアスの新作のお茶を飲んでたなぁと思いだす。昨日酒を飲んで帰ってきた俺のために選んでくれたのだろう。

ああ、そうだ。最近会えてなかったのでいつもの相談をすることにした。一緒に行動していた時は、よくこうしてお茶を飲みながら話を聞いてもらったものだ。

「そういえばさ、この前、アンジェリーナさんを食事に誘ったらオッケーもらったんだけどこれって脈ありかな？」

「む……シオンのへたれが動いている……アンジェリーナさんはシオンを弟としかみてない……傷つくのが嫌ならやめるべき……」

「だよねー、ちなみにポルクスからも今度遊びに行きましょうって言われたんだけどこれは何だろう？」

「む……あの小娘、私がいない間に……ポルクスはたぶんあなたの事を頼りになる先輩としかみてない……勘違いして告白して振られるシオンをみたくない……」

「だよねー、ちなみにカサンドラは……」

「シオン……パーティー内はやめるべき。別れた時にとても気まずい……」

「だよねー……先生も言ってたもんなぁ……」

俺はアスの言葉で、孤児院の先生の教えを思い出す。孤児院の先生は元冒険者で、俺達が冒険者になるって決めると色々教えてくれたのだ。

その中のアドバイスで、パーティー内では恋人を作るなと強く言われたものだ。理由は簡単、別れた後に、それまで通りサポートや信頼ができるか？　というものだった。実際恋人ができたことないからわからないけど、どうなんだろうね？

「ああ、どこかに俺とフラグが立っている女の子はいないものかな……」

「大丈夫……シオンには私がいる……」

「だって俺達家族みたいなもんじゃん。何言ってんのさ」

窓の外を見ながら俺はぼやく。やはり女性に聞くのが一番だろうと思ってアスに相談しているのだが、いつも返事は芳しくない。そりゃあ、冒険者という不安定な職業をしている俺だけど、恋人くらいほしいのだ。Bランクの冒険者って結構すごいんだよ。なのに、全然俺の周りにフラグは立たないんだけど。おかしくない？

イアソンとかは無茶苦茶モテてたのに……でも、調子にのってたらあいつはメディアに刺されて死にかけてたなっていうのを思い出した。あの時はやばかった……、死にかけの虫みたいにピクピクしていたんだよね……たぶんアスがいなかったら死んでいたかもしれない。

俺が考え事をしているとアスが「むー」と唸っていた。なんかやったかな？

「鈍感……早くギルドに行こう」

「え、どうしたんだよ、いきなり？　今準備するから待てって」

そうして俺は急に不機嫌になったアスを追いかけて、ギルドへと向かうのだった。

Bランク
アスクレピオス
ギフト『医神の申し子』
回復法術及び回復アイテムを使用した場合の効果が倍増。及び回復系の調合時の成功率及び効果アップ。
保有スキル
上級法術　傷の回復、身体能力の向上などの法術を使用可能。効果の向上。熟練度によって、制御力に補正がかかる。
中級棒術　メイスを使用したときのステータスアップ。
医神の目　みたものの傷の状況及びステータス異常、毒の有無、成分などを把握することができる。

状態異常耐性ＥＸ　　いかなる状態異常も通じない。

「なんか一緒に宿屋を出ると……恋人みたいだね……」

「いや、どちらかというと家族でしょ」

「むー……シオンの馬鹿……」

アスと一緒にギルドへ向かいながら俺達は軽口(かるくち)を交わす。そりゃあさ、若い男女が一緒に部屋から出てきたのだ。昨晩はお楽しみでしたねとか宿屋の人にも言われたけどさ。楽しんでないよ、むしろ寝不足なだけだっての。だって、俺達は幼馴染なんだから……。

「それにしても久しぶりに来る……冒険者ギルドは変わったことがあったかな？　緊急ミッションがあったって聞いたけど……」

「ああ、確かにそうだけど、そこまでの被害はなかったからね。人の出入りの変化もあまりないかな。ああ、でも、ギルドが危険を事前に防いだっていう事で、国からお金が入ったらしく、扉と壁が綺麗になったよ」

「ほんとだ……少し綺麗になってる……」

俺達はそんな世間話をしながら、冒険者ギルドの扉を開けてそのまま、いつもの定位置のテーブルへと向かう。

「シオン、その女の人は誰かしら？　随分仲が良さそうだけれど……」

アスを俺達のたまり場へと案内していると、カサンドラと目があったので手を振ったのだが、なぜか鋭い視線を向けられた。心なしか声も硬い気がする。ちなみに、ライムやシュバインもいるようだ。

『うわぁ……修羅場だ……シュバイン、逃げよう。ここは地獄になるよ』

『ん、なんでだ？　あー、恋のあれこれか？　なら、両方と付き合えばいいじゃねえか？』

『いいから……人間はめんどくさいんだよ』

たまり場で待っていたカサンドラが、なぜか不機嫌そうな顔でアスを見る。アスの方もカサンドラに対して無表情だ。

え？　二人とも初対面だよね。なんでこんな険悪な感じなの？　そしてライムはシュバインに乗って、酒場の方へと逃げやがった。仲間なんだから助け合おうよ……どうするんだ、この空気……。

「私はアスクレピオス……長いからアスでいいよ……私はシオンの幼馴染にして、相棒かな……」

「ふーん、相棒ね……あなたがアスなの、名前は聞いたことあるわ。私はシオンの真の相棒のカサンドラよ。よろしくね、元相棒さん」

「む……私の方が相棒歴が長いんだから敬語を使うべき……新人相棒さん」

そういうとカサンドラとアスは笑いながら睨みあう。お互い笑みを浮かべているけど、目が笑ってないから怖いんだけど……こいつらマジでなんで仲悪いの？　もしかして前世で宿敵同士だったとか？　まあ、とにかく一緒に行動をするのだ。険悪なままではまずいだろう。

「アスは俺達を指名して依頼をしてくれるらしいんだ。だから、そんな喧嘩腰にならないでくれると助かるんだが……」

「無理よ。だってこいつは、イアソンと一緒にあなたを追放した元パーティーメンバーでしょう⁉ 許せるわけがないでしょ。そもそも、なんで、あなたはこいつと仲良さそうにいるのよ‼」

俺はその一言でハッとする。ああ、そうか、カサンドラは俺のために怒ってくれていたのか……そんな彼女に思わず笑顔がこぼれる。

でもまあ、まずは誤解を解かないと……。

「カサンドラ、聞いてくれ。実はね……」

そうして、俺はカサンドラにアスが俺の追放に関わっていなかった事や、追放や新メンバーは全てイアソンとメディアの独断だったことを説明する。すると彼女はあきれたというようにため息をついた。

「本当にあのイアソンの奴は面倒くさいわね……それよりシオン……」

「ん？　どうしたんだ？」

「その……『アルゴーノーツ』に戻るとか言わないわよね」

先ほどまでの強気な表情から一転して、まるで答えを聞くのを恐れるかのように、気弱そうな顔で、俺に尋ねる。

俺はそんな彼女に心配させまいと微笑みながら答えた。同時に彼女を不安にさせたことを反省する。

「大丈夫だって。俺はもう『群団』のシオンだ。だからそんな顔しないでくれよ。相棒」

「そう……そうよね……変な事を聞いてごめんなさい、シオン」

　俺の言葉で、彼女の表情が緊張から解き放たれて柔らかくなる。そんなカサンドラと見つめ合っているとアスが、無表情のまま口を開いた。

「む……ラブコメの気配を察知……シオン、依頼の話をしてもいいかな？　後でクエストはアンジェリーナさんには出しておくけど……事前に話を聞いてほしいんだ……結構厄介(やっかい)だから……そこの二匹のお仲間さんもね……」

『強い相手だといいな』

『楽な依頼だといいなぁ……』

　アスの言葉を聞いて振り向くと、いつの間にか戻ってきたライムとシュバインも話に加わる。こいつら絶対陰で覗(のぞ)いてやがったな……後でライムをどうお仕置きしようか考えていると、アスが俺達を見回して言った。

「私は……万能の治療薬を作るための材料を探している……そしてその材料の一つが見つかったの……それを採取するのを手伝ってほしい」

「採取クエストね……わざわざBランクの私達に依頼するっていう事は、相当難易度が高いのかしら？」

　カサンドラが少し警戒をしながら尋ねる。採取クエストの難易度はそれこそピンキリだ。例えば山などに生えている薬草採りなんかは、初心者の冒険者のクエストの王道であり、冒険者ならば誰もが通る道のりだろう。

逆に難易度が高いのは強力な魔物が巣くうところにあるレア素材や、魔物から採取する場合、特殊な条件でしか採取できないものなどがある。わざわざBランクの俺たちを指名するってことはかなり難易度が高いのだろう。

「ええ、私が欲しい素材は……Bランクの魔物、ゴルゴーンの血……」

カサンドラの問いにアスはうなずいて言った。

「ゴルゴーンか……確かに厄介かな」

「中々珍しい魔物よね、しかも、血っていう事は魔術で跡形もなくってわけにはいかないわね」

『へぇ……あいつら中々厄介なスキルを持っているんだよなぁ。戦うのが楽しみだぜ』

『ゴルゴーンってみんな女の子なんだよね、ちょっと興味あるかも』

俺達はそれぞれの感想を漏らす。ゴルゴーンはトロルよりも強力で、Bランク上位の魔物である。俺達の力を試すのにはちょうどいいのかもしれない。これがうまくいったらAランクの昇進試験を受けるのもありだなと思う。

みんなの顔を見回すと、乗り気なようである。ライムだけが変な理由で、テンション上がってるけど……ゴルゴーンって、子供を孕んだら夫を食べて栄養分にしたりするやばい魔物だけど、大丈夫かな？　まあ、ライムだしいいか。そうして俺たちはアスのクエストを受けることにしたのだった。

話がまとまった俺達はアンジェリーナさんに話を通して、クエストを受けることになった。

アンジェリーナさんは、俺とアスが一緒にいることにびっくりしていたが、経緯を説明すると納得してくれたようで、「今度イアソンさんに文句を言ってあげますよ」と言ってくれたが、ギルド職員が片方の冒険者の肩を持つのはまずいような気がするんだけど……でも、彼女のその気持ちは嬉しかった。

俺達は明日の準備をするために一旦解散する。そして、冒険者ギルドでナッツをつまみながらアンジェリーナさんからもらったゴルゴーンの資料に目を通す。

ゴルゴーン　Bランクの魔物であり、魔眼(まがん)という特殊能力をもっているのが特徴である。外見は通常時こそ美しい女性だが、本性をあらわすと髪が蛇(へび)と化す。身体能力もそこそこで、そこらの一般人ならば歯が立たないだろう。

そしてなによりも厄介なのが特殊能力の魔眼であり、視線を合わせると石化してしまうのである。そのため戦闘時は視線を合せないよう戦わないといけないため前衛職のみでは苦戦を強いられるだろう。

石化の魔眼か……それなりの身体能力と、厄介な特殊能力を持つこの魔物を簡単に狩ることができれば、Aランクへの昇格も見えてくるだろう。とりあえずの作戦としてはカサンドラのスキルによる奇襲と、俺の魔術で倒すようになるだろう。シュバインには悪いが、接近戦では今回は不利そ

うなので遠慮してもらう事になるかもしれない。

資料に一通り目を通して、体を伸ばしていると、目の前に飲み物が置かれる。視線を上げると微笑んでいるアンジェリーナさんと目が合う。そして、彼女はそのまま俺の正面に座った。

「お疲れ様です、シオンさん、一生懸命がんばっているご褒美ですよ」

「いいんですか!?　ありがとうございます」

「それにしても……アスさんの件は良かったですね」

「ええ、でも……よく考えたらアスが、追放に賛成するはずがなかったんですよね……俺も思った以上にテンパっていたみたいです」

俺が飲み物に口をつけながら思わず弱音を吐くと、アンジェリーナさんが優しい笑顔を浮かべて話を聞いてくれる。

そもそもだ、アスの性格だったら追放しようという前に、俺に冒険者を辞めるように促すなり、他に生活をする方法を一緒に考えようとか言ってくるだろう。自分では気づかなかったけれど、俺はそんな事にも頭が回らないくらいテンパっていたのだろう。

「そういえば……イアソン達は見つかりましたか？」

「いいえ……緊急ミッションが終わった後からこの街では目撃情報がないみたいです。他の街にいるとしても、冒険者ギルドを通して働いているならば、何らかの情報が入るはずなんですが……」

俺の問いにアンジェリーナさんが気まずそうな顔をして首を横に振った。彼女の言葉の通り、緊急ミッションで負傷したイアソンは治療が終わると、メディアと共にどこかへと姿を消していた。

あいつはプライドが高いから、自分達が活躍できなかった事を恥ずかしがって、どこか他の街で活動しているのかもしれないとは思っていたが、アンジェリーナさんでも動向を掴んでいないとなると少し不安である。なんだかんだ幼馴染であり、冒険者パーティーだったのだ。追放されたからといって憎しみだけが残るわけでもない。

「イアソンさんの件は私の方でも、引き続き捜しておきますね、だから、シオンさんは今回の依頼を頑張ってくださいね」

「はい、ありがとうございます」

俺が返事をするとアンジェリーナさんは安心したように頷いて、また、仕事へと戻っていった。

ひょっとしたらアスと再会したことによって、俺がイアソンの事に責任を感じているのかもと心配してくれたのかもしれない。アンジェリーナさん、ありがとう。俺は再度心の中でお礼を言って明日の準備をする事にした。

翌朝準備のできた俺達はゴルゴーン達の集落へと向かって馬車を走らせていた。彼女達の集落はここから馬車で二、三日ほど走らせた森の中にあり、俺達はまず、集落の近くにある人間の村へと向かう事にしたのだ。

俺が御者台で借りた馬車を操っていると、背後からカサンドラとアスの会話が聞こえてきた。仲良くしてくれるといいんだけど……。

「それで、アスさんは戦闘ではどんなことができるのかしら？　今回は依頼者だけれど、ひょっとしたら力を借りることもあるかもしれないわ」

「もちろん……あなたたちのパーティーにはヒーラーが足りない……だから今回は私も力を貸す。ね？　シオンもその方がいいでしょう」

「まあ、俺の法術じゃあ、大きな怪我は治せないからなぁ。頼りにしてるよ」

「ふふ……私の法術は一流……怪我をしたら教えて……すぐに治してあげる……」

　アスの言葉に俺は頷いた。どこか得意げな感じがするが、頼られるのが嬉しいのだろう。昔からアスはお姉さんぶって俺の面倒を見たがるところがあるのだ。まあ、実際俺の方が一つ年下だしね。だからと言って、かすり傷でも法術を使うのはやめた方がいいと思うんだよね、ちなみにイアソンの場合は重傷じゃないかぎり放置だった。

「私がシオンをフォローするから安心して……昔からそうだった……シオンが寝込んだ時の事は覚えてる……？」

「そうだね。懐かしいなぁ、俺が風邪ひいた時はずっと看病してくれてたよね」

「懐かしい……あの頃のシオンは可愛かった……今は……少しかっこよくなったかな……」

「ふーん、ずいぶんと仲が良かったのね」

　俺がアスと会話をしていると背後から不満そうな声が聞こえた。慌てて振り向くとカサンドラが唇を尖らせている。あれ、なんか怒ってない？

「どうしたんだ、カサンドラ？」

「別になんでもないわ……私は荷物が落ちてないか見てくるわね」

そういうとカサンドラはなぜか機嫌悪そうに声を上げて、後ろの荷台の方へと行ってしまった。どうしたんだろう？　馬車に酔ったのだろうか？

『うわぁ……なんでシオンはこう、察しが悪いのかなぁ……』

『よくわからねえから俺は寝るわ。敵が来たら教えてくれ』

俺が混乱しているとライムが呆れたとばかりに溜息をついた。待って、俺が悪いの？　なんかやってしまっただろうか。

とりあえず後でライムに聞くかと俺が悩んでいると、御者台が軋む。なんだろうと思い音のした方を見ると、アスが隣にやってきて座った。

「今回は……依頼を受けてくれてありがとう……」

「気にしないでよ、俺もアスの力になりたかったしね。だからさ、カサンドラとも仲良くしてくれると助かる。あとさ、なんでカサンドラの機嫌が悪くなったかわかるかな？」

「シオンはカサンドラを信頼してるよね……視線でわかった……私は……シオンと仲良くなるのに何年もかかったのにな……」

俺の質問には答えず、なぜか彼女はぼそりと呟いた。アスはいつものように無表情だったが、その声に寂しさが籠っているのがわかった。

彼女が弱音を漏らすのは珍しい。思えばアスには本当に悪いことをしてしまった。彼女がいない間に、俺は新しいパーティーを作った上に、肝心の『アルゴーノーツ』も壊滅状態だ。いきなりの状況の変化に彼女も戸惑っているのかもしれない。

でも、そんな状況だからこそ幼馴染の本音に触れることができたのかもしれない。本心を漏らしてくれた幼馴染には、俺も本音で返すのが礼儀だろう。

「それは違うよ、アスが昔にさ、声をかけてくれたから、俺はこんな風になれたんだ。孤児院でさ、家族がいなくて、拗ねてたクソガキの俺に声をかけてくれたアスがいたから、俺は人や動物、魔物とだって仲良くなれる人間になれたんだよ」

俺の言葉に彼女は目を見開いた。その瞳には信じられないという感情があふれていて……俺は、彼女にこんな風にちゃんとお礼を言っていなかったなと反省をする。

だって、なんかこっぱずかしかったのだ。俺と彼女はずっと一緒に育って、パーティーも組んで……近すぎたから言えなかったセリフも今なら言えた。

そして、彼女の顔を見て、俺はちゃんと言葉にして、本当に良かったなって思う。だって彼女が本当に嬉しそうに笑ってくれたから。

「シオン……本当……？　私のおかげ？」

「ああ、そうだよ。あの時の俺に声をかけてくれてありがとう」

「えへへ、嬉しい……でも……なんか恥ずかしい……」

そういうとアスは珍しく満面の笑みを浮かべた。そんな彼女の顔を見て、俺は昔を思い出した。俺が初めてアスをお姉ちゃんって呼んだ時もこんな笑顔を浮かべてくれたのだ。

俺は捨て子だった。両親の顔はわからないし、捨てた理由もわからない。だけど、俺が今こうしているのはあの孤児院にいたからだ。先生がいて、アスがいて、イアソンもいて、俺はそこで色々学んだんだ。

誰かが両親や兄弟など、家族の話をするたびに、俺は胸が痛んでいたのを思い出す。俺にはそもそも家族との思い出がないから、わからなかったけれど……家族の事を思い出して泣いたり、悔しがっていた二人の気持ちはわからなかったけれど……そんな二人を見ていて、とてつもない疎外感に襲われていたのだ。

そんな俺に優しい言葉をかけてくれたのが、先生で、そんな俺を甘やかしてくれたのがアスで、そんな俺を煽っていたのがイアソンで……みんなのおかげで、俺は家族のようなものを手に入れたんだ。みんなのおかげで俺は寂しい思いをしないで済んだのだと思う。

「シオン……私、カサンドラに謝ってくる……その……私……彼女に嫉妬してたんだ……いつの間にか私の場所にいた彼女に……だから色々と当てつけみたいに昔の話ばかり話してた……」

「アス……俺も気づかなくてごめん」

そういうと彼女はカサンドラがいる荷台へと向かった。俺はアスを不安にさせてしまったのだなと後悔をする。それと同時に、俺もカサンドラに悪い事をしてしまったなと反省をする。そりゃあ、自分をそっちのけで、知らない昔話をされたらいい気分にはならないもんね。俺も後で謝ろう。俺が反省していると再び戻ってきたアスに声をかけられた。

「シオン……どうしよう、謝りたいけど……どう謝ればいいかわからない……」

「大丈夫だよ、アス。正直に自分の気持ちを伝えて、謝って、それで、友達になりたいって言えばカサンドラなら許してくれるさ」

「わかった……ありがとう、シオン……私頑張る……」
そういって彼女は今度こそ、カサンドラの元へと向かうのだった。

子供の頃、私は弟と二人で暮らしていた。理由はよくある話で、両親が流行り病で亡くなったからである。その時はすごい悲しかったけれど、とても寂しかったけれど、耐えられないほどではなかった。なぜならもう一人の家族である弟がいたから……彼が無事だったから……私はなんとか自分を保てていた。

二人で暮らしていたとは言っても、もちろん子供二人だけで生きていけるはずがない。私達姉弟（きょうだい）は、農作業を手伝いながら、村の人の善意で食料などを恵んでもらって生きていた。

その生活は快適なものではなかった。食事も質素なものだし、渡される服も誰かのお古だったりと、色々と不満はあったけれど、弟と色々と愚痴（ぐち）を言ったり、将来の夢を話したりなどして楽しく生きていた。

彼の口癖は「冒険者になって、おねーちゃんに楽をさせてあげるからね」だった。私はそれを聞きながら微笑ましく思っていたものだ。今思えば、流行り病のせいで人口が減って、村もギリギリだったのに、私達の面倒を見るのは大変だっただろうと思う。

弟は私より一つ下だったけれど、引っ込み思案な私と違い、誰とでも仲良くなれる自慢の弟だった。私が両親を失っても、笑顔を忘れずに生きてこれたのは彼がいたからだ。彼の明るさに救われていたからだ。

だけどそんな日常も長くは続かなかった。村で、再び流行り病が蔓延したのだった。運よく私は大丈夫だったけれど、弟が感染してしまった。治療薬はとても高額で、とてもではないが私達が支払えるようなものではなかった。だから、私は徐々に弱っていく弟を、泣きながら見守ることしかできなかった。

「やだ……置いて行かないでよ……私を置いて行かないで……」

泣き叫ぶ私に弟は弱々しく微笑んでこう答えるのだった。きっと辛かっただろうにこう答えるのだった。

「おねーちゃんいつも一緒にいてくれてありがとう。ちょっと寝るね。大丈夫、僕は冒険者になって、英雄になって、おねーちゃんに楽をさせてあげるって約束したでしょ」

そう言って目を閉じると、彼の目が開く事は二度となかった。結局、私は流行り病によって両親と弟を失ったのだった。

弟が死んでからというもの、私は全てがどうでもよくなった。私もみんなと同じ所に行きたかった。私だけを置いて行ってなんてほしくなかった。なんで私だけ生きているんだろう。その問いに答える人は誰もいなかった。

それからというもの、私は何もする気がおきずに、ひたすらボーっとする生活が続いた。村の人達は心配してくれて声をかけてくれたけれど、そんなのどうでもよかった。いっそ私も流行り病にかかってしまえば楽になるのに……そんな事すら思う日々が続いた。

ある日、村に一風変わった冒険者風の男がやってきた。その男はどうやら孤児院を開くらしく、子供を探しに来たらしい。確かに、この村は流行り病のおかげで人もお金も足りてなかったから、食い扶持を減らすにはちょうどよかったのだろう。私のように流行り病で家族を失った子供は何人もいた。そのうちの誰か一人をその冒険者に預けることになったようだった。正直私にはどうでもいい事だったので聞き流していたら、その冒険者と目があった。彼は私に微笑むと、こう言った。

「彼女がいい……彼女を、私に預けていただけませんか？」

「でも……この子は……」

「いいんです、彼女は、この村の誰よりも大切なものを失う怖さを知っている。だから……きっと彼女は強くなれる」

何を気に入ったかわからないけれど、私がこの冒険者の元へ行くことになったようだ。本当にどうでもよかったけど、弟の事を思い出してしまうこの村からは抜け出したかったので都合がよかった。そうして私は冒険者に引き取られた。

彼の孤児院には二人の少年がいた。スラム街で拾われたという黒髪の目つきの悪い少年シオンと、王族の血を引きながらも、権力争いに負けて、追放された少年イアソン。年齢は私とイアソンが同い年で、シオンが一つ下だった。みんなここに来たのはだいたい同じくらいのタイミングらしく、誰が言うわけでもなく、冒険者の事を先生と呼ぶようになった。「ケイローン先生」と呼ぶと少し照れ臭そうにするのがちょっと印象的だった。

先生の孤児院での生活は悪いものではなかった。冒険者になりたいと言い出したイアソンに付き合わされて、先生が訓練と言って私達に出す課題は中々楽しかったし、悲しみを忘れるために何かをするのは案外悪くなかった。

　それに、私が弟を思い出して悲しんでいるときに先生は優しく話しかけてくれたし、イアソンが自分を追放した叔父（おじ）を思い出して、恨み言を叫んでいると、先生は黙って聞いてくれていた。だけどそんな時、決まってシオンは不機嫌そうな顔をするのだった。

　私はいつの日か彼になんでそんな不機嫌そうな顔をするの？　なんでそんなつまらなそうな顔をするの？　って聞いてみた。

　私の思い出も、イアソンの思い出も、悲しい思い出なのだからそんなに羨（うらや）ましがられるものでもないと思ったのだ。

「だって、俺は家族とかわからないんだ。それなのにみんな家族の話をするからなんか仲間外れみたいで嫌だなぁって……」

　拗ねた顔をする彼の言葉に私ははっとする。彼にはそもそも家族自体がいないのだ。だから家族というものがなんなのかわからず疎外感を感じていたのだろう。そんなことを言って拗ねる彼が意外で、可愛らしくってなんか守ってあげたいなって思ってしまった。

「じゃあ……私がお姉ちゃんになってあげようか……？　私がシオンの家族になる……」

「何言ってんのさ、アスはアスでしょ」

　そういうと彼は恥ずかしそうにして走り去ってしまった。だけど、彼が笑みをこぼしていたのを見逃さなかった、そしてそんな彼の笑顔を見て私の胸はなぜか熱くなったのだった。それからというもの私とシオンは一緒にいることがあり、時々だけど彼も甘えてくれるようになった。

イアソンに連れられて冒険者ごっこをするときも、先生が外出して暇な時も、一緒にいて頼られたりするのは悪い気はしなかった。

そんなある日、シオンが病気で寝込んでしまった。それを見た私はいてもたってもいられなくなってしまった。今考えれば、それはただの風邪だったのだろう。でも、私には両親と弟の様に弱っていくシオンが死んでしまうようにしか見えなかったのだ。

しかも、先生はタイミングが悪く外出中だった。私はシオンにつきっきりで看病をしながら手を握って嗚咽(おえつ)を漏らす。

「やだ……おいてかないでよ……私を置いて行かないで……」

泣き叫ぶ私にシオンは弱々しく微笑んでこう答えるのだった。きっとつらかっただろうにこう答えるのだった。

「その……アス姉、いつも一緒にいてくれてありがとう」

彼の言葉が……彼の表情が……かつての弟と重なった。私はこのままシオンが死んでしまうのかという恐怖に襲われる。その時だった。私の脳裏に不思議な感覚が生まれた。一瞬意識が飛んだあと世界が変わった。私はシオンを見つめると、不思議なことに彼の症状が分かった。私は寝ていたイアソンを蹴飛(けと)ばして、薬草を採りに行かせた。そして、その薬草を煎(せん)じて飲ませると苦しそうな顔をしていたシオンはすぐに体調が良くなったのだった。

「アス、看病してくれてありがとう。おかげで良くなったよ!!」

「いいんだよ……私達は家族だからこういう時は頼ってくれてもいいんだよ……それに……また、

アス姉って呼んでくれてもいい……」

「いや、あれは……でも……これが家族なんだね」

「うん、これが家族だよ。お互いが困った時は助けあう……私たちは血は繋がってはいないけれど……家族だよ」

そう言って私が彼の頭を撫でると、彼は幸せそうな顔をするのだった。でも一つだけ私には疑問が生まれた。この力は何なのだろうか。帰ってきた先生に聞くと、どうやら私は『ギフト』というものに目覚めたらしい。

そうして思う。私のこの力があれば流行り病を無くせるのではないだろうか？　私の両親や弟の様に病で亡くなる人を無くせるのではないだろうか？　もしも、シオン達が病にかかっても死なないようにできるのではないか？

そうして、私の闘いは始まった。イアソンやシオンは将来冒険者になって英雄になるらしい、彼らが力で英雄になるのならば、私は薬で英雄になるのだ。

私は色々なものを試した。薬草やキノコなど様々な植物を調べていた。それだけでは何かが足りないと思っていた私は、ある日、先生が狩ってきた魔物を見て驚いた。

びっくりした事に魔物の中には肉や体液などが、人に良い効果をもたらすものもいるという事がわかった。

シオンの元気がない時に、魔物の肉を焼いてあげようとしたら「こんなもの食べれないよ」って泣かれたので必死に料理を練習したものだ。

そう、私は人を助けるために……私や誰かの大事な人を救うために、万能薬を作ると決めたのだ。きっとこの力は……この贈り物(ギフト)は神様がくれた大事なものなのだから。

そして私はシオン達と冒険者になって、色んな所に行って色んな素材を探している。今回ゴルゴーンの血の事を知ったのも偶然だった。何でも、魔物の毒に侵(おか)されていたところをゴルゴーンによって救われた人がいたのである。その人に詳しい話を聞くと、死にそうだった所をゴルゴーンに血を飲まされると、それまでの苦しみが嘘のように消えたそうだ。お礼にかなりの大金を要求されたらしいが、命が救われたと感謝をしていた。その話を聞いた私はゴルゴーンの血を求めてシオン達にクエストを依頼したのだった。

シオンと久々に二人で話したからだろうか、私は馬車に揺られながら昔を思い出していた。今回のクエストが万能薬の完成に一歩近づいたらいいなと思いながら……ああ、そろそろカサンドラに謝らないと……私は勇気を振り絞って声をかけることにした。

馬を休めるために馬車を止めた俺は、二人の様子を見るために荷台を覗く。すると、カサンドラとアスが何やら会話している。

二人の間に流れる雰囲気は先ほどまでとは違い、どこか和やかだ。アスが無事に謝れたようで、俺がほっとしていると、視線に気づいたカサンドラが、俺をちょっと恥ずかしそうに見つめてきた。

「何よ、にやにやして」

「ああ、短い間にずいぶん仲良くなったんだなって思って……さっきはカサンドラを俺のせいもあるけど、怒らせちゃったから、不安だったんだよ」

「その……お互いの生い立ちを話したんだけど、アスさんの気持ちもわかるし、それに友達になってくれるって言うし、いいかなって……」

「あ、そう……」

俺の相棒チョロすぎない、大丈夫？　友達になるっていったらなんでもしてくれそうなんだけど……詐欺とか宗教に気をつけてねというべきか……彼女の人生を心配しているとカサンドラが鋭い視線で俺を睨みつけてきた。こわいぃぃぃぃ!!　考えている事がばれてるぅぅぅーー!!

「別に友達になってくれるから許したってわけじゃないのよ。彼女の話を聞いて思ったの。自分が知らないところで話が進んでて、いつの間にか大事な人が、パーティーを追放されていたらどうだろうって……そして、新しい人達とパーティーを組んでたらどう思うかって……私だって同じ立場だったら混乱するし、隣にいる相手に嫉妬するわよ」

「カサンドラの気持ちもわかる……シオンと会えてよかったね……」

「そうか……そうだよね」

俺はカサンドラと一緒に、ライムに特製の薬草を与えているアスを見ながら思う。旅から帰ってきたら色々と状況に変化があったのだ。

確かに彼女からしたら、驚きの連続だっただろう。彼女が俺の宿に泊まりにきたのも、俺がどこかに行かないようにという想いもあったのかもしれない。表情に出ないからって俺はなんで気づいてやれなかったんだろう？　俺はアスの幼馴染だっていうのに……。

『シオン敵襲だ!!　身構えろ』

自分の愚かさを後悔していた俺だったが、シュバインの一言で俺達は即座に戦闘モードに切り替わる。パーティーメンバーではないため、シュバインの言葉が通じないアスも、俺達の様子で気づいたのか、身構えた。

ここらへんは初めて来たところだから、いまいち動物たちに力を借りるのが難しいのだ。こういう時はシュバインの野生の勘は助かる。

客室を出ると、シュバインが魔物らしき影に突撃をしようとしたが、あれはまずい。

『未知の土地で未知の敵!!　たぎるなぁぁぁぁぁぁ』

「シュバイン待て!!　マタンゴだ!!　やつらに近づくと状態異常をおこすんだ」

「確かに接近戦だけのシュバインとは相性が悪いわね……」

俺の意見にカサンドラも頷いた。俺たちの反応をみてシュバインは不満そうな顔をしながらも動きを止めた。

『ふふふ、人だ、人だぁ、オークもいるぞぉぉ』

『ふふふ、久々の獲物だぁ。いい苗床になるぞぉ』

『腐腐腐、人とオークのカップリング……いい……特にあの男受けっぽい……萌える』

俺の言葉にシュバインは疑問を浮かべている。マタンゴはCランクの魔物で身体能力こそ低いが、毒を持った胞子をばらまくという特殊能力を持っている前衛職の天敵である。毒で生き物を動けなくして苗床にするのだ。シュバインのいたダンジョンには、こうした状態異常を使う魔物はいなかったから、馴染みがないのだろう。

シュバインとパーティーを組んで思ったが、彼はからめ手に弱いようだ。てか、マタンゴのうちの一匹が俺とシュバインをやたら情熱的な目で見つめてくるんだけどなんなの？　なぜか寒気がするんだけど……。

「シオン……せっかくだから私の力を見せたい……」

俺はアスの言葉に頷いた。ちなみに、マタンゴ自体は火系の魔術が弱点なので俺とカサンドラで事足りるのだが、ここは彼女の力を他のパーティーメンバーに披露(ひろう)するいい機会だろう。

「じゃあ、お願いしようかな。シュバイン、暴れたいんだよね？　だったら、アスの言うことを聞いてくれるか？　アスも大丈夫だよね？」

「うん、大丈夫……私はこいつの毒を知っている……」

『なんだ、この雌(めす)がなんかできるのか？　ごばぁ』

しゃべっている途中のシュバインの口に、彼女特製の薬がぶち込まれた。もちろん彼女とて未知の毒などの対処はできないが、マタンゴは結構メジャーな魔物であり、『アルゴーノーツ』の時に戦ったこともある。すでに薬は作ってあるという事だろう。

「これで毒は大丈夫……あと、これはサービス……医神よ」

『うおおおお、なんだこれ!?　体が軽いぞ!!』

「よし、これでシュバインに毒は通じない。暴れていいよ」

『よっしゃー!! 狩りの時間だぁぁぁ』

『ぎぇぇぇぇぇ』

彼女の言葉と共にシュバインの体が白く光る。マタンゴ達は彼らの毒を防ぐ薬とアスの法術によって強化されたシュバインによって一方的に蹂躙されるのだった。

『いやー、銀髪の雌の力はすごいなぁ。自分の体じゃなかったみたいだぞ。カサンドラもかけてもらうといい!! 力の出し方がわかる気がするぞ。俺はもっと強くなれる!!』

「ごめん、興奮するのはいいけど、食事中に武器を振りまわすのはやめてくれないかな。カサンドラもうずうずしないの。まずは食事にしよう」

「別にうずうず何てしてないわよ!! それにしてもアスは料理が得意なのね」

やたらハイテンションなシュバインと、うずうずと体を動かしたそうにしているカサンドラにあきれた顔をしながらあしらう。身体能力強化の法術をかけてもらった時の感覚を忘れないようにするためか、飯を食べながら素振りを始めたんだけど、マジで危ないからやめてほしい。

「フフフ……料理は得意……毒は薬になるように、スパイスにもなる……」

『僕は遠慮しておくよ……』

「俺も保存食がまだあるから……」

あれから馬車を飛ばし、村も近くなったが、時間も遅くなったので、あたりに魔物がいないことを確認した俺達は、たき火を焚いて食事をしていた。

さすがに夜中によそ者が村を訪ねたらあらぬ誤解を受ける可能性があるからね。特に俺達は特徴

的なメンバーばかりだ。シュバインは森で待機していてもらう予定だが、カサンドラの髪も目立つし、あまり不審がられる事はしないほうがいいだろう。

今日はアスが料理をしたいというので任せたが、俺とライムは串にささっているキノコらしきものを見て、お互い嫌な予感を感じて顔を見合わせる。

「シオンもライムも食べないの？　せっかくアスが作ってくれたのに悪いじゃない」

「なあ、アス……これってまさか……」

「正解……さっきのマタンゴ……毒抜きをするととても美味しい」

「『やっぱり……』」

俺の表情を見て状況を察したライムと声が重なった。『アルゴーノーツ』にいた時にあのダンジョンにも何度か訪れているので、ライムはアスと面識があり彼女の魔物食についても知っているのだ。

「え……？　え……嘘よね……これ……さっきのマタンゴなの……私半分くらい食べちゃったんだけど……」

『へぇー、あいつらって美味いんだな。お前らが喰わないなら俺がもらうぞ』

アスの言葉に呆然とした顔のカサンドラが食べかけの串を落として、それをシュバインが拾って食べた。ライムは『やれやれ』と呟いて自分用の薬草を袋から取り出して食べ始める。

アスの料理の腕は確かだし、ギフトのおかげで害もないどころか健康にいいのもわかっている。しかも質が悪いことに味もいい、でもさ……。

「シオンも食べて……美味しいよ……」

「やだよ、俺はこいつらの声を聞いてたんだよ!!　さっきまで喋っていた魔物なんて食べたくない!!」

「私の料理は……いや？」

「う……」

　そういうとアスはあきらかにしゅんとした顔でうつむく。ちょっと待ってずるくない？　そんな顔されたらなんか俺が悪いみたいじゃん。だって俺は魔物を食わされようとしているんだよ？

「アスが可哀想（かわいそう）じゃない!!　ああ、でもこれ魔物なのよね……どっちの味方をすればいいのかしら……」

「いい……私が一人で食べる……」

　しょんぼりしたアスの顔を見て、すさまじい罪悪感に襲われた俺は、キノコを食べることを決意する。でもさ、一人じゃなんか悔しいよな。俺はにやりとカサンドラを見つめて言った。

「いやあ、俺もキノコ食べたかったんだよ。これ美味しいなぁ!!　ほら、カサンドラも食べなよ。採れたてだから新鮮だよ」

「そりゃあ新鮮でしょうね……さっきまで動いてて、私達を襲ってきたものね……って私に振らないでよ」

「カサンドラは……キノコ嫌い……？」

　俺に話を振られたカサンドラはこちらを睨むが、アスの視線に気づいて、しばらくマタンゴの串を見つめた後に、やけになったかのように食べ始めた。

「く……無駄に美味しいのがなんか悔しいわね」

「健康にもいいんだよ、アスはそういうのが得意だから……」

『いやあ、魔物っていつも生で食べてたけど、調理するとうめーのな。やっぱり人間は頭がいいなぁ』

シュバインだけやたらテンションが高い食事が始まった。まあ、魔物だってわかって覚悟を決めれば味はいいんだよね。しばらく食事に集中していると、シュバインが怪訝な顔をして聞き耳を立てながらあたりを見回してた。

『ん？　なんか声が聞こえないか？』

「声か、どうだろう？」

「マタンゴ達の呪いじゃないわよね……」

シュバインの言葉に俺たちは耳を傾ける。すると、かすかだが、歌声が聞こえてくる。こんな夜中の森に何者だろうか。村は近いとはいえ魔物が出現するというのに……。

俺達はシュバインとライムに火の番を任せて、声のほうへと向かう。森の開けたところに一人の少女がいた。紫髪のショートカットの大きな目が特徴的で、深夜の森で歌うその姿はどこか神秘的で、歌声の美しさもあり、俺達は思わず魅入られてしまった。

「そこにいるのは誰かな？　盗み聞きとは感心しないよ」

しばらく歌声に聞き惚れていると、少女が歌を中断し、いきなり声をあげた。気配を消していたはずなのに……俺達が目をあわせて頷いて姿を現そうとすると、別の草むらから一人の茶髪の青年が姿を現した。

「ふふ、相変わらず美しいな、我が歌姫よ。気配を隠していたというのに私の存在に気づくとは……この気持ち、まさしく愛だなぁ!!」

そう言って青年は、少女の方に満面の笑みを浮かべながら歩み寄るのだった。長身で細身の彼の姿を見た少女はなぜか大きくため息をつく。

人目のつかない深夜の森で若い男女が会って話す。これはすなわち密会だろうか？　二人がどんな関係かはわからないが、近くに魔物はいないようだし、邪魔をするのも悪いだろう。

「わざわざこんなところで会って話すなんて、身分違いの恋とかなのかしらね？」

「いい……障害を乗り越えたところに真実の愛がある……身分違いの幼馴染が障害を乗り越えるとか最高……」

「二人共聞こえたらまずいよ……邪魔しちゃ悪いし、気づかれないように戻ろう」

なんだかんだ二人とも女の子だからか、こういう恋愛話には興味津々なようだ。なぜか、アスが俺を見つめてくるんだけど……というかあの二人が幼馴染かはわからないよね。とはいえ、恋人同士のやり取りを盗み聞きはまずいだろう。俺は二人に戻るように促そうとして……。

「やはり、君だったか!!　僕は君が嫌いだって言ってるだろう!!　さっさと帰れこのストーカーめ!!」

「ああ、その罵倒!!　なんたる甘美な事か!!　もっと罵っていただきたい!!」

　少女の言葉で俺は足を止めた。恋人じゃなかったーー!?　今ストーカーとか言ってたよね？　あれ、これって助けに入ったほうがいいかな？　二人も困惑しているようで俺達は顔をあわせてどうするか悩む。

「こんなところに一人では危険だよ、我が歌姫よ。ただでさえ、今は色々と騒がしいんだ。君が襲われたらと思うと私は胸が張り裂けそうになってしまう……」

「心配しなくても、僕は君になんて助けられなくてもなんとかできる!!　むしろ、君の方が怖いよ!!　なんで僕の居場所がわかるんだよ、この変態!!」

　芝居がかった青年の言葉に少女が叫び返す。てか、青年の方は、変態って罵られて本当に嬉しそうなんだけど……真正の変態なんだろうか？

「ああ、その侮蔑の目線たまらないなぁ……でも、君だけじゃやっぱり心配だなぁ。だってそこにいるやつらにも気づいていないじゃないか？　姿を現したまえ、彼女の歌声を盗み聞いていいのは私だけなのだよ!!」

　そういうと青年は腰から鎌のような武器を抜刀して、俺達の潜んでいる草むらへと向ける。こいつ俺達に気づいているのか!?　ただの変態ではないようだ。俺達は観念して草むらから姿を現す。念のために武器はいつでも抜けるように構えておく。

「待ってくれ、俺達はたまたまこんな時間に、歌声が聞こえたから気になって来ただけなんだ。別に彼女に危害を加えようとしたわけじゃないし、二人の邪魔をしたいわけじゃない」

「フッ、私達の愛の逢瀬を盗み見るとはハレンチだな!!」

「待って、僕達に愛なんてないよね？　一方的に言い寄られて困ってるんだけど!!」

「つれないその姿もまた愛おしいよ。我が歌姫よ」

「ああ、言葉が通じないぃぃぃぃ!!」

青年の言葉に少女が頭を抱えて悶え始めた。俺達は何を見せられているんだろう？　もう帰っていいかな？　俺達が言葉を失っていると青年は急に真剣な顔でこちらを振り向いた。

「では貴公らは何をしにこの村へ来たのかな？　残念ながらこの村にこれと言った特産品もないのだが……見た所、君達は冒険者だろう。まだ、村長もクエストの依頼をしていないはずなんだが……」

「確かに……ここら辺によそ者が来るのは珍しいね。一体何の用できたの？」

謎の男女が俺達を警戒心に満ちた目で見つめてくる。この返答で彼らの出方が決まりそうだ。どう返事をするのが正解だろうか？　まあ、隠すことでもないので正直に言ってしまってもいい気がする。

「俺達は彼女の依頼で素材を採りに来ただけだよ。あなたたちに害を加えるつもりはない。むしろこの時間に訪ねるのは失礼だと思ってここで野営をしていたんだ」

「ふーん、素材……？　それはどんな素材なのかな？」

「私達はゴルゴーンの血を採取しに……」

「この感じ……おかしい……カサンドラ……ダメ……」

カサンドラの言葉をアスが慌てて止めようとする。一体何がダメなんだろうと思っていると、目の前の少女から殺気が溢れ出す。

「やっぱり、こいつらが……姉様を……」

カサンドラの一言を聞いた少女の顔が憤怒に染まる。その瞳はまるで親の仇を睨みつけるかのようで……その姿に、俺とカサンドラは動揺してしまい、一瞬動きが遅れる。そして青年が、少女を庇うかのように前に躍り出る。

「その髪、魔族の血を引くものだろう？　貴女もつらい思いをしただろうに……今度は狩る側に回るという事か!!　歌姫よ、あなたは私が守る」

「余計な事をしないで、ペルセウス!!　僕だって戦える!!」

「こいつ、結構強いわね!!」

そしてそのまま青年が斬りかかってくる。その斬撃は思いのほか速く、カサンドラがかろうじて受け止めた。最初に先手をとられたせいか防戦一方になってしまっている。

もっと、実力差があるのならば、気絶させるなりなんなりできるのだろうが……あいつはBランクソロでもやっていけるカサンドラと互角なのか？　というかカサンドラの動きがいつもと比べて悪い気がする、なにがあった？

「アス……とりあえず、カサンドラにサポートの法術を!!　カサンドラはそいつを殺さないように!!　俺は少女の誤解を解く」

「シオン!!　ダメ……そいつは……」

『魔眼よ、開眼せよ』

俺が少女の方を向くと、視線があう。そして、彼女はにやりと笑いながら俺を凝視して言葉を紡ぐ。これは……人の言葉ではない。

そして、彼女の目はまるで、蛇か何かのように瞳孔が縦にさけていて……嫌な予感がした俺はとっさに魔術をはなつ。間に合えぇぇぇぇ。

「水よ!!」

俺の魔術によって生み出された水の鏡が、魔眼の力を反射する。少女……と言っていいものか、先ほどまで歌を歌っていた美しい彼女の髪の毛は蛇となり、異形と化している。とっさの魔術だったため、少女の方に反射される事こそなかったが視線をずらし直撃を避ける事はできた。

「ゴルゴーンだったのかよ……」

人に擬態をするとは聞いていたが、本当に見分けがつかないものだ。それに、目線を合わせたら石化する魔眼も予想以上に厄介だ。これがBランク上位の魔物の力か。

くっそ、左目が見えなくなってきた……顔が重いのは一瞬視線があってしまったせいで左目から徐々に石化してきているからだろう。俺とカサンドラだけだったら本当に危なかっただろう。でも今はアスがいる。

「シオン……大丈夫？　癒せ」

「ありがとう、アス。解析も頼む」

「僕の魔眼を解除した!?　しかも、こんなに早く!?」

俺は少女と目を合せないようにしながら動きを警戒する。アスの言葉と共に法術によって、石化が解除されていく。少女が驚愕（きょうがく）しているが『医神の申し子』たる彼女の前では状態異常なんて怖くない。いや、アスがやられたらまずいよね。俺はアスを庇うようにして剣を構える。

「ごめん……体温が低いから……違和感は感じていたんだけど……ゴルゴーンを初めて見たから、気づけなかった……でも、もう大丈夫」

「いや、あれはわからないよ。俺達も人間だと思ってたし……それにアスがいれば状態異常なんて怖くない」

「うん……任せて……」

背後でアスが何かを作り始めたのを見て、俺は勝利の笑みを浮かべる。後は時間を稼ぐだけだ。それにしても、本当に少女は人と見分けがつかなかった……可愛い子だなとは思っていたが、ゴルゴーンだったなんて……。

冒険者の与太話（よたばなし）に、腕利きの冒険者が可愛い少女に誘われたらゴルゴーンで、石にされたというのがあるが、確かにこれは騙（だま）されるね。それくらい彼女の擬態は完璧だった。

『おいおい、お前ら大丈夫かよ!? 楽しそうなことになってるじゃねえか!!』

『あ、可愛い子だ。シオンってばまたナンパしたの？』

騒ぎに気付いてやってきたシュバイン達の声が心強い。すぐさま状況を判断したシュバインが武器を構える。とりあえずは……。

「シュバイン、カサンドラのサポートを頼む!! あの男を生け捕りにしたら次は少女だ。アスは俺に補助を!!　ライムはアスを守ってくれ」

『任せろ!!　二対一で悪いな、そこの雄(おす)!!』

「わかった……任せて。加護よ!!」

『女の子の守りなら任せてよ』

全員がそろった俺たちは反撃をする。確かにあの二人は強いが、全員がそろった時点で俺達に敗北はない。俺は身体能力の上がった体で少女に牽制(けんせい)をするべく接近する。魔物と会話をしている俺に驚いたのか、ゴルゴーンの少女の顔に動揺が走る。

「魔物を従えるギフト持ち!?　こいつ……まさか、それで僕の姉様を……絶対に許さない!!」

「なんの事かわからないって言ってるだろ!!」

さっきから違うと言っているのに、聞く耳を持とうとしない少女に俺は怒鳴り返す。魔物とは言え人の女性に近いから傷つけるのは抵抗があるが仕方ないだろう。

「我が歌姫よ!!　ここは私が時間を稼ぐから君はあれを頼む。そしたらすぐに逃げるんだ！　『クリエイター』たる私の力を信じてほしい」

「ペルセウス……でも……」

「ふふ、我が歌姫に魔族の血をひく美少女、二人にそんなに熱心に見つめられると照れるなぁ……お礼に我がギフトの力をお見せしよう!!」

「こいつ……私、相手にずいぶんと余裕じゃないの、炎剣(フランベルジュ)って……え……?」

ペルセウスが腕を掲げると同時に、彼の腕に鏡の盾が現れそれをみたカサンドラの体が石化し始める。まさか、ゴルゴーンの魔眼を鏡越しにカサンドラに見せたのか？

「これはもう、知っている……もう大丈夫……」

『おお、銀髪の雌はすごいな！』

「ありがとう、アス。助かったわ!!」

勝利の笑みを浮かべるペルセウスだったが、アスが投げたポーションによってカサンドラの石化が解除される。俺の石化を癒したときにその作用を解析し、即座に特効薬をつくったようだ。そして、戦いにシュバインも参戦する。ペルセウスと呼ばれた青年も二対一では分が悪いらしく、一気に劣勢へと立たされる。

『そりゃぁぁぁぁ』

「ようはその盾を見なければいいんでしょう？　悪いけど二回は通じないわよ。炎脚(フランベルジュ)!!」

シュバインの一撃が攻撃を受け止めた武器ごとペルセウスを吹き飛ばし、体勢が崩れた瞬間を、カサンドラがスキルを使って追撃した。

「僕の事はいいから、彼を殺さないで!!」

「なぜ、逃げないのだ、我が歌姫!!」

少女の叫び声で戦いは中断される。少女は俺の目の前で、目を閉じ、両手を上げてもう戦う意思はないということをアピールする。髪の毛もいつの間にか、蛇から人のものへと戻っている。これは……信じてもいいのだろうか？

「あなたたちがなんで僕らゴルゴーンをさらうかはわからないけど、彼は関係ないんだ。だから彼の命だけは助けてほしい……」

「ちょっと待ってくれ……俺たちは今、来たばっかりだよ。ゴルゴーンがさらわれるって……ゴルゴーンの集落では何がおきているんだ？」

「え……本当？　君達は僕達をさらいに来たんじゃ……？」

「違う……私はあなた達の血が少し欲しいだけ……さらう気はない……」

俺達の言葉にゴルゴーンの少女は困惑の表情を浮かべるが、それは俺達も同様である。そんな俺たちをみてシュバインに捕まっているペルセウスが口を開く。

「私達の間には情報に齟齬があるようだな。よかったらうちに来て話さないか？　ついでに、このオークに少し加減をしてもらえるように言ってもらえると助かる。美少女にならいくらでも痛めつけられてもいいのだが、むさいオークが相手では話はどうもな……」

そんなペルセウスの軽口を聞きながら、俺達はどうすべきかを話し合う。そして、ペルセウスの家へと向かう事になった。ゴルゴーンの方も抵抗をする気はないようで大人しくついてくるようだ。


ペルセウスの家は村の外れにあった。聞く所によると、彼はこの村の警護をしているらしい。

とりあえず、俺とアスが事情を聞きに行き、カサンドラ達には馬の様子を見てもらっている。本当は全員で来たかったのだが、ペルセウスの家はあまり広くないし、馬車が魔物に襲われないか心配なのと、こういう閉鎖的な村では彼女達は目立ちすぎるからだ。

そうして、俺達はテーブルにそれぞれ二人ずつ並んで話を聞くことにした。

「じゃあ、君達は本当に、ゴルゴーンの誘拐には関与していないんだね？」

「ああ……というかゴルゴーンが誘拐されているって何がおきているんだ……ゴルゴーンって誘拐されるような種族だっけ？」

「そりゃあ、そうだろう、我が歌姫のように美しい女性揃いだからな!!」

「ごめん、ペルセウスは黙っていてくれないかな？　話が進まなくなるんだ」

「普通はない……確かに美しいけど、それ以上に厄介だから……」

満面の笑みで割り込んできたペルセウスをゴルゴーンの少女があしらう。最初はストーカーとか言ってたが、お互いを庇い合ったり、親しく軽口をたたき合っている感じからして、彼女の方もペルセウスを悪くは思っていないのだろう。この毒舌は彼女の照れ隠しなのかもしれない。

ツンデレっていいよねと思っているとアスと目が合った。彼女はなぜかちょっとふてくされた顔でぼそりと呟く。

「ツンデレ……シオンの好み……」

「誰がツンデレだって？　僕はこんなやつ好きじゃないからね!!」

「おお、ナイスツンデレ!!　生で見たの初めてかもしれない。これは厳重に保護をする必要があるね」

「だろう、私の歌姫はナイスなツンデレなんだ」

「あー、もう、なんで人間は変な奴しかいないのかなぁ!!」

彼女の言葉に、俺とペルセウスは思わず握手をしてしまった。そして、その光景を見たゴルゴーンの少女が頭を抱えて呻いている。でもちょっと顔が赤くなっているのが可愛らしい。こいつはレベルの高いツンデレだね。

しかし、魔物娘で僕っ娘でツンデレとか属性盛りすぎじゃない？　とはいえこのままでは話が進まないな。仕切り直すとしよう。

「とりあえず自己紹介をしよう、俺はBランクの冒険者で、名前はシオンだ。動物や魔物の声を聞くことができる『万物の翻訳者』というギフトを持っている。そして彼女が、依頼主のアスだ」

「私の名前はアスクレピオス……法術が使える」

俺は自己紹介をはじめる。本来隠すべきギフトを言ったのは魔物を連れていたことで、説明がややこしくなるのと、相手の信頼を勝ち取るためだ。

「僕の名前はメデューサさ。見ての通り、ゴルゴーンだよ。ちょっとごめんね」

そういうと彼女はまた髪の毛を蛇へと変化させる。そして俺を見ながら口を開く。その口から発せられたのは人ではない言語。俺の言葉が本当かどうか試すのだろう。

『本当に僕の言っていることがわかるのかな？　僕の好きな食べ物は卵だよ。どんな卵料理が好き？　僕は丸のみが好きかな』

「ああ、卵ってうまいよね。俺はオムライスが好きかな」

「すごいや、本当に僕らの言葉がわかるんだね、人間でこの状態の私達と会話できるのはなんか新鮮で嬉しいな」

人の姿に戻った彼女は感嘆の声を上げる。こんな風に喜ばれたのは初めてで少し嬉しい。そんな俺達に嫉妬したのかペルセウスが割り込んできた。

「ふ、心配は不要だぞ、我が歌姫よ。愛の前には言葉は不要さ!!　まあ、本気を出せば私とて、君の喋っていることくらいわかるがね。私にもやってみてくれ」

「別に愛はないんだけどね……しょうがないなぁ……じゃあ、僕の言ったことを当ててみてよ」

「ふむ、さあ、きたまえ」

『ペルセウスきもい』

「もちろん私には通じている、『ペルセウス大好き♡』なんて恥ずかしいではないか!!　こんな所で告白とは積極的だなぁ!!」

「全然違うんだけどなぁぁぁ。僕はそんなこと一言も言ってないよ!!　ねえ、シオンさんならわかるでしょ」

「ああ、そのまあ、二人は仲良しだね……」

助けを求めてくるメデューサと、彼女を熱心に見つめるペルセウスの勢いにどちらの味方をすればいいかわからなくなり、誤魔化(ごまか)した。しばらく騒いでいたが、メデューサがペルセウスの頭をはたいて鎮静化させて収まった。

「それで君達はなんで僕らゴルゴーンの血が必要なのかな？　僕らの血が猛毒だっていうのは人間達の間でも有名な話だと思うけど」

「それは誤解……あなたたちの髪が蛇の時は毒だけど、人の時は成分が変わって治療の効果がある……そうでしょう？」

「へぇー、それは僕らゴルゴーンの秘密なんだけどな。それが君のギフトかな？　君は僕の正体にも気づいていたよね？」

アスの言葉によってメデューサの目に警戒の色が濃くなる。その視線を受け流すようにして、アスは答える。

「私のギフトは『医神の申し子』……そしてスキル『医神の目』はいかなる身体の状態も見抜く。あなたは人の形をしていたけれど、人ではありえない体温だった……だからわかった……血に関してはゴルゴーンに助けてもらったという人から薬を見せてもらって成分を識った……このことはシオン達にしか言ってないから安心して……」

「ゴルゴーンの血について知っているのは君達だけなんだね。よかった……」

アスの説明にメデューサは安心したように一息ついた。血の事は彼女達ゴルゴーンにとって重要な秘密なのだろう。とりあえず、話し合いにはなりそうで一安心である。そして俺はもう一つの疑問を聞くことにした。

「それで、ペルセウス、あんたは何者なんだ？　カサンドラはBランクでソロとして認められるくらい強いんだけど、あなたは対等に戦っていたよね、こんな辺鄙な村の警護にしては強すぎると思うんだけど」

「ふ、よくぞ聞いてくれた。私は歌姫の騎士……」

「違う、ただのストーカー」

「ふ、その罵倒なんとも心地よい」

「話進まないから普通にしてくれない？」

「ごめん、つい突っ込んじゃった」

俺の言葉に「えへへ」とメデューサが謝り、ペルセウスは罵られて満足そうに笑みを浮かべている。なんというか疲れるね、こいつら……。

「ペルセウス、次はちゃんとしないと怒るからね」

「承知した、我が歌姫よ。私の名前はペルセウス。元Bランクの冒険者さ。ギフトは『クリエイター』といい特殊な武器防具を作ることができるのだ。とはいっても強力な武器を作るには色々な素材が必要だから、あまり便利ではないのだがな。わけあって冒険者は引退して、今はこの村の警護と彼女の騎士をやっている」

「うう……つっこんじゃだめだ……僕は我慢できる……」

元冒険者か……道理でカサンドラと対等に戦えるはずだ。あの変わった形の剣と盾が彼の『クリエイター』というギフトの成果なのだろう。盾に特殊な力があったように剣にも何らかの力があるのだろうか？

「あと、魔族の血を引く少女を褒めてあげてほしい。我が愛剣ハルペーには『女怪殺し』のスキルが付与されている。彼女はステータスが下がっていたというのに私と対等に斬り合っていたのだ。相当な腕前なんだろうな」

「『女怪殺し』……確か女性系の魔物のステータスを下げるはず……」

だから、カサンドラの動きが悪かったのか。半分とはいえ魔族の血を引いている彼女は『女怪殺し』の対象になってしまったのだろう。てか、ペルセウスのギフトすごいな。色々な素材が必要とはいえ特殊な技能を持つ武具を使えるのはかなり強力だ。

「それじゃあ、自己紹介も終わったし、詳しい事情を聞かせてもらっていいかな。人とゴルゴーンは相互不干渉だって話を聞いていたんだけど……」

「そうだね、少し前まではそうだったんだ。ちょっとした物々交換はしてたけど、僕らと人間は基本的には関わり合いのないように生きていた。でも、ある日その均衡(きんこう)が崩されたんだ」

「それが誘拐か?」

俺の言葉にメデューサが頷く。そして、辛そうに顔をしかめながら言った。

「正解だよ、人間達の手によって僕達ゴルゴーンの仲間はさらわれたんだ。でも、普通はありえないんだよ。僕たちは強力な魔眼をもっているし、身体能力も高い。それに、僕達ゴルゴーンの血に治療効果があるっていうのは、ゴルゴーンだけの秘密なんだ。そうしないとこういう風に誘拐がおきるからね……」

そういうと彼女の目が悲しみに満たされる。姉様とか言っていたし、彼女の親しい人が誘拐されたのだろう。アスのようにゴルゴーンの血の効果に気づいた人間がいたってことなのだろうか？

俺の視線に気づいたアスは首を横に振って否定する。

「彼女の言う通り……普通はありえない……私が気づいたのも偶然だから……」

「そう……だから、ゴルゴーンの中に、裏切者がいるんじゃないかってペルセウスが言っているんだ。この村には僕達とまともに戦えるのはペルセウスくらいしかいないからね。仲間に売られて、複数人で不意をうつか、罠にかけられて誘拐されたんじゃないかって……」

メデューサは本当につらそうに言った。自分で言っていて、自分の言葉を信じたくないのだろう。

それにしても、裏切者か……ずいぶんと話がきなくさくなってきたな。


事情を聞いた俺達は明日の朝、ペルセウスに村を案内してもらうことを約束して、カサンドラ達の元へと戻った。俺はカサンドラと火の当番をしながら、ペルセウス達との話を説明していた。ちなみに、アスはギフトの使い過ぎで疲れたとのことで、早々に眠りについた。

「つまり、ゴルゴーンの中に同族を売っている奴がいるって事なの？　ひどい話ね……」

「あくまでメデューサ達の推測だよ、村の人達の話も聞いてみないとね。それより、調子は大丈夫？　ペルセウスの武器の影響はもうない？　疲れてるなら休んでも大丈夫だよ？」

「心配してくれてありがとう。あの男の武器は確かに嫌な感じがしたとは思ったけど、そんな力があったなんてね……でも、もう大丈夫よ。ペルセウスから離れたら楽になったわ。それにしても、久々に二人っきりになったわね。私達のパーティーも一気に騒がしくなったものね」

「確かにね……シュバインとかは俺達がいないと退治されそうになるもんな……パーティーを組んでも色々あったなぁ……」

俺はパーティーを結成した当時の事を思い出す。アンジェリーナさんが根回しをしてくれたとはいえ、魔物を仲間にして、冒険者をするのはそれなりに大変だった。まず、シュバインには人間の世界の常識を説明しなくてはいけなかったし、価値観が違うこともあり色々と苦労したものだ。

でも、不思議とそれは苦ではなかった。シュバインは俺達人間に合わせようとしてくれたし、カサンドラやライムのサポートをしてくれた。確かに大変なことはあったけど、みんなで協力をしていて、まさに仲間って感じで、俺にとってそれはすごい嬉しい事だったのだ。確かに俺たちは種族も違うが、絆は少しずつ育っていってると思う。

「俺とパーティーを組んでくれてありがとう、カサンドラ」

「何をいまさら……私、あなたに本当に感謝しているのよ。私の方こそあなたとパーティーを組んだおかげで、冒険者生活が楽しくなっているんですもの。それなのに、今回は足を引っ張ってばかりね……アスとは大違い……」

そういうカサンドラは少し悔しそうで……今回の失言と、ペルセウスとの戦いでの苦戦でへこんでいるのだろう。だから俺は彼女を慰めるためというわけではないけれど、本心を伝える。

「カサンドラは足を引っ張ってなんかいないよ。運が悪かっただけだ。俺だって彼女がゴルゴーンだって気づかなかったし……それに、俺の方も、カサンドラには感謝しているんだ。君がいなかったらオークたちに殺されていたかもしれないしね。あの時、助けてくれたのは誰でもないカサンドラなんだよ」

「ふふふ、ありがとう。じゃあ、お互い様って事にしましょう、あなたがいなければ、私は今もソロだったでしょうね……私を孤独から助けてくれたのはあなたなのよ。ありがとう、シオン」

そう言ってから俺達は照れ隠しとばかりに笑いあう。彼女といると、まるでずっと相棒だったかのような錯覚に襲われる。それくらい居心地が良いのだ。

「なぁーに、人の顔を見てにやにやして」

「いやぁ、カサンドラの髪の毛綺麗だなぁって思ってさ」

つい見すぎてしまったらしい。俺は照れ隠しにいつもの誉め言葉を言う。そう言うと彼女はいつも恥ずかしがって、話を誤魔化せるからだ。今回もそうなると思ったのだが、彼女から意外な言葉が紡がれた。

「じゃあ……触ってみる？」

「え……？」

パチンとたき火の中で小枝がはじける音がした。聞き返した俺の言葉に、彼女からの返答はなかったけれど、黙って火を見つめる彼女の顔が、心なしか赤いのは気のせいだろうか。唾をのんだのは俺か彼女か……俺は意を決して、彼女の髪を触る。まるで絹のように滑らかで俺は驚きを隠せない。っていうか甘い匂いがする。なんなんだろうね、これは……俺がどきどきとしていると彼女が口を開いた。

「どんな感じかしら、私の髪は？」

「ああ……その気持ちいいし、カサンドラの匂いがする」

「え？　そんなに匂う？　確かに今日は野宿だけどそんなはずは……」

そう言うと、彼女は俺からさっと離れてしまった。それと同時に手にあった柔らかい感触も消え去る。彼女は俺から少し離れて自分の髪の毛の匂いを嗅いでいる。

余計な事言うんじゃなかったぁぁぁぁぁ。てか、カサンドラの匂いとかなんだよ。何言ってんの、俺、きもくない？

「いや、その変な意味じゃなくて、良い匂いがしたっていうか……」

「何よ、それ……まあ、変な匂いじゃないならいいんだけど……」

「でも、どうしたんだ。いつもは触らせてくれないのに……」

「お礼よ……あなたはいつも、私がへこんだ時に欲しい言葉をくれるから……それにアスと話した時も、ちゃんと私の事を相棒って言ってくれたから嬉しくて……なにかお礼をしたいなって思ってたの。それでいつも髪の毛を褒めてくれるから、こうしたらシオンが喜んでくれるかなって」

俺の言葉に彼女は顔を真っ赤にして答えた。恥ずかしそうに上目遣いにしている彼女はとても可愛らしく、俺よりも圧倒的に強いであろうに守りたいな、などと思ってしまった。うおおおお、何この生き物無茶苦茶可愛いんですけど!!

「はい、おしまい。それであなたは村人達の話を聞いてどうするの？　アスの依頼はゴルゴーンの血をもらうだけよね、適当にゴルゴーンを狩って戻る？」

カサンドラは恥ずかしくなったのか、急に真面目な話を振ってきた。俺はそれを少し残念に思いながらも、カサンドラの言葉に首を横に振る。確かに依頼を達成するならばそれでいいだろう。でも、俺は話を聞いてしまった。メデューサの悲しそうな眼を見てしまった。仲間を疑わなければいけない苦悩を知ってしまったのだ。

だから、できれば彼女も助けたいと思う。

「村人の話を聞いて、ゴルゴーン達と人間の関係を元に戻す努力をしたいって言ったら怒る？」

「ううん、私は付き合うわよ。たぶんライムもシュバインも賛成すると思うわ。というかね、私はあなたならそう言うと思ったもの」

俺の言葉に彼女は何を言ってるのよとばかりに笑う。よかった……実は反対されたらどうしようかなって思ってたんだ。そして、彼女は火を見ながら言葉を紡ぐ。

「シオンはすごいわよ、だって、ゴルゴーン達も救おうとしてるんですもの、あなたは人でも魔物でも、魔族にだって手を差し伸べてくれるのね」

「別にすごいわけじゃないよ。なまじ声が聞こえてしまうから、感情移入をしてしまうんだよね……そのうち、俺って人間の敵になったりして……」

「そうね、それであなたが判断を間違えそうだったら私が……私達が止めるから安心しなさい。その代わりあなたが正しい道を進むなら私はあなたの剣となるわ」

俺の言葉にカサンドラが笑顔で返す。その姿はとても心強くて彼女が相棒で本当に良かったなと思うのだった。


翌朝、俺達はペルセウスの案内で村に入っていた。ちなみに、シュバインには森で待機をしてもらっている。平常時でも誤解を与えやすいのに、ゴルゴーン達と争っている村に魔物を引き連れて行ったらどう思われるかは想像に容易(たやす)いからだ。

「何というか、活気がないわね……」

「ああ、まだ昼なのに外にあまり人がいないな……」

「そうだね……それに、みんな……不安そうな顔をしてる……」

村人とすれ違うと、俺達を見て不思議そうな顔をしていた。そんな彼らにペルセウスが冒険者だと説明するとその顔が安堵に染まる。ゴルゴーン達から村を守りに来たと思われたのかもしれない。

「そうだな、田舎の村だから元々人は少ないのもあるが、よそ者が珍しいのと、今回の件で必要以上に外出をしないように言われているからだろう。みんなの視線はゴルゴーンへの不安と、よそ者への珍しさの半々と言えよう、貴公らは好奇の目線には不慣れかな？　ちなみに私は慣れている!!」

「ああ、なんかそんな気はするよ……」

「私も慣れているわ……昔が懐かしいわね」

そう言ったカサンドラはあっさりとした顔で答えた。彼女は魔族の血を引いているから、好奇の目でよく見られていたと言っていた。

今もフードを深くかぶり、髪の毛を後ろで結んで隠している。だけど、懐かしいという彼女の顔には負の感情はなく、本当に気にしてないのだろう。彼女は乗り越えたのだ。俺は他人事ながら少し嬉しく思う。

「そういえば、ペルセウスはどうしてここで警護の仕事をしているんだ？　大きな怪我をしたというわけではないんだろう？」

「確かにそうね、あなたのギフトと、実力なら引く手数多だと思うけど……」

「それには、色々あってな……」

俺とカサンドラの言葉にペルセウスは少し遠い目をした。まずい、聞いてはいけないことだったのだろうか？　確かに冒険者をやめるようなできごとがあったのだ。あまりいい話ではないのだろう。パーティーが全滅したとかさ……踏み込みすぎた事を謝ろうかと思うと彼は口を開いた。

「組んでいた相方が人妻に手を出してな、それがばれて捕まってコンビを解消したから休養もかねて実家に帰ったんだが……その時に我が歌姫に出会ってな。これからは恋に生きる事にしたのだ」

「その相方最低ね……」

「シオンも……浮気したらダメだよ……」

「俺は浮気以前に彼女が欲しいんだけど⁉」

思ったよりもしょうもない理由だった。てか、捕まるって、貴族の奥さんにでも手を出したのか？　とはいえこれ以上聞いてもしょうもない話しか出てこないだろう。しかし、俺も恋人くらいほしいものである。モテる奴はモテるんだよなぁ……恋愛って格差がでかいよね。俺がため息をついているとペルセウスが耳元でささやく。

「それで、シオンよ、貴公はどっちが本命なんだ？」

「え……？　は……？」

「恋はいいぞ、明日への気力になる。それに、私達冒険者はいつ死ぬかわからない。悔いを残さないように生きてた方がいい。だから私は彼女に愛を囁くのさ」

ペルセウスの言葉に俺は思わず後ろを歩いている二人を見る。

カサンドラは俺を信頼してくれて、戦闘では頼りになるパートナーだ。綺麗な顔をしており、強気なところもあるが、案外冗談にも乗ってくれるし、俺には心を許してくれているからか結構優しい。

アスは無表情だが、よく気が利いて俺の世話をしてくれるお姉さんみたいな存在だ。ちょっと束縛が強いところがあるが、俺の事を昔からサポートしてくれた。もしも……もしもだ。二人とも恋人になってくれたら絶対楽しいとは思う。

「どうしたの、シオン？」

「寝不足……？　元気の出る薬飲む？」

「いや、なんでもない、なんでもないんだ」

あわてて俺は正面を向く。カサンドラは相棒だし、アスは幼馴染だ。そんなことを思うのは失礼だろう。でも……もしも俺は彼女達を好きになったらどうするのだろう、どうなるのだろう？　いや、今はそんなことよりもゴルゴーンの件を解決しなければ。

「フフ、若いな……悩むといいさ。ちなみに赤髪の子は激しく罵ってくれそうで、アスクレピオスさんはチクチク罵ってくれそうだな。シオンはどっちが好みだ？」

「好みってそっちかよ!?　真面目に考えた俺がバカみたいじゃないか」

「さて、ついたぞ、ここが村長の家だ」

俺の言葉を無視してペルセウスは、村で一番大きな家の前で立ち止まった。ノックをすると「はーい」という声が聞こえる。扉を開くと一人の少女が出迎えてくれた。

「おはよう、ペルセウス、そして、あなた方がペルセウスの言っていた冒険者ですね、よろしくお願いします」

「ああ、彼らが噂の冒険者だ。それよりも、もう歩いて大丈夫なのか、アンドロメダよ。昨日まで寝込んでただろう？」

「心配してくれてありがとう。でも、行商人さんから買った薬を飲んだら元気になったよ」

少女は笑顔でペルセウスと俺たちを部屋に招き入れてくれた。少女とペルセウスは親し気に会話をしている。俺達もそのあとに続いていると後ろを歩いていたアスがポツリとつぶやいた。

「あの子……おかしい……」

俺は思わずアスを見つめるが、彼女に確認をする時間はなく、室内へと案内されるのであった。

アンドロメダさんに案内された俺達は、来客用らしき大きなテーブルのある部屋に通された。こちら側に座ったメンバーは俺とカサンドラ、アスが。向かいには、村長らしき年配の老人と、俺達を案内したペルセウスが座った。アンドロメダさんは俺達のお茶を出すとお辞儀(じぎ)をして席をはずして出て行った。

「これはこれは、こんな辺鄙なところまでご苦労様です。私の名前はケペウスと申します。皆様はBランクの冒険者と聞いておりますが、私達の現状はある程度ご存じでしょうか？」

「はい、Bランクの冒険者で『群団(レギオン)』のシオンと申します。私達は彼女の依頼で、この村に寄った所、偶然ペルセウスさんからお話を聞かせていただきました。彼女が依頼主のアスクレピオス、そしてパーティーメンバーのカサンドラ、そしてこいつがライムです」

俺の合図と共にライムが俺の甲冑から這い出てくる。それにあわせてカサンドラもフードを取ると綺麗な赤い髪が美しく舞う。

それを見て驚愕する村長。こうしておけばシュバインの事も話しやすくなるだろうと思って早々に俺のギフトを説明しようという打ち合わせをしていたのだ。でも……アスのアンドロメダさんへの反応を見た俺はとっさにアドリブを加えることにした。

「な、魔物ですか⁉　それに彼女は……」

「ええ、まあ、俺のギフト『魔性』は魔を持つものの信頼を得ることができるんです」

『僕はシオンより可愛い女の子を愛してるんだけどな』

「私は別にギフトで、シオンの事を信頼したわけじゃないんだけど……」

「私は……魔じゃないけどシオンを信頼してる……」

俺の言葉に三人が異口同音に不満を漏らす。てか、せっかくブラフをやってるんだから、余計な口を挟まないでくれないかな？　咄嗟なアドリブを入れた俺が悪いんだけど……。

「まあ、見ての通りこういうギフトを持っているんですよ、それで、ゴルゴーンと揉めていると聞いたのですが……俺達ならお力になれると思います。詳しく聞かせていただけないでしょうか？」

「なるほど……魔物を仲間にすることができるのですね、さすがはBランクの冒険者です。それならぜひともお話を聞いていただきたい。もちろん謝礼も払います。近いうちにギルドにも依頼をする予定だったんですが、助かりました」

そう言って村長は村の現状を語り始めた。村長の話によると、メデューサから聞いた話と途中までは同じで、ゴルゴーン達とは相互不干渉で一部の住人だけが、少し物々交換をしていたらしい。
だがある日、交渉に行った数人の村人がゴルゴーンによって襲われ、その数人の村人はゴルゴーンの髪の蛇に噛まれ毒によって生死をさまよっていたそうだ。

「ゴルゴーンの毒は強力……放っておけば二日程度で死ぬ……」

「はい、おっしゃる通りです。噛まれた村人達は呻きながら苦しそうにしておりました……」

「その割にはあまり焦っていないようですが……もう街の方に薬を手配とかされているのですか？　アスの話では相当やばい毒なんじゃ……」

焦る俺たちの疑問に村長は少しも慌てずに答える。まるで問題は解決したとでも言うように……

「それはですな、ちょうど、皆が苦しんでいる時に行商人の方がやってきて特効薬を売ってくださったのです。おかげでみんな元気になったんですよ」

「なるほど……それは幸運でしたね」

「はい、行商人の方々には大変感謝しております」

俺の言葉に村長は満面の笑みでうなずいた。でもさ、怪しくない？　そんなピンポイントでゴルゴーンの毒への特効薬なんて持っているものか？

「ただ、行商人はもう旅立ってしまいましたし、薬にも限度があります。また来てくださるとは言ってましたが、次に襲われた村人は助からないかもしれない。それで、あなたがたにはゴルゴーン達が私達の村に近づかないようにしてほしいのです。今、村の資金を集めて、冒険者を他にも雇（やと）って討伐（とうばつ）を依頼するつもりです。それまで時間を稼いでくだされば……」

「なるほど……さすがにこの人数でゴルゴーンの集落への襲撃は難しいですからね。わかりました」

「ありがとうございます。ゴルゴーンを近くで見つけたら追い払ってくだされば結構です。深追いはしなくて大丈夫ですので」

メデューサの事はばれていないのだろうか？　と思うとペルセウスはおどけた笑みを浮かべながら人差し指を口元で立てた。それですべてを察する。そして、話を終えた俺達は村長に挨拶をして部屋を出ることにした。

「なあ、さっきの話どう思う？」

「違和感……ゴルゴーンの特効薬なんて……簡単に手に入らない……」

「やっぱり行商人が怪しいわよね……」

俺たちが廊下で小声で話し合っていると、少したってから村長の部屋からペルセウスが出てきた。彼は俺たちに手で少し待つように指示をする。

「やっぱり貴公らもそう思うよなぁ。だからさ、その被害者の様子と、薬を見てくれないか？　アスクレピオスさんなら症状がわかるのだろう？」

「でも、被害者にそう簡単に会えるのか？」

「アンドロメダ……彼女も被害者……あの子……体の様子がおかしかった……」

「正解、さすがだなぁ、彼女の部屋に案内しよう」

「いや、いいけど……いきなり行って迷惑じゃないのか？」

「ふふ、彼女とは幼馴染なんでな、アポなしでも問題はないのだよ。迷惑などとは思われないさ」

そうして俺達はペルセウスの案内でアンドロメダさんに話を聞くことになったのだ。ペルセウスが誰かの部屋らしき扉を、ノックもせずに開ける。

「やあ、アンドロメダ、ちょっと話が……しまった!!」

「この変態ー!!」

「いや、お前の裸なんて子供の頃何回も見て……ぎゃーーー」

どうやらとても迷惑だったようで、扉から飛んできた鉄の水差しがペルセウスの頭に直撃して重い音を立てる。

「ノックくらいしてっていつも言っているでしょ!! 着替えを覗いて……え……あ……失礼しました……」

扉から出てきたアンドロメダさんは俺達に気づくと顔を真っ赤にした。彼女は着替え途中だったのか、上半身に薄着のシャツだけを身につけており、うっすらと下着が透けて……と思っていると、いきなり目の前が真っ暗になり激痛が走った。

「ぎゃぁぁぁぁぁ。目がぁぁぁぁ、目がぁぁぁぁぁ!!」

「シオン、他の女の子を……エッチな目で見たらだめ……」

「ちょっとアス!? なにをやってるのよ!?」

どうやらアスが目つぶしをしてきたようだ。いや、アスの言う事もわかるよ。でもさ、今のは俺は何にも悪くなくない？

気を取り直して、アンドロメダさんの準備が終わるのを待って部屋に入った俺達は様子を聞くことにした。

「彼らは村長からこの街を、ゴルゴーン達から守ることを依頼されてね。それで、ゴルゴーンに襲われた時の事を、詳しく聞きたいらしいのだよ」

「わかりました。狭い部屋ですがどうぞ。その……先ほどは失礼しました」

「いえいえ、俺達こそいきなりお邪魔して申し訳ありません」

先ほどの事もありお互い少し気まずそうにしてしまう。なんとなく、部屋を見るとレースがかかっていたり、可愛らしいぬいぐるみがあったりと、なんというか本当にかわいらしい部屋だった。ていうか、俺は今女の子の部屋に入ったの？　なんか緊張してきた。アスの部屋には入ったことがあるが、あの部屋は変な薬品の入った瓶と、謎の植物しかなかったからね。俺がきょろきょろしていると、背後からトントンと肩を叩かれたので振り向く。

「シオン……」

「二回目ぇぇぇ!!　目があぁぁぁぁ、目があぁぁぁ!!」

「ちょっと何やってるのよ、アス!?　シオン大丈夫？」

振り向いたと同時にアスが目つぶしをしてきやがった。この子はなにを考えているの？　俺が目をおさえてフラフラとしているとカサンドラが支えてくれる。

「シオン……いやらしい目つきで……人の部屋を見たらだめ……」

「口で言えばわかるんだけどなぁぁぁぁ!!」

「あの……大丈夫ですか!?」

「問題ない……癒す……」

「おお、自分で傷つけて、癒す。まさにSとMの永久機関……何とも羨ましい」

「いや、問題だらけじゃないのよ……シオンとアスっていつもこういう感じなの？」

アスの言葉と共に一瞬で痛みが引いた。カサンドラのあきれた視線が痛いし、ペルセウスはやかましい。というかアンドロメダさんに変な奴と思われたんじゃ……などと思っていると彼女は何かを理解したかのように、ぽんと手をたたいた。

「ああ、シオンさんも、ペルセウスと同じで痛いのがお好きなんですね、そうでもなければ、冒険者なんて危険な仕事やっていけないですもんね」

「いや、冒険者が全員こいつらと一緒だと思わないでほしいんだけど……少なくとも私はまともよ」

「俺もちがうんだけどなぁぁぁぁ!!」

「シオン……痛いのが好きなの……？」

「はっはっは、照れるな同士よ」

なんか頭が痛くなってきた気がする。そんなことよりも話を進めないと……と俺が思っているとアンドロメダさんが口を開く。

「ふふ、冒険者さんってもっと怖い人たちだと思ってました。ちょっと安心しました。ゴルゴーンについてでしたよね、私でよければお話をさせていただこうと思います」

そう言う彼女の顔には先ほどまであった警戒心や、緊張が少し薄れている気がする。俺がアスを見ると彼女はこっそりピースをしてきた。計画通りってことかな。いや、絶対違うでしょ。気を取り直して俺たちはアンドロメダさんの話を聞く。

「私達は三日に一度ゴルゴーン達と、農作物と森で採れる薬草などを物々交換していました。作物を育てることに関しては私達人間の方が、森での採取に関してはゴルゴーンの方が詳しかったからちょうどよかったんです。ですが、ある日、ゴルゴーンが来ない日があったんです。こんなことは初めてでしたが、まあ、彼女達にも事情があるのだろうと思い、その日は帰宅して、その三日後にいつもの場所に行ったのです。そして、そこにはいつもとは違うゴルゴーン達が、険しい顔で待っていて、私達にこう言ったんです。『よくも私たちを騙したな』と、もちろん私たちは何の事かもわからなかったので、必死に否定をしたのですが……」

そう言うと彼女は体を震わせた。まるで何か恐ろしい出来事を思い出しているかのように……そんな彼女にペルセウスが、体を寄せて慰める。

「すまない……嫌な事を思い出させてしまったな……」

「大丈夫よ……ありがとう、ペルセウス。失礼しました。その後、私達はゴルゴーンに襲われて体を毒に侵されて倒れていたのですが、父が行商人から買った薬のおかげで体調は良くなってきたんです」

「なるほど……大変だったね……ちなみにその薬を見せてもらえる……？」

アスの言葉にアンドロメダさんはペルセウスを見る。ペルセウスが安心させるかのように頷くとアンドロメダさんが立ち上がる。そのやりとりで二人は信頼しあっているのだなという事がこちらにも伝わった。

「別に構いませんが、高価なものなのでこぼさないようにしてくださいね」

そう言うと彼女はタンスの中から小瓶に入った紫色の液体を取り出して、アスに渡した。アスはその液体をじっと見つめ、匂いを嗅ぎ始める。しばらく続きそうだから、世間話でもした方がいいだろう。

「そういえば、アンドロメダさんと、ペルセウスは仲がいいんですね」

「ええ……私とペルセウスは幼馴染なんです。この村に同年代はいなかったから、いつも一緒にいたんですよ」

「懐かしいな、昔はアンドロメダの方がおてんばだったというのに、今はすっかり落ち着いたな」

「私は大人になったのよ、あなたは……昔からMだったわね……」

そういってお互いの事を話す二人には、友人よりも強く、家族のような強い信頼を感じた。まるでアスと俺の様である。てか、昔からMってやばいよね……。

「へえ、幼馴染っていいですね、私にはそういう人いなかったのよね……」

「カサンドラには俺っていう相棒がいるだろ?」

「はいはい、そうね」

フォローしたつもりがカサンドラに流されてしまった。ひどくない？　寂しそうな顔していたから、言ったのに……でもまあ、カサンドラの顔がにやけているからいいか。

「いっつ……!?」

「ありがとう……だいたいわかった……多分あなたはまだ完治していないから、ちゃんとこれを飲んでてね……」

そういうとアスがアンドロメダさんに薬を返す。てか、俺の足を踏んだのは何でなの？　俺が抗議の目線を送るが、彼女は無表情な顔で無視をするだけだ。

そして俺達は、アンドロメダさんにお礼を言って去る事にした。ペルセウスはもう少し、アンドロメダさんと話してから帰るという事で俺達だけで宿に戻る。

「それでアスどうだった？」

「あの薬はなんだったの？」

俺達の問いに彼女は神妙な顔をする、その手にはハンカチが握られており、なにやら液体がしみ込んでいるようだ。いつの間にか薬を少し拝借していたらしい。

「例の行商人はクロ……この薬にはゴルゴーンの血が入っていた……」

「まじかよ……」

宿に戻った俺達は、薬の内容を詳しく調べるから、しばらく、一人にしてほしいというアスを置いて、俺とカサンドラ、ライムのメンバーで聞き込みをすることにした。

ちなみに、カサンドラは髪を後ろに縛って、深くローブをかぶり、赤い髪を隠している。彼女の特徴的な赤髪はいつもの街ならともかく、こういう田舎の村では忌避(きひ)される可能性があるからだ。そしてライムは俺の肩の上で『僕は悪いスライムじゃないよ』と無害さをアピールしている。こうして俺たちが魔物と一緒にいることを認識させておかないといつまでもシュバインが村に入れないからね。

「とりあえず、行商人について聞くとするか」

「そうね、村の人達に聞き込みをしましょう」

『ついでに薬草も見てみよ、こういう田舎の村って、上質な薬草があるんだよね。あとはやはり、ラブロマンスだね、村一番の美少女は旅スライムに恋をするって相場が決まっているんだよ』

「まあ、物語ではよくあるわよね。ああいう物語って、結構冒険者がやたら美化されているのよね……スライムは知らないけど」

「まあ、実際の冒険者は乱暴者とかも多いからね。でも、カサンドラも、そういうの読むんだなぁ」

俺が意外そうな声を出すとカサンドラは不服そうにこちらを睨んできた。Bランクソロの眼力はちょっと怖いんだけど……。

「悪い？　私だって、恋物語にあこがれるのよ!!」

「いや、別に悪くないって!!　なあ、ライム？」

『なんで僕に振るかなぁ……カサンドラは今までどんな恋をしてきたの？』

「したことないわよ……だって、私の周りには誰もいなかったもの……」

うおおおお、ライムがカサンドラのトラウマを踏んだぁぁぁぁ!!　俺とライムは顔を見合わせ、冷や汗をかきながらとっさにフォローの言葉を考える。

『大丈夫だよ、カサンドラも最近は友達増えてきたし……シオンもカサンドラ可愛いなぁ……デートしたいとか言ってたよ』

言ってないなぁ!! 確かにデートしたいとは思っているけどさ。確かに可愛いし、時々ドキッとする事もある。でも俺達パーティーメンバーだよ。なんかそういう関係になったら大変じゃない？

「私が可愛いって本当……？」

俺がどう答えようか悩んでいるとカサンドラが上目遣いで言った。何この表情反則じゃない？ここで可愛くないとか言えるやつは人間でも魔物でもないよ。いや、実際可愛いんですけどね。

「ああ、カサンドラは可愛いし、髪の毛は綺麗だし、いざとなると頼りになる理想の相棒だよ!!」

俺の言葉に彼女はフードで顔を隠す。あれ、なんか間違えたかな？ 俺がどうしようか途方に暮れていると、カサンドラが「ふふっ」っと笑った。

「ごめんなさい、あなた達がすごい焦っていたから、ついからかっちゃった。私はもう大丈夫だから安心して、あなた達のおかげで仲間が増えたもの」

「カサンドラ……」

笑顔のカサンドラを俺は恨めしそうに睨むが、彼女は相も変わらず笑っている。ちなみにライムのやつは、俺の肩の上で寝たふりをしてやがる。まあ、笑えるようになったのだ。良い事なのだろう。俺は気を取り直して、情報収集を始めることにした。

「おや、あんた達はペルセウスと一緒にいた……」

「はい、この村をゴルゴーンから守るよう正式に依頼を受けた冒険者でシオンと言います。あ、この薬草を売っていただけますか？」

「私はカサンドラです、よろしくお願いします」

雑貨屋のおばさんに薬草を買うついでに、話を聞くことにした。こういう閉鎖的な村では、こういう接客業の人を経由して情報が回るからだ。俺は買った薬草をさっそくライムにあげる。

「え……それってスライムじゃ……」

「はい、俺の仲間で、スライムのライムと言います。魔物ですが人に害は与えないんです」

びっくりしているおばさんの目の間で、ライムが薬草を美味しそうに食べる。その姿はとても可愛らしく、本性がエロイムとは知らなかったら騙されてしまいそうなくらいだ。ライムは薬草を食べ終わると俺の肩の上で可愛らしくお辞儀をした。

「『とても上質な薬草をありがとうございます』とライムがお礼を言っています」

「へぇー、魔物だからって怖いと思っていたけど、結構可愛いのね。よかったらもう一枚食べるかしら？　ちょっと待っててね」

「ええ、結構可愛いですよ。とはいってもこいつは俺のギフトで懐いているんで、他のスライムには、餌(えさ)をあげたりしないでくださいね」

おばさんが、後ろを向いた隙(すき)に俺とライムはハイタッチをしてニヤリと笑い合う。

「計画通りだね。ライム」

『ふふ、チョロいね。人間なんてちょっと可愛い顔をすればこんなものだよ』

「あんたらろくな死に方しないわよ」

俺達が喜んでいるとカサンドラがクズを見るような目で見てきた。ひどくない？　俺達は情報収集をがんばっているだけなんだが……。

「はい、お食べ。ああ、本当に美味しそうに食べるわねぇ」

ライムが薬草を美味しそうに食べているとおばさんが楽しそうに言った。これで少しは警戒心が下がればいいんだけど……俺はおばさんから情報を聞き出すことにする。

「結構品揃えがいいですよね、この村には結構、行商人が来るんですか？」

「いや、めったに来ないわよ。だからいつもは山に採りに行ったり、村長のところのアンドロメダちゃんが、ゴルゴーンと薬草とかを交換してくれるんだけど……」

「話は聞いてます……アンドロメダさんが襲われたらしいですね……」

辛そうな顔をするおばさんの言葉に俺も続く。その様子を見るとなんだかんだゴルゴーンの事も信用していたのかもしれない。その顔にある表情は怒りよりも、悲しみの方が強い気がした。

「あ、でもね、今度、新しく行商人が来てくれることになったのよ。その人から薬草や化粧品、雑貨とかも仕入れることができるようになったし、ゴルゴーンの毒を解毒する薬も売ってくれたらしいわよ」

「それはよかったですね、ちなみにその行商人はどんな人でしたか？」

「そうね……顔にひどい傷があるからって、ちょうどあなたみたいに、フードをかぶっていてちゃんと顔はわからなかったけど、綺麗な声の女性だと思うわ」

そういうとおばさんはカサンドラを指さした。彼女のようにフードで顔を隠していたっていう事か……ますます怪しいな。顔を見られたくないのか、それとも顔を隠さなければいけない理由があるのか……。

「その行商人はいつ頃来るって言ってましたか？」

「ええ、三日後にまた来るって言ってたわ。なんでもゴルゴーンの毒を治す薬が切れるから補充しに来てくれるらしいわよ。ありがたいわよね。それに、アンドロメダちゃんもペルセウスが帰ってきてお洒落したいって言ってたからラッキーよね。あの二人って中々お似合いだと思わない？」

その後おばさんの世間話に付き合った後、お礼を言ってシュバインの様子をみることにした。ちょうどおばさんのところで美味しそうなソーセージを買ったのであいつも喜んでくれるだろう。カサンドラがフードを触りながらぼやく。

「やっぱりフードは窮屈ね。森に入ったら取っていいかしら？」

「ああ、そうだね、俺もカサンドラの綺麗な髪が見れないのは残念だからさ」

「シオン……さっきの仕返しのつもりなんでしょうけど、私の髪の毛を褒めとけばとりあえず照れるとか思ってない？」

なぜか、カサンドラがジトっとした目で睨んできた。さすが相棒……鋭い……さっきの仕返しに褒めて恥ずかしがらせようと思ったのに、そう簡単にはいかないらしい。

「俺は本気だよ、最初に会った時もいっただろう？　カサンドラの赤い髪が綺麗だってさ。オークから助けてくれた時は天使に会ったって思ったんだよ」

「あー、もう、こんなところで何を言っているのよ……でも、ありがとう」

そういうとカサンドラはあきれたとでも言うように肩をすくめると、なぜか早歩きで俺の先を行ってしまった。ふふ、さては照れてるな、勝ったね。俺が勝利の笑みを浮かべているとライムがあきれた顔で言った。

『ラブコメの気配を察知、アスに言おーっと。あんまりフラグばかり立ててるといつか刺されるよ』

「今のがなんでラブコメなんだよ!! てか、お前はアスとは喋れないだろ。ってカサンドラ速すぎるって!!」

俺はあわててカサンドラの後を追いかけ、森へと向かう。シュバインが隠れている森につくと轟音が聞こえた。一体何が？　俺とカサンドラは走って音のした方へと向かった。

『ははは、お前やるなぁ!!　中々骨があるじゃないか』

『お前……強い……おもしろい』

そこではシュバインと初めて見るトロルがお互いに武器を持って斬り合っていた。よほどの乱戦だったのか二人とも傷だらけで、周りの木も何本か折れている。

「え？　何がおきてるのよ……」

カサンドラが俺に聞いてくるが俺だって知りたいよ。本当に何がおきてるんだよ？　大人しくしてろって言ってたと思うんだけど。

『ふ、お前やるじゃねえか、俺の故郷のダンジョンにも、お前レベルのやつは数人しかいなかったぜ。元リーダーとパーティーのカサンドラくらいか』

『お前強い……お前、俺のライバル……また、戦おう……』

言葉が通じないはずなのに、なぜかわかり合って、握手をしている二匹の魔物がそこにはいた。オークにしては小柄なシュバインと、体が大きいトロルが握手している姿は中々異常だった。いや、こいつただのトロルじゃないな。トロルウォーリアーじゃん。

トロルウォーリアーとは通常のトロルに比べて、身体能力が高いうえに、武器を使う程度の知能を持つトロルの上位種である。強さはBランクの中堅くらいか。そんなことはいいんだよ!!

「あほかぁぁぁぁ!! 静かにしとけっていっただろ!! 村の人にお前を討伐してくれとか言われたらどうすんだよ!!」

俺はなにやら強者同士で、分かり合うみたいな感じのやり取りをしているシュバインに突っかかったが、あっさりといなされた。そして彼は豪快に笑いながら答える。

『おお、シオンか!! 悪い悪い。つい、強そうなやつがいたんでな……それにその時は、カサンドラと戦えるんだろ? 悪くない。ある程度戦ったら、適当な理由をつけて俺を仲間にしたとかシオンが言えば解決じゃないか』

「確かに、最近模擬戦ばっかりだったものね。あなたも強くなったかもしれないけど、私も腕をあげているのよ」

『お前ら……仲間……? というかお前の言葉わかる……なんで?』

人と魔物が親しげに会話をしているのに、怪訝な顔をした後に俺を凝視するトロルウォーリアー。

まあ、異種族の言葉がわかる人間が現れたら確かに驚くよね。

というか、なんかカサンドラもシュバインよりの考えなの？　ちょっとショックなんだけど。

それにしてもアスやカサンドラといい、喧嘩すると仲良くなるものなのだろうか？

最近気づいたんだけど、カサンドラも結構脳筋なので戦闘に関してはオーク寄りの考えなのかもしれない。ライムの方がまだこういうときは常識的な気がする。

「シオン、今失礼な事を考えていない？」

「いや、何のことかな？」

睨みつけてくるカサンドラから俺は目を逸らす。それはいいとしてこのトロルウォーリアーどうしよう？　なんかあんまり敵って感じがしないんだが……敵意もないようだし、話を聞いてみるとしよう。

「癒せ!!　ライムはシュバインの方を頼む」

『了解!!　やっと僕の出番だね』

『おお……傷が癒える……人間……なんで俺を癒す？　そして……なんで俺の言葉がわかる……？』

困惑しているトロルウォーリアーに俺は笑顔を浮かべて答える。シュバインのおかげかわからないが友好的な魔物なのだ。仲良くなっておいて損はないだろう。

「喋れるのは俺のギフトだよ。傷を癒したのはうちの仲間が迷惑をかけたみたいだからね。あとは情報が欲しくてさ。最近変わったことってなかったかな？」

『カサンドラ!!　トロルの戦い方はすごかったぞ!!　お前のスキルならばあれをマネできると思う!!　ちょっとやってみてくれ』

「へぇー、面白そうじゃない。仲間と技を考えるとか憧れてたのよね」

情報収集をしている俺の背後で、シュバインとカサンドラが新技で盛り上がっている。本当に戦闘に関してはあの二人気があうなぁと思いながら俺は会話を進める。

『変わったこと……ゴルゴーンの里が騒がしい……俺達の仲間が何人か捕らわれた……あと、人とゴルゴーンがよく一緒にいるのを見る……』

「へぇー、仲間が……それは心配だよね。ゴルゴーンの里で何かあったのかな？　あと、若い男とゴルゴーンがいるのは、ドMとツンデレがいちゃついてるだけだから気にしなくていいよ」

なんだかんだメデューサとペルセウスのやつは、しょっちゅうイチャイチャしているんだなぁと思っていると、トロルウォーリアーは首を振った。

『ゴルゴーンの里は何かを企んでいる……トロル以外の魔物も捕まえている……あと、一緒にいたのは若い雄と雌じゃない……老人と、フードをかぶったゴルゴーン……なんか話してた……』

「若い男女じゃない……？」

俺はトロルウォーリアーの話を整理する。老人と言うのは村人の誰かだろう。フードをかぶったゴルゴーン……確か行商人もフードをかぶってるって言ってたよね。

「なあ、君達は、もしかしてゴルゴーンか人間かって外見でわかったりするものなの？」

『当たり前……匂いが全然違う……』

「ありがとう、参考になったよ」

『頼む……人間……何か分かったら教えてほしい……あいつら大事な仲間……』

そういうとトロルウォーリアーは俺に頭を下げる。俺は彼の行動に、驚きを隠せない。トロルウォーリアーは通常のトロルより頭はいいという話は聞いていたが、人に頭を下げるなどという行動をするとは思っていなかったからだ。俺が今まで戦ってきたトロルはこちらを獲物としか考えてなかったからね。でも、こいつは違う。俺を対等な存在としてみて、頭を下げたのだ。ならば俺もそれ相応の対応をすべきだろう。

「任せてくれ、トロルをみつけたら君に教えるよ、俺の名前はシオンだ、よかったら名前を教えてくれないか？」

『俺の名前は……トロルド……。この周辺に住む……トロルの長をしている……といっても……十体くらいしかいないが……』

「そうか、色々情報をありがとう、トロルド。もしかしたら君たちの力を借りるかもしれない。その時は頼む。一つ聞いていいかな？　なんで人間の俺をそんな風にあっさり信用するんだ？」

『そのオークが……お前を信用していたから……』

「そうか、トロルドの信用も裏切らないようにするつもりだから安心してくれ」

俺がお礼を言って会話を切り上げると背後で一回爆音が鳴った。え？　何の音？　なにがおきたの？　音がした方をみるとカサンドラとシュバインが何やら騒いでいる。

『さすがカサンドラだな!!　また強くなったぞ』

「ふふ、新必殺技ってテンション上がるわね」

「え、お前らマジで何やってんの？」

あんまり騒いだら村の人たちが不安がると思うんだけど……俺の言葉に彼女は得意げに胸をそらしていった。そして刀を構えて得意気に言った。

「新必殺技を編み出したのよ、見てなさい」

するとカサンドラは、刀を振り下ろすと同時にスキルで刀身の先が爆発してすぐさま切り上げる。振りあげる時の隙がなくなるので、乱戦では役に立つし、意表もつけるだろう。

でもさ、確かにすごいけどさ。今やることじゃなくない？　俺は必死に情報集めてたんだけど……。

「フフ、シオンががんばってるから、私も得意分野で頑張ろうと思って……パーティーは役割分担が大事だしね！」

『いいなぁ、俺も新必殺技欲しいなぁ、それにしてもトロルの超筋肉による技を爆発でマネするとはさすがだな。本当にできるとは思わなかったぞ!!』

「ああ、おめでとう……カサンドラ……」

無茶苦茶嬉しそうに俺を見つめてくるカサンドラに、俺は文句をいうことはできなかった。ていうか薄々思っていたけど、カサンドラってシュバインに負けないくらいのバトルマニアだよね……とりあえず、俺は帰宅してからアスとペルセウスとも今後について、相談をすることにしたのだった。

夜になって俺とアスは村はずれのペルセウスの家にいた。メデューサも呼んでいるという事でちょうどいい。俺がノックをすると、声が返ってくる。

「ツン」

「デレ」

「合格だ、さすがだな。我が同士」

「ふ、簡単すぎて笑えたね。お邪魔するよ、ペルセウス」

「ちょっと待って⁉　今のは何なの？　人間達の儀式かなぁ⁉」

「シオンは……ツンデレが好きだから……」

「そういう問題じゃないと思うんだけど……僕がおかしいのかな……」

扉を開けたペルセウスと俺が強い握手をしていると、メデューサが大きな声を上げた。何を騒いでいるんだろうか？　ツンってきたらデレって返すよね？　わりかしメジャーだと思うんだけど……やはり魔物と人は文化が違うのだろう。

「それでいくつか話したいことがあるんだけど……ペルセウスは行商人に会ったのか？」

「いや、私は会っていないぞ。ちょうど、村の見回りをしていたんでな。基本的に村の外からの人間は、村長の元へ挨拶をしにいくことになっているんだ。会ったのは村長と数人だろう。それがどうかしたのか？」

ペルセウスの言葉に俺とアスは目を合わせる。そして、アスがカバンの中から、薬のしみ込んだハンカチを差し出すとメデューサがすさまじい視線でこちらを睨みつけた。

「この匂いに色は……どうやって手に入れたの？　返事次第ではあなたたちを僕は許さない!!」

「おい、我が歌姫よ、どうしたというのだ？　このハンカチがどうしたのだ？」

椅子から立ち上がって、ハンカチを奪い取るようにして掴み、戦闘態勢をとるメデューサを見て俺たちは確信をした。アスから事前に聞いていたがこの反応からして間違いはないようだ。

「この薬は……村長が行商人から買ったみたい……あなたなら意味はわかるよね……」

「そんな……ありえないよ……」

「さっきからどうしたというのだ!?　我が歌姫よ」

信じられないという顔をして頭を抱えるメデューサを、ペルセウスが支える。彼の言葉で多少は落ち着いたのだろう。メデューサはお茶を飲んで気分を落ち着かせると口を開く。

「ありがとう、ペルセウス……おかげで少し落ち着いたよ。二人もごめんね……君達はちゃんと話しに来てくれていたのに……」

「気にしないでいいよ、仲間の血なんだろ？　動揺しても仕方ないよ」

「フ、感謝するならば、罵倒を頼む。私にとっての何よりもご褒美だ」

「これさえなければなぁ……」

メデューサは深くため息をついてから、悲しい目でハンカチについた薬を指さしながら口を開いた。

「この薬には僕たちゴルゴーンの血が入っているね。しかも人間時のものだよ。普通、ゴルゴーンは異種族の前では人の姿はとらないんだけどな……それに、これじゃあ薄すぎて僕らの毒の完治はしないと思うよ」

「そう……たぶんだけど……これを作ったやつは……完治はしないけど、症状が良くなるくらいに調整している……」

「つまり、完治はさせずに定期的にお金を儲けるつもりか……だから、アンドロメダはまだ、体調が完治はしてなかったのだな」

「ああ、そして、その行商人がゴルゴーンだよ。そこまで掴んでいる」

俺の言葉にメデューサとペルセウスは目を見開いたが、納得したようにうなずいた。

「そういうことか……なら、人の姿をした状態で捕えられたのも納得だね。やっぱり行商人は僕達の身内なんだろうね……油断したところを誘拐されたんだと思うよ」

メデューサの悲痛な声が小屋の中に響く。そんな彼女の頭を撫でて慰めているペルセウスを見て、俺は何とも言えない気持ちになる。仲間が攫われるってどんな気持ちなんだろう。しかも相手は同じく信頼している身内なのだ。

「誘拐されたのはね、人間達と物々交換をしていたエウリュアレ姉様なんだ……姉様は心優しくてみんなに慕われていたんだ。そんな姉様が同族に裏切られるなんて信じられないよ。やっぱり物々交換をしていた人間に騙されて、行商人のゴルゴーンも人間に脅されているっていうのは……ないよね」

よほどショックだったのか、メデューサが弱々しく呟いた。でも、自分で言っていてありえないとわかっているのか、語気は今にも消えそうだ。そして、その言葉を否定したのは意外な人物だった。

「それはないな、アンドロメダはそんな奴じゃない。幼馴染である俺がそれは一番知っている」

「ふーん、ずいぶんとその人間の肩を持つんだね」

ペルセウスの言葉に、メデューサがちょっと不機嫌そうに唸った。それを見たペルセウスは本当に嬉しそうに言った。

「まさか、嫉妬しているのか、我が歌姫よ‼　心配するな。あいつはただの幼馴染だ。私の心は君一筋さ」

「うるさい、僕が君に嫉妬するはずないだろ‼」

「む……幼馴染は……負けヒロインじゃない……」

ペルセウスの言葉になぜかアスまで反応をした。やばい、収拾がつかなくなってきた。でも、ペルセウスの言葉で少しだけだけど、メデューサが元気になった気がする。まさか、そのためにわざと挑発するようにいったのだろうか？

「とりあえず、次に行商人が来た時に話を聞いてみることは決定として、それまでどうしようか。ゴルゴーンの裏切者に心当たりはないか？」

「あるはずないよ、だって僕らはみんな家族みたいなものなんだよ⁉」

メデューサが、心当たりがないというのならば、どうするか悩んでいると、ペルセウスが口を開いた。

「ならば私達がゴルゴーンの里に潜入して、怪しい奴を探すのはどうだろうか？」

「潜入って……どうすればいいんだ？」

「フッ、私のギフトは『クリエイター』だ。姿を隠すアイテムくらいあるのだよ」

そういうとペルセウスは背後のなにやら色々な道具の山を指さして、どや顔になった。たしかにそこにはブーツだの鎧だの様々なものが置いてあり、それぞれが何か不思議な光を放っていた。その全てに特殊な魔力があるのだろう。そして、その中の一つに関して説明を受けて、俺はこれならいけるかもしれないと思うのだった。

ペルセウスの小屋で必要なものを手にした俺達はメデューサの案内でゴルゴーンの里へと侵入することになった。

メンバーは俺とペルセウスに、シュバイン、ライムの四人だ。アスとカサンドラの二人は村で、行商人が来た時のために待機をしてもらっている。予定では二日後に来るそうだが、予想外の事がおきるかもしれないからだ。村長には話を通しておいているので問題はないだろう。

この四人にした理由としては、メデューサとずっと一緒にいたいとペルセウスが駄々をこねたのと、万が一メデューサと離れても、魔物の言葉がわかる俺がいた方がいいからである。そして戦力として火力担当のシュバインにヒーラーとしてライムがいる。

「それじゃあ、これをかぶってみるといい。効果を確認してみろ」

そう言って何やら羽のついた兜をペルセウスに渡された。俺がどんな構造なのだろうと見ていると、目の前にいたペルセウスがいつの間にか姿を消していた。本当に影も形も見えない。つられて俺もかぶってみると自分の姿が消えた。自分の手を見てみると確かに感覚はあるのに本当に見えないのだ。なんだこれ？　違和感がすごい。

「ふははは、どうだ私のアイテムは!!　ちなみに音は消せないから気をつけろ。アンドロメダの風呂を覗いた時、騒いでたらばれてぶん殴（なぐ）られたからな!!　あの時の痛みはなかなか良かった」

「うわぁ、死ねばいいのに……」

ペルセウスの言葉にメデューサが不快そうな顔をして呻いた。こいつぶれないな……でも、男なら一回は想像するシチュエーションではある。正直気持ちはわからなくもない。俺も、アンジェリーナさんのお風呂とか覗いたら……いや、罪悪感に押しつぶされて死にたくなりそうだ。

『じゃあ、俺達は森で待機をしているな。何かあったら魔術を空に撃って合図を頼む。それまで、こいつらと遊んでるわ』

「シュバイン、腕試しはいいが相手に怪我をさせるなよ。トロルド……こいつが暴走しそうだったら止めてくれると助かる」

『ああ……任せろ……それに俺達も負けはしない……それと……仲間を頼む……』

俺は仲間を連れてきたトロルドに声をかける。ゴルゴーンの里に潜入して万が一ばれたときのサポートとして彼にも声をかけた結果、ゴルゴーンの里で仲間を見つけたら、助けることを条件に力を貸してくれることになったのだ。

これで何かあっても、シュバインとトロルドとその仲間が助けにきてくれるのでだいぶ心強くなった。

シュバインとトロルドには、アスが調合したゴルゴーンの石化を一時的に無効化する薬も渡してるので、身体能力では、ゴルゴーンより勝るオークとトロルは大きな戦力になるだろう。もちろん、何も起きないのがベストなんだけどね……。

「ライムも頼む、万が一の時はお前が頼りだからね」

『任せてよ!!　ああ、でも、どうせならメデューサにくっつきたかったなぁ』

「ライム……そんなことしたらペルセウスにぶっ殺されても知らないからな……」

ああ、でもペルセウスなら、ライムとメデューサの絡(から)み合いに興奮しそうで怖いよね……スライムのヌルヌルがたまらないとか言いそう。

『でも、ゴルゴーンの里は楽しみだなぁ、みんな女の子なんだよね。ハーレムじゃん。種族を超えた恋っていいよね』

「ああ、そうだね……」

まあ、こいつにはずっと俺の甲冑の間に隠れてもらうんだけどね。彼がゴルゴーンを見る時は正真正銘のピンチの時である。

「メデューサ、作戦会議は終わった。俺たちはいつでも行けるよ」

「ふふ、楽しみだな、ああ、そうだ。ご家族に挨拶をするのだ。何かプレゼントを持って行った方がいいだろうか？　我が歌姫をもらいますと言わねばならないのだからな」

「なんの話かな⁉　僕たちは裏切者を探しに行くんだよ!!　ちゃんとしてほしいんだけど!!　それに、そういうのはまだ早いんじゃないかな……」

くだらないことをいうペルセウスに突っ込みをいれるメデューサだったが、なぜか後半になるにつれて声が小さくなっていった。こういうラブコメはよそでやってくれないかな？

俺とライムの無言の視線に気づいた彼女は顔を真っ赤にして、誤魔化すように言った。

「じゃあ、僕についてきてね。はやくしないと置いてくよ！」

そういって俺たちは彼女の後についていきゴルゴーンの里へと向かうのだった。


メデューサの案内によって辿り着いたゴルゴーンの集落は森の奥にあった。何人ものゴルゴーン達が集落の中を歩いている。髪の毛が蛇のような状態のゴルゴーンと、人のような髪の毛のゴルゴーンがいる。髪の毛が蛇の状態のゴルゴーンはあまり多くないようだ。そして、おそらく彼女達の家なのだろう。集落のあちこちに穴蔵が掘られている。

「髪が蛇のゴルゴーンと、人の姿のゴルゴーンがいるんだね。何が違うんだ？」

「僕達ゴルゴーンは気分で外見を変えるんだ。髪の毛が蛇の状態はちょっと緊張していたり、気が立っていて、髪の毛が人と同じ状態の時は落ち着いているよ。頭が蛇の時はあんまり話しかけないでねっていう暗黙の了解みたいなものだね。ああ、でも親しい人には話を聞いてもらいたかったりするから一概には言えないんだけどね」

「へえー、初めて知ったよ。ありがとう」

俺の疑問にメデューサが答える。なんというかメンヘラみたいでめんどくさいなぁ……などと俺が思っていると、ペルセウスが嬉しそうな声を上げた。

「なるほど、私と一緒の時に常に髪の毛が人と同じなのはリラックスしているということだな!!」

「べ、べつにそんなんじゃないんだからね!!　君に外見をあわせてあげているだけだよ。勘違いしないでほしいな!!」

「いちゃつくのは後にしてくれないかなぁ……」

なんかまた二人の夫婦(めおと)漫才のようなものが始まってしまった。俺は何を見せられているのだろう……いや、ペルセウスの姿は見えないんだけど。彼の言葉にメデューサが顔を真っ赤にしているのをみて恋人っていいなぁと思ってしまった。

『まあまあ、嫉妬しないの。シオンにも来世ではいい人がみつかるって』

「できれば、今回の人生で欲しいんだけどなぁ!!」

『まあ、その鈍感さを直さないと無理じゃないかな……？　それよりゴルゴーンの里は楽しみだねぇ、ほら、あの子可愛くない？　イッツァハーレム!!』

「一歩間違えたら石像だけどね……」

俺がげんなりとしていると甲冑の間からライムが口をはさむ。ちなみにライムも甲冑の中にいる間は透明になるようだ。少しでも甲冑から出るとスライムが宙に浮いているシュールな光景が見れる。夜中に目撃したらトラウマになりそうである。

などとくだらない事を考えていたら一人のゴルゴーンが近づいてきた。もう喋らない方がいいだろう。

「あら、メデューサ。何を一人でぶつぶつ呟いているの？　やっぱりエウリュアレ様が心配で頭が……」

メデューサが、心配そうな顔をしているゴルゴーンに声をかけられた。そうだよね、俺達は透明だから、はたから見たら一人で喋っているやべーやつなんだよね。

「待って、フィズ⁉　僕は正常だよ‼　それよりも里で変わったことはなかった？　近くに怪しい人間がいたとか、誰かが、里の外に出て帰ってこないとか」

「いや、何にもないわね……今はステンノ様の命令で、不要不急の外出は禁止されているし、見回りの者からもそう言った報告はないわ……大体、この里の場所を人間が知っているはずないものね……エウリュアレ様がさらわれたのも、どうせ、物々交換をした時に騙されたのよ‼　そうでもなければ私達ゴルゴーンが、人間になんて劣るはずがないわ」

そう言うとメデューサと話していたゴルゴーンの髪の毛が蛇と化す。当たり前だが、人間は相当恨まれているようだ。万が一、俺達が潜入しているのがばれたらどうなるか想像もしたくない。

「あんたも、以前に人間に助けられたって言ってたわよね？　だからって心を許しちゃだめよ。人間なんて信用できないんだから」

「うん、気を付けるよ。ちなみに、この里に潜入している人間を見つけたらどうする？」

「そうね……子種だけはもらって、嬲り殺しましょうか。ああ、でも顔が美しかったら石像にしてもいいわね。まあ、ここに人間が来ることなんてないでしょうけど」

すっごい怖いことを言って、ゴルゴーンは去って行ってしまった。だけど、悪い奴ではないのだろう、フィズと呼ばれたゴルゴーンは、本心からメデューサを心配しているようだった。

でも、俺達見つかったらやばいね。それにしても助けた人間って……。

「貴公の想像の通りだ。私は彼女に助けられたのだよ」

「違うよ、先に助けられたのは僕だよ。僕がマタンゴの毒になんてやられてなければ……」

そう言うと、メデューサは悔しそうに目を落とした。彼女達の話によると、マタンゴに襲われていたメデューサを、ペルセウスが助けたらしい。

そして、マタンゴを倒したペルセウスだったが、毒によって混乱状態に陥(おちい)ったメデューサが、ペルセウスを噛んでしまったらしい。そして、正気に戻った彼女は、毒が回ったペルセウスのために自分の血を与えたそうだ。

「へぇ、ペルセウスやるね」

「そりゃあ、可愛らしい女の子がいたら助けるに決まっているだろう？」

「その時の僕は髪の毛が蛇だったんだけど……」

「ああ、その状態も人の姿とは違う可愛らしさがあって私は好きだぞ」

ペルセウスの言葉に、メデューサは何やら顔を赤くしてそっぽを向いた。うわぁ……また、甘い空気が流れそうだ。俺は話をそらすために気になったことを聞いてみる。

「じゃあ、なんで初めて会った時もマタンゴがいる森で歌っていたんだ？　危なくない？」

「う……それは……その……」

俺の言葉になぜか、メデューサは顔を真っ赤にしてペルセウスを見つめるのであった。その視線で何かに気づいたのか、ペルセウスが嬉しそうな声をあげる。こいつら何を話してもいちゃつくんだけど!!

「おお、まさか私に会うためにわざわざ大声で毎晩歌っていたのか!?　可愛すぎるぞ、我が歌姫よ!!　だが、心配は不要だ。君が望むなら私は世界中のどこにいても絶対探して見せよう」

「うるさい、それ以上喋ったら石にするよ!!　とりあえず姉様のところに行こう。姉様はこの里の長なんだ。色々話を知っているし、力になってくれるはずだよ」

そう言って顔を真っ赤にした彼女に俺達はついて行く。里の長はどんな人物なのだろうか？

俺はメデューサの姉達の事を何も知らないことに気づく。これから会いに行くのだ。多少は情報を収集した方がいいだろう。近くにゴルゴーンがいないのを確認して俺は尋ねる。

「そういえばメデューサのお姉ちゃんはどんな奴なんだ？」

『ついでにスリーサイズと顔のタイプも聞いといてね』

「うん、僕には二人の姉がいてね、一番目のお姉様がステンノ姉様、二番目のお姉様がエウリュアレ姉様だよ。ステンノ姉様は薬を作るのが得意で頭もいいんだ。自分にも他人にも厳しいけどすごいしっかりしていて頼りにされていてね、その実力が認められて、若いのに私達の里の長になったんだ。エウリュアレ姉様はね、森で色々なものを見つけるのが得意なんだ。すごい優しくて、私がへこんでいるときはいつも慰めてくれたんだよ。二人とも美人ですごい自慢の姉様達なんだ」

俺の言葉にメデューサは本当に自慢げに言った。ライムの戯言(ざれごと)は無視をする。ステンノさんは薬を作るのが得意か、アスとかぶるな……エウリュアレさんというのが、今行方不明になっているというゴルゴーンだったはずだ。アンドロメダさんの話でも心優しいゴルゴーンといっていたので、間違いはなさそうだ。飴(あめ)と鞭(むち)みたいな姉妹だね。

メデューサを見てると、二人の姉を愛しているというのがよくわかる。だからこそ、今回エウリュアレさんがさらわれたのが許せないのだろう。

「心配するな、我が歌姫よ、君もとても綺麗だ。それに、君もその二人の姉に比べて同じくらい美しいし、君の美声は世界一だよ」

「うるさいな!! そんな事は今話してないよね!? でも……ありがとう。そんなこと言われたのははじめてだな……姉様達に比べられてばっかりだったからさ。あれ、でも。ペルセウスは姉様達を見たことあったっけ?」

「おお、シオン見るがいい!! 今、我が歌姫がデレたぞ!! ちなみに姉様達はみたことがないな」

「君ってやつはぁぁぁぁぁ!! 僕の喜んだ気持ちを返せ!!」

そういって顔を真っ赤にするメデューサは適当な事を言っているペルセウスの声がした方を睨む。

でもさ、あいつMだから興奮してそうだよね。

「それでステンノさんは人間に対してはどうなんだ? エウリュアレさんは人間にも優しいみたいだけど……あとステンノさんの薬ってどんな薬があるの?」

俺の疑問にメデューサはうーんと悩ましい表情で言った。

「そうだなぁ、僕達の怪我を治したり……あとは、幻覚をみせたりする薬とか、毒薬とかも作っていたよ。ゴルゴーンの里は他の魔物におそわれることも時々あったからね。ゴブリン達を捕まえて、洗脳して自分の仲間にしたのはすごかったな。人に対しては……あんまりいいイメージはないかも。ステンノ姉様は、エウリュアレ姉様が人と物々交換してたのも微妙そうな顔してたし……」

「うわぁ……これって交渉できるのか……? 俺達下手したら薬漬けにされそうなんだが……」

「大丈夫だよ!!　ステンノ姉様は頭が良いから、ちゃんと話せばわかってくれるよ。このままだとゴルゴーンの里も危険だしね」

　アスは、治療系の薬しか作らないが、ステンノさんの作るのは、殺意が増し増しな薬が多いね。交渉のテーブルにつけても、そこで出された食事や飲み物には手をつけないようにしようと心の中で決めた。

「ただいま」

「おかえりなさいませ、メデューサ様」

　メデューサについて行くと、彼女はひときわ大きな穴蔵の前に立ち止まる。扉には一人の武装したゴルゴーンが立っている。そのゴルゴーンは、メデューサの顔を見ると会釈(えしゃく)をして扉を開けた。

　やはり長の家と言うだけあって、警備兵もいるようだ。俺はメデューサにおいてかれまいと、急いで彼女の後ろについて行くと、何か硬いものにぶつかってしまった。やっべえ、多分ペルセウスだ。透明だからお互いわからないんだよね。

「何か変な音がしませんでしたか？」

「え……気のせいじゃないかな？　僕には聞こえなかったよ」

「いやそんなはずは……」

　一瞬にして戦闘モードになったらしく、髪を蛇にした警備兵は不審そうにあたりを見回した。その視線は音のしたところ、つまり俺のいるところに注がれて、ゴルゴーンの警備兵と目があった。彼女が魔眼を使えば俺は即座に石化してしまうだろう。頬を冷や汗が垂れるのを感じる。

無限にも感じた時間だったが、やがて、彼女は怪訝な顔をしながらも視線を外した。自分が透明だということはわかっていても心臓に悪いものだ。今みたいに音とかは隠せないしね。

「申し訳ありません、気のせいだったようです。エウリュアレ様の事があって神経質になっていたようです……」

「気持ちはわかるよ。気にしないで。じゃあ、僕はいくねー」

メデューサが誤魔化すように笑いながら駆け足で穴蔵の中に入って、誰も周りにいないことを確認してから一言。

「二人とも気を付けてよね!!」

「悪かった……」

「フッ、怒った顔も美しいな、我が歌姫よ」

「あのね、今は本当にそんなことを言ってる場合じゃないんだからね」

焦った声をだすメデューサに俺は素直に謝った。しかし、ペルセウスのやつマジでぶれないな。とはいえ透明だからと言って油断をしてはいけないという事だろう。俺は自分を戒(いまし)める。

「じゃあ、手はず通り僕が姉様に事情を話すから、合図をしたら兜を脱いでね」

彼女の言葉に俺は頷いた。いきなり姿を現したら警戒されるだろうからね。メデューサの姉に事情を話して、納得してもらってから姿を現した方がいいだろうということになったのだ。

「姉様、入ってもいいかな」

「その声はメデューサね。ええ、大丈夫よ」

扉の中には高級そうな机で仕事をしている美しい女性がいた。彼女がメデューサの姉のステンノだろう。人間離れした、美しい顔に、すらりとした長身に体のラインを強調するような薄い生地の服を着ている。そのため俺は一瞬胸に目を奪われた。いやいや、今はそんな場合ではない。

「姉様に話があるんだ」

「何かしら？　私は今エウリュアレの捜索で忙しいのだけれど……」

「その事で話があるんだよ。近くの人間達の村に行商人が来たらしいんだけど、そいつが僕達ゴルゴーンの血を混ぜた薬を売っていたらしいんだ。それでね……ひっ」

「人間ですって……!?」

メデューサの人間という言葉に、ステンノは過敏に反応した。感情が昂（たかぶ）ったためか瞬時に髪が蛇と化して、メデューサを睨みつける。さきほどまでの柔和な笑みが嘘のようだ。

「人間とは関わるなと言ったはずよね、その話を誰から聞いたのかしら。あなたが夜な夜な人間の男と会っていると聞いたんだけれど……何かの間違いよね？」

ステンノはすさまじい目でメデューサを睨みつけて言った。絶対ペルセウスの事だよね……てかさ、人間への好感度最悪なんだけどどうしよう……。

「姉様……違うんだ。人間にもいいやつはいるんだよ。彼は信頼できるんだ」

「エウリュアレも人間は信頼できるって言って、物々交換をしていたのに、誘拐されたのよ。信頼できるはずないでしょう」

「う……」

人間に対する恨みか、恐ろしい雰囲気を醸し出す姉に、気丈にも言い返すメデューサだったが、ステンノに正論を言われて言葉に詰まる。

俺が兜を取って援護をしようと思ったが何者かに阻止された。姿は見えないがペルセウスか？　彼女に任せろという事なのだろう。顔は見えないが、優しく見守っているのだろう。

メデューサはしばらく、何かを悩んでいたが、ステンノの目をまっすぐみて口を開いた。

「確かに人間には信頼できないやつはいるかもしれない……でも彼は違うんだ。彼は自分の命だって危ないのに、僕を助けてくれたんだ……それに、綺麗だって言ってくれたんだ。僕の蛇の姿をみても、彼は綺麗だって言ってくれたんだ。どんなにひどいことを言っても、僕の事を好きだって言い続けてくれたんだ。だから僕は彼を信じるって決めたんだ」

「そこまで信用するなんて、まるで恋する乙女ね……まあ、いいわ。話だけは聞いてあげましょう。それで、人間達は何て言っていたのかしら？」

メデューサの言葉にステンノは深いため息をついて答えた。だが、ステンノは話を聞く気になってくれたようだ。

てか、俺とペルセウスも聞いてるんだけどいいのかな？　テンパって本音が漏れてしまったのかもしれない。まあ、結果的にはいい方向に進んだからいいとしよう。でもさ、ペルセウスのやつ絶対、にやにやしてるよなぁ……。

「なるほど……裏切者のゴルゴーンが、行商人のふりをして薬を売っているというのね……」

「そうなんだ、多分、そいつが、エウリュアレ姉様をさらって薬を作っているんだよ。だからその裏切者を捕まえて、エウリュアレ姉様を助ければ、みんなだって話を聞いてくれると思うんだ。それで……人間の村の人とも、仲直りをすれば僕達はまた元の日常に戻れるはずなんだ。僕の話は聞いてくれないかもしれないけれど……ステンノ姉様の話ならみんな聞いてくれると思う。だから力を貸してほしいんだ」

メデューサの言葉にステンノはなにやら考え込んでいる。確かに信用できない話だろう。彼女はゴルゴーンの里のリーダーだ。責任だってあるし、軽率な判断はできないはず……だから、ここでもう一つきっかけを与えるべきだろう。今なら問答無用で襲われたりはしないはず。俺が口を開く前にステンノがメデューサに尋ねた。

「ちなみに、あなたの協力者の人間たちはどこにいるのかしら？　できればその人たちの話も聞きたいのだけれど……」

「ここにいるよ。二人ともお願い」

メデューサの言葉を合図に、俺達は兜を取って姿を現した。これでようやく会話できる。突然現れた俺達に、ステンノはびっくりしたように目を見開いた。

「へぇー、本当に姿を消せるのね」

「お初にお目にかかる、私の名はペルセウス、我が歌姫の騎士だ。先ほどの告白心震えたぞ。式はいつあげようか？」

「何を言っているんだ。さっきのは姉様を説得するための方便だよ、別に君の事なんて好きじゃないんだからね!!」

「俺はシオンと言います。人間とゴルゴーンの誤解を解く為(ため)にやってきました。俺達の話を聞いてもらえますか？　信頼できないっていうならば武器も置きます。俺達は本当にゴルゴーンと敵対する気はないんです」

二人が夫婦漫才をはじめたので、俺はさっさと話を進めることにした。キリがないからね。しかし俺の言葉にステンノは答えずにじっと見つめてくる。何だろう、まさか俺に恋をしたとか？

「魔を魅せるって言っていたけど何も感じないわね……まあ、武器はそのままでいいわよ。持っていてもらわないと困るもの」

「え……？」

俺は、ステンノの言葉の意味が分からず思わず聞き返した。しかし、彼女は返事をせずに大きく息を吸ったかと思うと……。

『――――――！！！』

ステンノが不思議な音を発した。突然の奇声に俺とメデューサは耳をふさぐ。一体何だっていうんだ？

「二人ともどうしたのだ？」

「なんだ今の音は……？」

「姉様、何で⁉　今のは緊急時の……」

ペルセウスには聞こえなかったようだが、俺とメデューサはあまりの高音に苦悶(くもん)の表情を浮かべながら呻き声をあげる。

「うふふ、情報通りね、姿を隠して人間が紛れ込んでくるって言われた時は、半信半疑だったけど……あなたたちの動きは村にいる内通者によって筒抜けだったのよ。だから言ったでしょう？　人間を信頼してはいけないって」

　ステンノがいやらしい笑みを浮かべて答える。これは一体……俺が突然の出来事に混乱している間にも、遠くからこちらへと駆け寄ってくる足音が響く。

「エウリュアレだけじゃあ、心もとなかったのよね。メデューサ、あなたも薬の材料になってもらうわ」

「姉様!?　なんで……」

「我が歌姫よ、落ち着け。彼女は敵だ。」

「まったく、薬を使うゴルゴーンなんて私だけでしょうに……なんでそんなことにも気づかないのかしらね。そんな馬鹿な所もみんなに可愛い可愛いって言われて調子に乗っているのかしら」

　ステンノに駆け寄ろうとするメデューサをペルセウスが止める。その光景を見てステンノはなぜか不愉快そうに眉をひそめた。

　そして扉が乱暴に開けられて何体ものゴルゴーンが部屋へとやってきた。

「大丈夫ですか？　ステンノ様。先ほどの声は……」

「メデューサが裏切ったわ、この人間達と協力して、私を捕えようとしたのよ」

　そうして、狭い部屋で、ゴルゴーン達に囲まれた俺たちは抵抗することすらできずに捕えられてしまったのだった。

私とカサンドラは村の警備を終えて、一息ついてお茶を飲んでいた。シオン達は今頃潜入している時間だが大丈夫だろうか？　夜になっても何の連絡も来ていないが、今頃ゴルゴーン達に歓迎でもされているといいのだけど……。

シオンと再会したばかりなせいか、半日ほど離れ離れになっただけなのに寂しいと思っている自分に少し驚く。そんな私に気遣ってか、色々と話しかけてくるカサンドラと雑談をしていると、突如ノックの音がする。

「こんな夜分に誰かしらね？」

「わからない……とりあえず開けてみる……」

私達は警戒しながらも、扉をあける。背後を見るといつでもカサンドラが刀を抜けるように構えている。これなら大丈夫だろう。私が扉を開けるとアンドロメダさんがいた。彼女は走ってきたのか、肩で息をしながら口を開いた。

「失礼します。こんな夜分に申し訳ありません。ですが、お伝えした方がいいと思いまして……」

「問題ない……これを飲むと落ち着く……」

私は体力回復と精神安定の効果のあるお茶を渡す。シオンが帰宅した時用に準備をしていたのだが役に立って良かったと思う。

「ありがとうございます。その……行商人の方が今夜いきなりいらっしゃって、父と何やら話していたんです。ペルセウスから、行商人には気をつけろと言われていたので、皆さんにはお伝えした方がよいと思いまして」

「こんな夜中にわざわざ訪問するなんて怪しいわね……なにかを焦っているのかしら」

「しかも……二日後に来るって言っていたのに……おかしい……」

私とカサンドラは顔を見合わせてうなずいた。予定では二日後にくると言っていたのに、わざわざ日程を早めた上に、夜中に来る理由はなんなのだろうか？　行商人の方で何かイレギュラーがあったのかもしれない。

そうなると、ゴルゴーンの里に行ったシオン達にも、何かがあったのではないかと心配になってしまう。私の胸に焦りの感情が強く生まれてきたのでお茶を飲んで落ち着かせる。

「すいません、この村とゴルゴーン達に何が起きているのでしょうか？　私達が話していたゴルゴーンは……エウリュアレさんは優しい人だったんです。それなのに、いきなりいなくなるし、ゴルゴーンは襲ってくるし、ペルセウスもどこかへ行ってるし、なにがおきているんですか⁉」

アンドロメダさんの悲痛な叫びが部屋に響く。おそらく、行商人が怪しいと聞かされていたので、最初にペルセウスの家に報告に行ったのだろう。でも、彼がいなかったので私達に頼りにきたのだ。不安と混乱で涙目の彼女を、カサンドラが元気づけるように手をにぎって慰める。

「私達も今はまだ何がおきているかわからないわ。だからシオン達が調べてくれてるのよ、彼って普段はへたれだけど、こういう時はすごいんだから安心して」

「そう……シオンはすごい……だから、安心して……」

信頼に満ちた目のカサンドラに、ちょっと胸がモヤっとしながらも私も同調する。私達の言葉に安心したわけではないだろうが、アンドロメダさんも少しは落ち着いてきたようだ。

「すいません、取り乱してしまって……ペルセウスも大丈夫ですよね？　彼はバカでMですけど、いいやつなんです。今だって村の警護の仕事をやってくれていますが、本当は街に行けばもっといい仕事があるのに、前まで警護をしていたおじいちゃんが腰をやったからって、ここで働いてくれているんですよ」

そう言ってペルセウスの事を語る彼女をみて私はピンと来た。心なしか自慢げで……まるで自分の事のように語る彼女を見て私はピンと来たのだ。

「もしかして……アンドロメダさんは……ペルセウスの事が？」

「ええ、まあ……その……言わないでくださいね。その失礼ですが……アスクレピオスさんは……」

「大丈夫……幼馴染は負けヒロインじゃない」

「はい、ぽっと出の新しい女の子になんて負けたくありません!!」

「あなたたちは何の話をしているの？」

私達が握手をしているとカサンドラがあきれた声を上げる。しかし、こんなところに仲間がいたなんて……。

そうして行商人の情報を聞いた私達はアンドロメダさんを帰して、行商人がいる村長の家へと向かうことにした。外へ出るために準備をしていると、カサンドラがいきなり頭を抱えてうずくまった。

「カサンドラ……大丈夫……？」

「ええ、大丈夫よ、私達ならば、何の問題もなく行商人を追い詰めることができるわ」

そういう彼女は不思議と辛そうな……何かもどかしい顔をしていた。その顔は、何かを伝えたいけれど伝えられないもどかしさに苦しんでいるようだった。

私は、カサンドラのその表情で全てを察した。浮かべている表情と、口に出した内容に違和感がある。これは彼女のギフトが発動したという事だろう。事前にシオンから話を聞いてなかったらちょっと変だなって思った程度で流してしまっただろう。

「カサンドラ……ギフトが発動したんだね……」

「なんのことかしら、よくわからないわね」

「なら何も言わなくていい……私はあなたを信じて行動するだけ……だからその時が来たらあなたはあなたの最善と思う行動をして……」

カサンドラが驚愕の表情をしたあと安堵の笑みを浮かべた。その一瞬の表情の移り変わりで私は彼女の孤独の一端を知った気がした。

そして、彼女にとってシオンと言う理解者がどれだけ大切な存在になったかもわかってしまった。そして、私は短い間だが一緒にすごして思ったのだ。私も彼女の助けになりたいなと……そんな彼女を安心させるために私はさらに言葉を紡ぐ。

「私は信じる……シオンが信じたあなたを……私が信じたいと思ったあなたを信じる」

「ありがとう。あなたとシオンはやっぱりどこか似てるわね」

「それは……最高の誉め言葉……だね……」

シオンと一緒……その言葉で胸が少し温かくなった気がした。そして私達は一緒に村長の家へと

向かうのだった。

村長の家の前に身を潜ませていた私達は、ちょうど行商人が外に出てくるのを見かけた。フードを被っているためか顔は見えない。しかもあのフードには隠蔽(いんぺい)効果があるのか、スキルを使っても本当にゴルゴーンなのかがわからなかった。

私とカサンドラは警戒しながらも追いかける。行商人を追いかけてしばらく森を歩くと、何やら古い建物があった。そこは、かつて砦(とりで)か何かだったのだろう。今は朽(く)ちかけている建物の中に行商人は入っていった。

「カサンドラ……入っても大丈夫かな……？」

「ええ、何の問題もないわよ」

私の言葉に、カサンドラは何でもないような口ぶりをしながらも、険しい顔をしてうなずく。その表情で察する。ああ、彼女はここで何かが起きるという予言を見たという事なのだろう。何がおきるかはわからないけれど、何かがおきると分かれば覚悟はできるものだ。私達は気配を消しながら行商人の後ろをついて行った。

中には明かりはなかったが、天井などがボロボロなためか、天井から月の光が漏れていてそこまで不便は感じなかった。まるでアンデッドでも住んでいそうな雰囲気だったが、特になにかと遭遇することはなかった。ひょっとしたらここに住んでいた魔物は行商人によって退治されていたのかもしれない。

さらに奥に進むと地下へと進む階段があった。そこは地下牢なのだろう。階段の先にはいくつもの牢獄があった。そして、その牢獄の中に扉が開いていて、一つだけ明かりがついている部屋があった。

そこには一人の少女が鎖につながれており、行商人がそれを眺めていた。その光景はまるで、商品の検品でもしているようなそんな感じでなんとも不愉快に感じる。

鎖に繋がれた少女の意識はなく首がだらんと下がっている姿は、一瞬死んでいるかのようにすら見えた。美しい女性というのが余計不気味さを感じさせる。

慌てて、彼女の状態をみると生命力が下がっており、ひどく衰弱しているようだ。そして体のあちこちに切り傷がある。そしてその傷は包帯などで雑な治療をされているだけだった。今は生きているが放っておいたら長くはないだろう。

そして、最も大事なことだが彼女は人間ではなかった。

「あの子……ゴルゴーンだ……」

「そう、なら助けなきゃね、治療用にポーションを一本もらうわね。あとは、私にまかせて」

「私も行くよ……きゃっ!!」

助けに入ったカサンドラを追って、私も牢獄に入ろうとすると、カサンドラに乱暴に押し出されてしまった。抵抗することはできたけれど、普段と違う彼女の行動に、私は吹き飛ばされるままでいた。

そして、まるで、誰かが入ってくるのを待っていたかのように扉の上から格子が下りてきた。もしも、カサンドラと一緒に入っていたら二人で牢獄に閉じ込められていただろう。そんな私達を見て行商人がニヤリと笑った気がした。それを見て、私達は行商人にこの部屋に誘われたということに気づく。

私を押し出したカサンドラがスキルを使って、猛スピードでゴルゴーンの少女を助けに行く。重さに反応する仕掛けだったのだろうか？　私は落ちてきた格子を見ながら冷や汗を流す。カサンドラはこれを予言していたのだろう。

二人一緒に入ったら、一緒に閉じ込められてしまい、為す術がなかっただろう。彼女は行商人からゴルゴーンを守るかのように間に割り込んで武器を構えた。

「さて、正体を現しなさい。あなたは行商人ではないでしょう？　さしずめ、私達をここに誘いこむための囮役と言ったところかしら」

「さすがは冒険者殿ですね……お見通しなのですか……」

そう言ってフードを取ると行商人のふりをしていた人物の顔があらわになる。話に聞いていた女性ではなく、初老にかかった男性の顔である。村長のケペウスだ。彼は観念したように顔をうつむけたままため息をついた。

「なんで……村長さんが……？」

「やはり、アンドロメダさんが関係しているのですか？」

驚く私とは対照的にカサンドラは冷静に尋ねる。私達の視線から逃れるように目をそらしながらも村長さんは答える。

「おっしゃる通りです。娘を救うには行商人の薬が必要なのです。あなたがたを罠にはめれば娘を……アンドロメダを救ってくれると、あの女は私に約束をしてくれたのです!! だから私は!!」

「あなたは行商人が約束を守るとでも思っているんですか？　それに私たちと一緒に始末されるとは思わなかったんですか？」

「それでも……娘を救うにはこうするしかないんですよ!!」

「カサンドラ!!」

「大丈夫よ、アス」

そういって、村長は胸から短剣を取り出して、カサンドラに切りかかった。もちろん、素人の攻撃なんてBランクの冒険者に当たるはずもなく、村長はカサンドラの当身(あてみ)によって気絶させられた。

「ごめんなさい、少し眠っていてください。それにしても、行商人はひどいことをするわね……」

「薬と毒を……悪用するなんて……絶対許せない……」

私達はまだ見ぬ行商人に対して怒りの言葉を吐く。カサンドラはやりきれない表情で気を失った村長を見ている。薬は人を救うために使うものだ。それを悪用するなんて許せないし、取引の材料に使うなんてもってのほかだ。私は行商人への嫌悪感が胸の中でひろがるのを感じた。

そう、薬は人を救うためにあるのだ。人の笑顔を守るためにあるのだ。なのに……。

「アス、ゴルゴーンの治療はあなたからもらったポーションでするから、この扉を開ける仕掛けを探してくれないかしら」

「わかった……でも……治療だけなら私が牢屋に入った方がよかったんじゃ……」

私が言いかけると天井から何匹ものオークが降ってきた。カサンドラにはここまで予言で視えていたのだろう。私だってサポートとはいえBランクの冒険者だ。あの程度の数のオークなら何とか対処はできる。でも、ゴルゴーンや村長を守りながらとなると話は別だ。

「私なら大丈夫、この程度の敵なら余裕よ」

「わかった……すぐに戻る……」

そういうと彼女は刀を振るってオークを圧倒する。私は彼女の言葉を信じてトラップを解除するために牢獄を探索することにする。薄暗いところに一人は少し心細いがそんなことは言ってられないだろう。

「あら、あのトラップに気づいたのかしら？　やるわね、それともそういうギフトを持っているのかしら……もしくは、あの人間が予想以上に使えなかったのかしら」

少し進むとフードをかぶった人に遭遇した。そいつは、私を見ると何が楽しいのか、愉快そうに嗤(わら)った。

こいつが本物の行商人なのだろう。もしも、カサンドラの予言が無かったら、私達が牢獄に閉じ込められるであろうタイミングで様子を覗きに来たのか。彼女を見た途端、本能が危険だと訴える。でも、それ以上に許せないという想いが勝り彼女を睨みつける。

「あなたが……行商人だね……完全には治らない薬を渡して……何を考えているの？」

「ここで死ぬあなたには関係のない話よ」

そういって彼女はかぶっていたフードを振り払うと同時に私を見る、その髪は人のモノではなく蛇で……とっさのことに私は思わず彼女の怪しく光る眼を凝視してしまう。私と目が合った彼女はにやりと笑う。その笑みは美しい顔だというのになんとも醜かった。

ゴルゴーンと目が合った私の身体が瞬時に石化する……などという事はなかった。私がギフトに目覚めたと同時に手に入れたスキル『状態異常耐性ＥＸ』はいかなる状態異常も無効化するのだ。それはゴルゴーンの石化も例外ではない。

勝利を確信しているゴルゴーンに私は杖による一撃を放つ。完全なる不意打ちの一撃は目の前のゴルゴーンの腹部に直撃する。ゴルゴーンは苦痛に顔を歪めたが、致命傷には程遠いようだ。だけど、時間は稼げた。距離をとって補助の法術をかける時間を稼ごうとした私の背後に何かが迫る音がした。

「グガァァァァ」

「こいつらは……」

私の背後からやってきたのは三匹ほどのトロルだった。しかも、なんだろう。正常な状態ではない。何らかの薬によって思考力が奪われているようだ。成分さえわかれば解毒剤を作ることはできるのだけれど……。

「私の魔眼を無効化するなんて……あなたがあの人の言っていた私達の血を求めてきた冒険者ね。何らかの治療スキルをもっているのかしら」

「あの人……？」

不意打ちから立ち直ったゴルゴーンは、自分のお腹を押さえながらも厭らしい笑みを浮かべながら私に声をかけてきた。なんで私が来ることを知っているのだ？　それにあの人とは……？

「もしかして……村長さん？」

「あの人と、あの人間ごときを一緒にしないでくれるかしら。あの人間も愚かよね。自分の娘の命がかかっているとわかったら、あなた達のことをペラペラしゃべってくれたし、囮にもなってくれたわ。本当に助けるはずないのにね」

「あなた……薬を取引に脅迫したの……？」

「ふふ、本当に毒と薬は使いようね。おかげでまた私が正しいことが証明されたわ」

得意げに喋るゴルゴーンに、私は歯ぎしりをすることしかできない。牢獄での村長さんの辛そうな顔が思い出される。自分の娘の命が……家族の命がかかっているのだ。必死になって当たり前である。それなのにこいつはその気持ちを嗤ったのだ。絶対に許せない……。

「ちなみに時間稼ぎをしても無駄よ。私達の里にやってきた、あなたの味方達は今頃牢屋で捕らわれているわ。助けはこないわよ」

「シオン達が……なら……なぜ、私を殺さないの……？」

トロルたちは私の背後で待機をしているが襲ってくる気配はない。彼女が命じればすぐにでもトロルたちは私を襲うだろうにだ。この女は何を考えている？

「あなたと取引をしたいのよ。ゴルゴーンの血の効果に気づくという事は、あなたも薬に関しては詳しいのでしょう？　ならば私に力を貸しなさい。悔しいけど人間達の方が毒には詳しいのよね。私はね、毒と薬の力で人や魔物たちを支配したいの。協力をするならあなたや仲間の命も助けてあげるわ。なんなら、あなたにも美味しい思いをさせてあげる。悪い話ではないでしょう？」

「あなたは……薬を……治療のために作るんじゃないの？」

「ええ、違うわ。例えば、毒をばらまいて、治療薬を渡す。そうすれば、そいつらは私のいう事を聞かざるをえないでしょう？　私のギフト『清濁の薬師』は素材の治療効果と毒の効果を瞬時に見抜くわ。このギフトによって他者を支配しろとあの人が私に授けてくれたのよ」

恍惚とした目で語るゴルゴーンの言葉によって、私の感情は怒りに包まれる。こいつは何もわかっていない。薬は人を悲しませるためのものではないのだ、人々を救うためのものなのだ。

「それは違う……薬は……人を救うためにある……」

「あらあら、交渉は決裂ということかしら？　仕方ないわね。あなたに毒は効かなくても、あなたの仲間は違うわよね。仲間の命がかかっていれば、結局私のいう事を聞くでしょう？　あの村長のようにね。まあ、死んでもそれはそれで仕方ないわね」

ゴルゴーンが厭らしい笑みを浮かべると共に背後のトロル達が迫ってくる。シオンごめんね……彼女のいう事を聞いていれば私達もシオンも助かったかもしれない。でも、それだけは……それだけは認めるわけにはいかなかったのだ。

私が死を覚悟すると同時に天井から轟音と共に何かがふってきた。


穴蔵の中にある牢獄で俺たちは捕えられていた。武器と兜は回収されていたが、服などは着たままなのが幸いである。ちなみに、ペルセウスのハルペーはゴルゴーン達が触りたがらなかったため、牢屋の外に乱暴に投げ捨てられている。

「完全にやられた……まさか、ゴルゴーンのリーダーが裏切者だとは……」

「そんなことはどうでもいい……我が歌姫は大丈夫だろうか？　私を痛めつけるのはいい、むしろ望むところだが、彼女を傷つけるのだけはやめてほしいものだ……」

いや、全然よくないんだけどとは思うが、ペルセウスはメデューサが心配でたまらないのだろう。メデューサは俺達とは違い、牢屋ではなく別のところに連れられて行ってしまった。もしかしたら薬の材料にされているのかもしれない。

いつも余裕があるペルセウスが動揺しているのを見て、俺も嫌な予感がよぎる。ステンノは俺のギフトに関しても知っていた。となると村に協力者がいるのだ。村にいるカサンドラとアスにも危険が及ぶだろう。

幸いにもまだ命は無事だ。外に情報を伝える術はいくつかある。だから、俺は彼女との会話を思い出す。彼女は何と言っていた？

『魔を魅せるって言っていたけど何も感じないわね』

ペルセウス達には、俺のギフトは正直に魔物と会話ができることであると言ってあるし、お店のおばちゃんにはギフトの効果はぼかしてある。嘘の情報を伝えたのは村長だ。つまり、ステンノの仲間は村長だということになる。え、これ思った以上にアスやカサンドラもやばくない？　俺達の行動バレバレだよ。

「ペルセウスまずい……共犯者は村長だ。俺は偽り（いつわ）のギフトをあの人にしか伝えていない」

ブラフを伝えたのはほんの気まぐれだった。アスが彼の娘であるアンドロメダさんの様子がおかしいと言っていたから、何かあると思って言ったきまぐれ。それが活きたのだ。

「そんなまさか……あの人は誠実な人だぞ!!　私達を騙したりするようなことは……いや、アンドロメダの命か!!」

俺の言葉を否定していたペルセウスだが、はっとした顔で叫んだ。村長はアンドロメダさんが毒に侵されて、絶望したのだろう。そんな中に行商人が薬をもってやってきたら……。

相手がゴルゴーンだとわかっていても協力をするしかないだろう。協力しないと娘が助からないのだから。アスは言っていた。あの薬は完治させるものではないと、あくまでも症状を軽くするだけだと。つまり娘の命を盾に村長はステンノに利用されているのだ。

「ライム!!」

『シオンの話を聞いて、大体の流れはわかったよ』

「ふぇっ」

俺の言葉でライムが俺の服の間から出てきた。肌を直接這われる感覚に俺は思わず、変な声をあげてしまった。

『シオンはきもいなぁ……どうせなら可愛い女の子にそういう声をあげてほしいんだけど』

「うっせぇ!!　お前なら格子も関係ないだろう。シュバイン達に声をかけてくれないか?」

『わかった!!　僕にまかせてよ。そうして村を救った僕は英雄スライムとしてハーレムを作るのさ』

「ハーレムって言ってもあの村若い娘はアンドロメダさんくらいしかいないけどね」

「シオン!!　誰か来たぞ」

ライムが格子の間から出ようとしたタイミングで、扉が開いてゴルゴーン達がやってきた。髪が蛇と化しているので敵意があるようだ。ちょっと怖い。

俺はあわててライムの上に乗って彼を隠す。ライムが『どうせのられるなら女の子がいいなぁ』と言っているが無視である。

『この二人が侵入してきた人間よ』

『こいつらがメデューサをそそのかしたのね……絶対許さない』

二匹のゴルゴーンは物騒なことを言い始めた。そのうちの一匹はまさしく悪鬼のような顔で俺たちを睨みつけていた。

やってきたゴルゴーン達に対して、俺は敵意がないことをアピールするために笑みを浮かべる。なんとかここをやり過ごして、ライムを逃がさないといけない。

『こいつ、魔を魅せるギフト持ちって聞いてたけど、全然ぴんと来ないわね』

『わかるーー!!　なんか童貞臭いわよね。別に魅力的でもないし』

『まあ、いいわ。こんな童貞どうでもいいもの。それより、メデューサとこいつらの関係の方が大事よ！　こいつらがあの子を利用しているんだとしたら……生まれてきたことを後悔させてやるんだから』

『落ち着いて、どのみちこいつらには子種以外の価値はないんだから。話を聞いて満足したら襲ってしまいなさいな』

待って、何で俺はゴルゴーン達に童貞って馬鹿にされてるの？　言葉が通じないと思ってか、こいつら言いたい放題である。というか子種って……。

そういえば、ゴルゴーンは異種族の雄をさらって子供を作ると聞いたことがある。ゴルゴーン達はゴルゴーンしか産まないため異種族と性交をするのだ。しかも、さらわれた雄がそのあと無事に帰ってきたという話は聞いたことがない。そしてこの里をみたときに異種族の雄はいなかった。つまり待っているのはハーレムではなく、家畜のような末路なのだろう。

『ギフトの件はデマだったみたいね。ここは私だけで大丈夫よ』

『わかったわ。そっちの童貞はあなたにあげるからそっちの方は私に取っておいてね。メデューサの件があるから特別にあなたに最初を譲るんだから……』

『わかってるわ、今度何かお礼をするわね』

そう言うとゴルゴーンのうちの一匹は扉を開けて出て行った。もう一匹のゴルゴーンはそれを確認してから真剣な顔をして口を開く。その顔はまるで何かにすがる様な顔で……それまでの憎悪に満ちた顔がまるで演技だったかのようだった。

「あなたたち人間に聞きたいことがあるわ、嘘をついたら……わかってるわよね」

「ふふ、何とも好戦的な目だな。マゾヒズムな私は性的な興奮を感じずにはいられない」

「ペルセウス、彼女とはちゃんと話す価値があると思うよ」

「なぜそう思うのだ？　こいつらは我が歌姫の話も聞かずに捕らえたのだぞ」

俺の言葉にペルセウスが怪訝な顔をした。だが、俺は視線で言うことを聞いてくれと訴える。

このゴルゴーンはさっきからメデューサの事ばかりを気にしていたのだ。もしも、俺達が無罪だと理解してもらえれば話し合いの余地はあるかもしれない。

「そこのゴルゴーンよ。我が歌姫は……メデューサは無事だろうか？」

「私が質問してるんだけど……彼女なら今は無事よ。まあ、この後はどうなるかわからないけど……本当にバカな事をして……」

そういうと彼女は悲しそうに目を細めてため息をついた。見覚えがあると思ったら里に入ったときに、メデューサと話していたゴルゴーンだ。名前はフィズだったと思う。親し気だった様子から友人なのかもしれない。

「それよりも、あんたは今私達に捕まっているのよ、他人の心配よりも自分の心配をした方がいいんじゃないかしら？」

「フッ、愚問だな、私にとって彼女のこと以上に心配をすることなんてないのだよ」

「へぇー。自分の命がかかってもそんなことが言えるかしら？　あなたが石像になるっていうならあの子を助けてあげてもいいわよ」

「望むところだと言わせてもらおうか!!」

そう言うとゴルゴーンは再度髪を蛇に変えて、ペルセウスを睨みつける。対してペルセウスは不敵な笑みを浮かべながらもゴルゴーンを真っ向から見返す。

一切ぶれない視線のペルセウスにゴルゴーンはため息をついて、人の姿になった。

「本気の様ね……あなたがメデューサに助けられた人間ってことでいいかしら？」

「ああ、そうだが、あの時に私は運命の出会いをしたのだ」

「そう……話には聞いていたけれどあなたも彼女も本気なのね……」

そう言うとゴルゴーンはやれやれと肩をすくめながらペルセウスを見つめる。

「私はフィズよ、ねえ、あの子が裏切ったって本当なの？」

そう尋ねるフィズの目には先ほどまでの敵意は消えていた。どうやら俺達の話を聞いてくれる気分になったらしい。

俺達はゴルゴーンの里でおきたことを彼女に説明する。俺達とメデューサでゴルゴーンの裏切者を捜していたこと、そして、それがステンノだったことなど、全てを話し終えるとゴルゴーンは難しい顔をして唸った。

「にわかには信じがたいわね……悪いけどあなた達を信じることはできないわ。だってステンノ様がそんなことをするなんて信じられないもの……」

メデューサも信用していたし、良いリーダーだったのだろう。ステンノは……。

だが、これが事実なのだ。何とか彼女を説得できればステンノを失脚させ、メデューサの意見が正しいという事を証明できる可能性が少しは上がるはずだ。

このままメデューサを助けるだけでは、彼女の名誉は守られないし、ゴルゴーン達はステンノに利用されるままになってしまう……俺は必死に説得するための言葉を考える。

「だったらステンノが尻尾を出すのを待っていてくれればいいよ。村の人は二日後に行商人が来るって言ってたからさ。その時に、ステンノは人間と接触するはずだ。後をつけてステンノが人間と話しているところを見れば納得してくれるだろ？」

「簡単に言うけど、気配や姿を消せるわけでもないんだから、後をつけたらばれるわよ」

「それならば心配はないぞ‼　私がかぶっていた兜があるだろう。それをかぶれば姿を消すことができるはずだ。そして、それは貴公らゴルゴーンも例外ではない」

俺の言葉にペルセウスが続く。メデューサとフィズの二人がステンノを糾弾すれば信憑性も強くなるだろう。幸いにも兜は二つあるのだ。一つは彼女に渡して、あとは俺かペルセウスのどちらかが脱走して、シュバイン達と合流し、場を混乱させてその間に俺達がメデューサを助けて逃げればいい。ひょっとしたらこの騒ぎでステンノもぼろを出すかもしれないしね。

「確かにステンノ様が人間と接触しているのを見ればあんたたちを信じるけど、それじゃ手遅れよ。だってあなた達は、この後少ししたら子種を搾り取られて殺されるもの。仮にあなた達の言うことが正しくても、死んでたら協力はできないでしょう？」

「「え？」」

俺とペルセウスの声が重なった。今何て言ったこのゴルゴーン。ペルセウスが真っ青になっているが俺も同様だろう。

「私達ゴルゴーンは雄がいないから、捕えた雄から子種を奪うって話は知っているかしら。今、飢えているゴルゴーンも結構いるから、今夜であなたたちは搾り取られて死ぬと思うわ。私はメデューサと親しかったから、彼女を唆した連中への復讐っていう理由でここに通してもらったけど、今頃あなたたちを襲う順番をみんなで決めているはずよ」

「待て待て、私はメデューサ以外に体を許すつもりはないぞ!!」

「俺だって童貞のまま死にたくないんだけど!!」

「大丈夫よ、童貞は卒業できるじゃない。中には抱きながら石にするっていう変わった性癖のやつもいるから気を付けてね」

「何にも大丈夫じゃないよね!! 初体験と同時に死にたくないんだけど!!」

ゴルゴーンの言葉に、俺とペルセウスはどうしようかと苦悶の悲鳴を上げた。これはすぐにライムに助けを呼んでもらわないと。俺達の命と貞操が危ない。俺は助けを求める視線をゴルゴーンに送るが彼女は首をふった。

「さすがに私もあなたたちを助けたりはできないわよ。でも、色々教えてもらったしね。私も情報をあげるわ。メデューサはステンノ様の実験室に軟禁されているわ。家族で最期の時を過ごすって言ってたけど今となってはどうなのかしらね？ 後はそうね……外で牢屋の鍵を守っているのは一人よ。あの子は時々居眠りをするから、あなたの仲間のそのスライムに、力を借りればなんとかなるかもね」

「え……」

俺は彼女の言葉にハッとする。俺達と視線があうと彼女はにやりと笑う。そして、何やら地図らしきものが書かれた紙を牢屋に投げ入れる。

「あなたの事を話しているメデューサは本当に幸せそうだったのよね。あなたは姉が行方不明になって凹んでいた友人に笑顔を取り戻してくれた……これはそのお礼よ。あと、そっちの童貞さんも、わざわざメデューサに力を貸してくれたのよね。ありがとう。ちょっとこっちにきてくれるかしら」

「うおっ!!」

俺がゴルゴーンの言葉に従い近づくと体を引っ張られて、服をはだけさせられた。そして鎖骨に口をつける。え、何をされるの？　俺噛まれるの？　噛まれたら毒がやばいよね？

いや、彼女は力を貸してくれるのだ。信じるべきだろう。俺は体から力を抜いて彼女に身を任せると鎖骨を思いっきり吸われた。

しばらくすると、彼女は鎖骨から顔を離した、唇からこぼれる唾液がなんとも艶めかしい。

「ごめんなさいね、一応あなたたちを襲うって名目できたからなにかしら痕跡を残しておかないと私が怪しまれるのよ。でも……これが雄の味か……中々美味ね」

なんか不気味なことを言ってゴルゴーンは去っていった。ちょっとドキドキしてしまったのはここだけの話だ。こんなの童貞には刺激が強すぎるんだよ！

そして心を落ち着かせて、俺はライムに見張りの様子を見てもらうことにした。

『ふふふ、寝ている女の子と触手って興奮するよね』

「ライム余計な事をするなよ？　ばれたら俺達マジでやばいんだからな……」

フィズが去って、少ししてからライムが鍵を回収してきた。見張りのゴルゴーンは本当に昼寝をしていたようだ。もちろん、牢屋には格子があるが、そんなものはゼリー状のスライムには無意味なものだった。

　俺達は牢屋の鍵を開け外に出る。ペルセウスは目の前に放置されていたハルペーを拾って感覚を確かめるかの様に何回か振った。

　外へ出ると、警備のゴルゴーンが椅子に座ってテーブルに突っ伏して眠っていた。目の前には飲みかけの飲み物がある。あのゴルゴーンが薬を盛ってくれたのかもしれない。念のため俺は証拠を隠滅（いんめつ）しておく。

　まずは武器と防具を捜さなければいけないだろう。俺達は足音を立てないように進んで扉を開けると、ぎぃぃぃーと大きな音がしてしまった。どうやら特定の開け方をしないと大きな音がする仕掛けだったようだ。

「貴様りゃ、何をしている!!」

　あわてて後ろを見ると、先ほどの音で、目を覚ましたゴルゴーンが俺たちに向けて武器を構えている。寝起きのためかちょっと噛んでてにやりとしたが、それどころではない。俺達はとっさに目を逸らしながらも戦闘態勢に入る。

「きゃあ」

　視線を合わせられないのはやはり厄介だな……と思っていると、背後から忍び寄っていたライムの触手によって、ゴルゴーンががんじがらめにされていた。相変わらずぐろい……いや、ゴブリンの時と違ってなんかちょっとエッチだね。さすがに言ったりはしないけど……。

『ふ、美女に触手攻め。一つ夢がかなったね』

「おお、なんとも官能的だな!!」

お前ら言葉は通じていないはずだよね？　二人が嬉しそうに声を上げる。確かにちょっとエッチだけど今はそんな場合じゃないんだよ。いや、マジで。

「く、殺せ!!　どうせ私にエッチなことをするつもりだろう!!　このオークにも劣るけだもの共めぇぇ……もごご……」

ゴルゴーンは何やら女騎士みたいな事を言っていたが、ライムの触手を口に突っ込まれて途中で意識を無くして眠りについた。まって、こいつの触手睡眠効果もあるの？

「え、お前何したの？」

『アスに睡眠効果のある薬草をもらってね、その成分を使ったんだ』

「ふふ、シオンの仲間はエロイムだな。類は友を呼ぶという事か」

「俺はまともだ!!　エロイムとドMと一緒にしないでくれ」

俺の視線にライムは得意げに答える。なんかライムもパワーアップしているね。てか、ペルセウスはこのエロイムと俺を一緒にしないでほしい。見張りのゴルゴーンを椅子に寝かせて、とりあえず俺達はもらった地図に記された武器が保管されている部屋へと向かった。

そこには、俺達が使っていた武器のほかに、他の捕えられた冒険者や魔物が身に付けていたであろう武器や防具が乱雑に置かれている。

「む……私の兜が一つ足りないな」

「ああ、ひょっとしたらフィズが持っていったのかもしれないな」

俺はいろいろと教えてくれたゴルゴーンを思い出す。彼女は俺たちの話を聞いてステンノに疑いを持ってくれていた。ならばステンノが正しいかを確認するために行動をしてくれているのかもしれない。ゴルゴーンの側に仲間ができるのは心強い事である。俺は自分の愛用のミスリルの剣とカサンドラからもらったダガーに、あとは誰かが使っていたであろう杖を拾う。

なんとなく、目に留まったものだったが、杖からは強力な魔力を感じる。もしかしたら業物（わざもの）なのかもしれない。ゴルゴーンは基本的に魔術は使えないので価値もわからず置かれていたのだろう。今度、武器屋の店主にみてもらおう。同じく装備を回収しているペルセウスに声をかける。

「装備品は全部あったか？　そういえばペルセウスは何でそんなハルペーを作ったんだ？　今回はゴルゴーンが敵だから助かるけど、こんなことになるなんて思わなかっただろ」

「ああ、相棒に必要になるから作ってくれと言われてな。まあ、作ったのは我が歌姫に会う前だし、村の近くにはゴルゴーンの里があるから、必要になるとは思って持ってきたんだ」

「ああ、女癖が悪い相棒か……」

ペルセウスが答える。彼の相棒はどんなやつなのだろう？　結構マイペースな彼と冒険できるのはすごいよねと思う。

「とりあえずこの兜はシオンがかぶっておいてくれ。私にはこのハルペーと鏡の盾にもう一つアイテムがあるんでな。広い場所ならゴルゴーン相手でも後れはとらないはずだ」

「確かにペルセウスの方が強いもんな。ありがとう」

そう言うと彼は自分の靴を指さしにやりと笑う。まだ特殊なアイテムがあるのか……俺は兜を持って部屋を出る。そして見張りをしてくれていたライムとも合流して外へと向かう。さて、反撃の始まりだ。まずは、メデューサを助けるか、シュバイン達と合流するか決めないと。

外に出た俺はまずは空に向かって魔術を放つ。杖で強化された火の玉が轟音を鳴らす。ちょっと待って、この杖の魔力の強化が思ったよりやばいんだけど。

まあいい、これでシュバインとトロルドの仲間がやってきてくれるはずだ。そして、当然のことながら爆発音に気づいたゴルゴーン達がやってくる。

「私が囮になる。貴様らはオークたちと合流したら状況を説明して、メデューサを助けてくれ。私が助けたいのだが、役割分担というやつだな。それに女性に追われるのは悪くない」

そう言って、ゴルゴーンの群れにペルセウスは駆け出して行った。俺は彼を見送りながら、兜をかぶって身を隠し、シュバイン達と合流するために村の入口へと向かう。

でもさ、一人で大丈夫かな？　彼のギフトは『クリエイター』で特殊な武器や防具を作れるギフトだと言っていた。確かに彼の作製した武器や防具の力はすさまじいものがあるが、彼自身はどうなのだろう？　元Bランクの冒険者とは言っていたがサポートよりのギフトである。カサンドラと戦っていた時も武器のおかげで互角だっただけと言っていた。

俺は心配になって、大声を上げながらゴルゴーン達と戦っているペルセウスの方を見つめる。

『人間め、生意気な!!　相手は一人だ。さっさと捕えるぞ!!　活躍した奴には最初に襲う権利をやる!!』

『わかりました!!　私がもらう!!』

リーダーらしきゴルゴーンの言葉に、敵達の士気があがる。より一層の気合が入ったゴルゴーン達がペルセウスを襲う。

「ふははは、モテる男と言うのは辛いものだな!!　だが、私の気持ちは我が歌姫のものなのだ。せめて私の勇姿だけでも焼き付けるといい!!」

ハルペーで切り付けられたゴルゴーンはかすり傷を負っただけでもあきらかに動きが鈍くなり、魔眼を使ったゴルゴーンは盾によって反射されて石と化していった。待って、あいつ強すぎない？武器が完全にゴルゴーン対策であることを差し置いても優秀すぎる。

「火よ!!」

俺もせっかくだし、援護だけはしておこうと思い魔術を放つ。大きな火の玉が指揮をしていたリーダーらしきゴルゴーンの目の前で爆発し、その衝撃でリーダーのゴルゴーンがふっとんでいった。俺は即座に再び兜をかぶり直す。この兜も姿を隠すときに精神力を使うためか、魔術と同時には使用できないようだ。

『敵が隠れているわ、多分もう一人の男よ!!』

突然の不意打ちにゴルゴーン達が騒ぎ始めた。これ以上いたら捕まる可能性があるな。場は混乱させたし、これで多少はペルセウスも動きやすくなるだろう。

ペルセウスの方はと見てみると、多勢(たぜい)に無勢(ぶぜい)ということもあり、徐々に追い詰められていく。このままではゴルゴーン達に囲まれてしまうだろう。助けるために魔術を放とうか悩むと、ペルセウスは首を横に振り助力は不要だとアピールをした。

「フッ、恋に生きるものは想い人のためならば空も飛ぶ!!」

「さすがにあいつは何でもありすぎじゃない?」

追い詰められていたように見えたペルセウスだったが、彼の言葉と共に靴から翼が生えて、まるでそこに階段でもあるかのように空を飛んだ。これが彼のもう一つのアイテムか……どうやら彼はあえてゴルゴーンたちを密集させていたようだ。あいつは放っておいても大丈夫そうだね。

『なんというかすごいねぇ……シオンもいっぱい強いアイテムを持てばあれくらい活躍できないかな?』

「難しいな……強力なアイテムでも使うタイミングとかあるからね……それに魔力の消費も激しそうだ」

『そっか、ドンマイ。足を引っ張りまくって、カサンドラに愛想尽かされない様にね』

「俺は俺で戦闘以外でも役に立ってるから大丈夫なんだよ! 酒に溺(おぼ)れて働かないで女に貢(みつ)がせてるクズ男を見るような目で俺をみるな!」

失礼な事を言うライムに俺は毒づく。ゴルゴーン達の近くで甲冑から取り出してやろうか?

多分、あのサンダルとかも魔力を使ったりとなんだかんだ代償があるのではないだろうか? まあ、あの様子ならしばらくは大丈夫そうである。俺達は安心してシュバイン達と合流する事にした。

『ははははは、戦だぁぁぁ!!』

『仲間を捜せぇぇぇ!!』

叫び声と共に、ペルセウスが囮になって入り口の警備が手薄になった隙にやってきたシュバインとトロルド達がゴルゴーン達を圧倒する。

本来は魔眼を警戒しなければいけないため、視線をあわせることができないので苦戦するはずだが、アスの薬によって一時的に状態異常が無効化状態に入っているので躊躇なく斬りかかっている。

こうなってはゴルゴーン達では身体能力が勝るシュバインやトロルたちの敵ではない。てかさ、このままじゃ殺しちゃうんだけど……慌てて声を張り上げて叫んだ。

「待て、シュバイン、トロルド、殺すな!! 彼女達は交渉のために必要なんだ」

『なんでだ、これは戦だろう? ああ、そうか。こいつらを人質にして、有利に戦うつもりだな。さすがはシオン、卑怯だな』

『人間……頭がいいけどずるい……でも仲間大事……従う』

言うことを聞いてくれるのは嬉しいけど、すごい卑怯者みたいに思われてない? 特にトロルドとか俺に従わなきゃ、仲間を助けないみたいな感じに勘違いしているんだが……。

「お前ら俺を何だと思ってるの⁉」

『シオンは信用されてるねぇ』

「うっせぇー!!」

俺は釈然としない思いを抱きながらも、みんなが従ってくれたことに感謝をする。でもさ、ここで殺し合ったら、メデューサが悲しむし、なによりゴルゴーンとの和解は難しくなると思うんだよね。彼女達からすれば俺達は侵入者で、それを撃退しているだけだし、悪いのはステンノだからね。

幸いゴルゴーン達も不利を悟ったのか、接近戦をあまり仕掛けてこない。遠距離から矢が飛んでくるくらいだ。中には勇猛果敢に接近戦を挑んでくるゴルゴーンもいるが、シュバインが器用に致命傷にならないようにゴルゴーンをなぎ倒していき、トロルド達も手加減をしてくれている。他のトロルたちもトロルドの言葉に従っているようだ。

『こいつら……強いわ……いったん引きましょう。ステンノ様はどこにいるの？』

『あの方さえいれば……まあいいわ。食糧庫に立て籠もりましょう。そしていざとなればあれを使うのよ』

そう言うと、彼女達は撤退の準備を始めた。そしてリーダーらしきゴルゴーンは大きく息を吸って……。

『――――――――！！！』

奇声をあげた。その声を合図に他のゴルゴーン達も撤退していく。しかし、あれって気になるね。まだ、何らかの秘密兵器があるようだ。俺が言葉を理解できると知らないためか、ペラペラと作戦をばらしてくれて助かる。

「シュバイン、何か隠し玉があるようだ。警戒しといてくれ」

『ああ、わかった。ゴブリンも追い詰めれば、オークを噛むと言うしな』

『へぇ、シュバインもことわざ知ってるんだねぇ』

『ああ、カサンドラに教わったんだ』

本当にカサンドラとシュバインが仲良くなってるな。ちなみに、このことわざ聞いたことないんだけど、カサンドラの造語じゃないよね？

「じゃあ、俺は行くよ。みんなはゴルゴーン達を引きつけておいてくれ。ライム指揮は頼むね」

『任せてよ！　生かさず殺さず、暴れて相手を引きつけておけばいいんだよね。シオンは可愛い子達をいじめるのが好きだなぁ、でも、そんなんじゃモテないよ』

「構ってほしくて、ついいじわるしてるみたいに言うなよ！　ただの作戦だ。とにかく、シュバインとトロルドも頼む。暴れられなくて不満かも知れないが、必要な事なんだ」

俺の言葉に二人が頷くのを確認してから、兜をかぶって身を隠す。そうしてみんなに場を任せて、俺はメデューサが捕まっている実験室へと向かう事にする。

メデューサが軟禁されているのは村の外れにあるステンノの実験室らしい。ここで彼女はさまざまな薬品を作っているらしい。わざわざこんな中心から離れた場所に作るという事は、ひょっとしたら同族には見られたくないような実験もしているのかもしれない。

ステンノの実験室へ向かう途中何人かのゴルゴーンとすれ違う。あたりを見回しながら、慌ただしい様子でどこかへ向かっている。おそらく先ほどの声を合図に里の食糧庫にゴルゴーン達が向かっているのだろう。

俺がゴルゴーン達の近くを音を立てないようにしてやり過ごし、目的の場所に向かっていると、くぐもった声が聞こえた。そちらの方をみると馬小屋があり、声をした方をちらっと見てみるとそこに一匹の馬がいた。

いや、ただの馬ではない。真っ白い体毛に翼の生えた馬……ペガサスだ。確か自分が認めたものしか乗せない誇り高き存在で、ゴルゴーン達の守護者だと聞いたことがある。

その体躯はとても美しく、しなやかな体つきをしており、背後に天使のような羽が生えていることもあり、とても幻想的だった。だからこそ、何者かにつけられたであろう、ひっかき傷のようなものが際立っていた。

『くぅ……あの蛇女め……乗せるのを拒んだからといって八つ当たりをしおって』

苦しそうなペガサスを見て一瞬悩んだが、とりあえず俺はそのペガサスの方へと向かう。時間がないのはわかっているが、傷ついたやつを放ってはおけないからだ。だってさ、俺には傷を治す力があって、目の前に傷ついたやつがいるんだ。放っておくなんてできるはずがないよね。

ペガサスの前で兜を脱ぐと、彼は急に現れた俺を警戒したかのように、後ずさった。俺は両手を上げて敵意が無いことをアピールする。

『なんだ貴様は⁉　下等な人間ごときが我に何の用だ』

「気にしないでくれ、俺は君の傷を癒しに来ただけだ」

『ん？　なんだ貴様、我の言葉がわかるのか』

俺が話しかけるとペガサスは驚いたように鳴いた。しかし、こいつは誇り高いというよりただプライド高いだけでうざいな……まあ、いい。ここまで来たのだ。せっかくだし、癒すだけ癒そう。

それに……こいつの傷はゴルゴーンに引っかかれた傷だ。俺達の襲撃でパニックになったゴルゴーンに襲われたり、八つ当たりをされたのかもしれない。だったら俺達にも責任あるしね。俺は手をかざして法術を唱えた。

「癒やせ」

『人間よ、貴様はなぜ、我を助ける？』

「困っている奴がいたら助けるのは当たり前だろ」

『だが、我は人ではないぞ。そしてここはゴルゴーンの里だ。貴様のような人間がいるのはただならぬ事情があると思うのだが……』

「君が人じゃないなんて、みりゃあ、わかるよ。だから、ただ癒すだけだよ。あとは自己責任だからね。ちゃんと逃げろよ。ああ、でも覚えていたらお礼をしてくれると嬉しいけどね。俺がいる理由は……ゴルゴーンの里を救うためかな……なんてね」

自分で言って少し恥ずかしくなってしまった。それにしても、せっかくだから、美少女に変化して恩返しに来てくれないかな？　くだらない事を考えている俺の言葉に怪訝な顔をしていたペガサスは、なぜか俺のかざした手に触れて、そして驚いた顔をした。

『我の言葉がわかるのは貴様のギフトか。そして、貴様は……人と魔物を同列に考えているのだな。ふふん、面白い奴だ。だが……その考え方では人の世界では生きづらいのではないか？』

「なんで俺のギフトがわかるんだ？　まあいいや、だって、人も魔物も悪い奴も良い奴もいるのは一緒だからね。それに別に生きづらくなんてないよ。俺の周りは良い奴ばかりだからさ」

俺の言葉に、ペガサスは俺を見つめたまま何か考え事をしているようで、なぜか動かない。しかし、アスの好きな恋愛小説に出てくるキャラみたいなこと言うな。「お前おもしろいやつだな」って言って高貴な貴族に少女が見初(みそ)められる話があった気がする。てか、羽がある馬の方が面白い奴だと思うんだけど。

　時間がないこともあり、俺は何やらまだ話したそうなペガサスに別れを告げて、目的地へと向かう。しばらく進むと目の前に目当ての穴蔵がみえた。穴蔵の前には扉があるが、乱暴に鍵が壊されていた。どうやら、先客がいるようだ。俺は警戒をしながら前へと進む。

　じめっとした空気の中、俺は一つの扉の前に辿り着いた。大量の薬棚と本棚があり、大きな机の上には書きかけの書類と、瓶に入った鼠が入っている。不自然に本棚が荒らされており、まるで泥棒でも入ったかのような感じだ。

　薄暗いせいもあり、俺は誤って地面に転がっていた空き瓶を踏んで砕いてしまった。甲高い音が響き渡る。

「誰かいるのかしら？」

　焦っている俺の背後から声が聞こえた。俺は慌てて振り向くがそこには誰もいない。いや、確かに気配は感じるのだ。俺は警戒しながら武器に手をかける。姿が見えないとはいえ対抗手段はある。魔術でもばらまけば位置くらいならわかるはずだ。俺が魔術を放とうとした瞬間だった。

「ちょっと待ちなさい。さっき牢屋にいた童貞でしょう？　無事脱出できたようね。誰か来たと思って驚いたじゃない」

「ああ、フィズか、びっくりしたよ」

　その声と同時に彼女が兜を外して、姿を現した。俺だとわかって安心したかのように深く息を吐いた彼女に続いて、俺は多少警戒しつつも兜を取る。

「外が騒がしいのと、緊急招集の声がしたのは、あなたたちの仕業ね」

「ああ、もう一人の男と、俺の仲間達が暴れてくれているよ。命は奪わないようにお願いをしているからそこは安心してほしい」

「ありがとう……でも、これは戦いですもの……死人が出ても仕方ないわよ。その代わり一生あなたたちを恨むけど」

恨むのかよ、いや、そりゃあ、友達が殺されたら恨むよね。彼女も俺と同様に侵入をして、ステンノの悪事に関する情報を探したり、メデューサに事情を聞こうとしてくれていたのだろう。その証拠に周りの棚は開いており、書類を読んでいた痕跡がある。

「そういえば、メデューサはどこにいるんだ？　ここに捕らえられてるって言ってたけど……」

「そう、メデューサがいないのよ……確かにステンノ様はここに連れ込んだはずなのに……それに、ここには何も怪しい情報はないの。不自然なくらいにね。ステンノ様が、この前トロルを捕えた時に使った薬の資料だってない……もしかして、ほかにも実験室があるのかしら」

「こいつなら何か知っているかもしれないね」

俺は机の上の瓶に入った鼠を指さした。彼は『助けて……助けて……』と言っている。アスが言っていた。鼠たちは繁殖力があるし、人に体のつくりが少し似ているらしい。だから薬の実験によく使われるのだと。ゴルゴーンと似ているかはわからないがこいつらは薬の実験に使われているのだろう。

「ああ、鼠(おやつ)なら、ステンノ様が何か怪しい事をしていたら知っていると思うけど……」

「え、待って、今おやつっていったよね、こいつら食べるの？」

「当たり前でしょう。あなたたち人間だって考えが煮詰まったらクッキーとか食べるんでしょう？　それと同じよ。生きているのを丸のみにするのって結構おいしいのよ」

おやつ代わりだった!!　そりゃあ助けてほしいよね。目の前で仲間が喰われていくんだもん。俺だったら世界に絶望するわ。でも、ここで助ければ貸しを作れる。俺は瓶を手に取って鼠に話しかける。

「お前を助けてあげるからさ、その代わりに教えてくれないか、この部屋に隠し通路とかあったりしない？」

『本当？　助けてくれるの？　ここの机の下でいつも何かやってたよ。ほら言ったでしょ？　早く助けて!!　今もゴルゴーンが目の前で僕を食べたそうに見てるんだ。こわいよぉぉぉぉぉ』

何を言っているんだろうとおもって、ゴルゴーンを見ると彼女はよだれを垂らして、獲物を眺めるかのように鼠を見ていた。やばい、このままじゃ、この鼠食べられてしまう。慌てて、俺が瓶を開けて逃がしてやると、鼠はすさまじい速さで出て行った。

「ああ……もったいない」

「鼠の事はあきらめてくれ。それより隠し通路があるみたいだよ」

俺は恨めしそうにこちらを睨んでいるゴルゴーンを宥めながらテーブルの下にある絨毯を引っぺがすと、そこには鉄の扉があった。

「それにしても、あなたはさっき鼠と話をしていたけれど、それがあなたの本当のギフトなのね？」

まあ、目の前で使ったらそれはばれるよね……俺は観念して自分のギフトをばらすことにした。幸いにも彼女は信頼できそうだしね。

「ああ、そうだ。俺のギフトは『万物の翻訳者』なんだよ。動物や魔物と会話ができるんだ」

「すごいわね、おかげで助かったわ。でも、『魔を魅せる』っていうのは嘘だったのね……じゃあ、なんなのかしらこれ……」

そう言うと何やらゴルゴーンは不思議そうな顔で、俺を見つめてから胸元を押さえる。体調でも悪いのだろうか。

とにかくこの奥に何かがありそうである。俺達は意を決して進むのであった。

地下に入ると、そこは薬品の臭いなのかひどい異臭が籠っている部屋だった。でも、この臭いなんか嗅いだことのある薬も混じってる気がするんだよね。棚には不思議な色をした薬品らしき液体が入った瓶が並べられておりラベルに何か書いてある。

『治療薬』『マタンゴの毒への特効薬』『混乱薬』『惚れ薬』『幻惑薬』『麻痺(まひ)薬』『ゴルゴーンの毒への特効薬』『狂化薬』

なんか惚れ薬以降物騒になってない？　何かあったのかな。几帳面な性格なのか、瓶の横には資料らしき紙が置いてある。ゴルゴーンは『ゴルゴーンの毒への特効薬』の資料を手に取って、顔を歪めた。

「ビンゴね……エウリュアレ様の事も書いてあるわ。あの人は森の外れにある砦跡に捕らえられているみたい」

「そうか……これでメデューサと俺達の言う事を信用してもらえるかな？」

「信じざるをえないわね……私の他のゴルゴーンもこれをみれば何人かは信じてくれると思う」

「全員じゃないんだね……」

やはり、そう簡単にはいかないか……俺は『麻痺薬』の資料を見ながらため息をつく。この資料は何かに使えそうだ。トロルやゴルゴーンは殺さずに無力化しないといけないから都合がいい。俺は遠慮なくいただくことにする。アスにお願いすれば作ってくれるはずだ。

ついでに気になったので『狂化薬』というのも見てみる。効果は自分の体のリミッターを外して強力な力を得る代わりに意識が高揚して、全てが敵に見えるというものだった。毒薬だなぁ……。

それにしても、この資料の書き方からして、もしかしたら誰かに見せるものなのかもしれないな。となるとステンノは誰かにこの薬を売ろうとしているのか？

「メデューサ!!」

俺の思考はフィズの叫び声によって遮られた。奥へ進むと、粗末なベッドがあり、そこにはメデューサが乱雑に寝かされていた。そしてその奥には何かを捕えているのか、頑丈そうな鉄格子に包まれた部屋がある。

俺は駆け寄って、メデューサの様子を見る。右腕に切り傷があり、申しわけ程度に、止血用の包帯がされている。その姿はなぜか実験動物かなにかを彷彿とさせた。

「なあ、メデューサ達姉妹は仲良しだったんだよね？」

俺はメデューサの姉達の事をしゃべる時の笑顔を思い出しながら聞いた。だってさ、本当に家族なら、こんな風に乱雑に扱うはずがないし、傷つけたりしないんじゃないかな？　俺に血のつながった家族はいないからわからないけどさ……でも、ケイローン先生は無茶苦茶なことは言ったりしたけれど、理不尽なことはしなかったよ。イアソンだって、傲慢なやつではあったし、煽ってきたりはしてたけど、わざと俺を傷つけるだけの事はしなかった。アスにいたってはいつも心配性で優しかったんだ。

「ええ、はたから見ても仲良しだったわ。厳しいけど真面目なステンノ様、誰よりも優しいエウリュアレ様、どこか抜けているけれど、みんなに愛されているメデューサ。この里でも仲良し三姉妹として有名だったわ。だから私もあなたたちの話を信用することができなかったのよ。でも、今のメデューサを見てるとステンノ様を信用できなくなるわね」

彼女も、今のメデューサの扱いに疑問を覚えているのだろう。ベッドの上のメデューサを悲しい顔をしてみつめた。そして彼女はメデューサの髪を優しくなでる。

「それにこんなものまでみつけたらね……」

「これは……メデューサの血が入った……」

そういうと彼女は机の上に置いてある液体の入った瓶を指さした。瓶にはメデューサとエウリュアレと書いてある。それはアンドロメダさんにみせてもらった薬と同じものだった。ここで調合をしていたのだろう。

「これだけ証拠があれば、ステンノの罪を暴くこともできるんじゃないか？」

「どうかしらね……あの人はリーダーとしての人望もあるのよ。マタンゴの胞子を毒として使ってゴブリンの襲撃から守ったり、実績もあるの。可能ならエウリュアレ様を見つけて、直接ステンノ様の罪を言ってもらえればいいんだけど……」

マタンゴの胞子か、そう言えばゴブリンを混乱状態にして、支配下に置いたとか言っていたな。毒のスペシャリストとは中々厄介である。何はともあれ、エウリュアレさんを捜さないといけないようだ。

「さっき言っていた砦跡ってどこかわかるか？　エウリュアレさんを助けてくるよ」

「ええ、わかるけど……何であなたは私達を助けようとするの？　これはいわば私達ゴルゴーン同士の揉め事よ。あなた達人間からしたら、敵である私達が勝手に自滅をしようとしているのよ。メデューサを助けてくれるなら、そこの解毒剤を持っていって逃げたって私は文句を言わないわよ」

「え？　それじゃあ、メデューサは悲しむし、君もつらいだろ」

「は……？」

俺の言葉に彼女はなぜか間の抜けた顔をした。何かおかしなことをいったのだろうか？　彼女は理解できないというように俺を見つめる。

「確かにそうだけど……私達は魔物なのよ？　そこまでして助ける理由はないでしょう？　まさか体目当て……」

「ちげえよ!!　俺の最初は恋人とって決めてるんだよ。せっかく仲良くなったんだ、魔物も人も関係ないだろ。大体、君だって牢屋で助けてくれたじゃん」

「いや……それはあなたたちが騒げば私が動きやすくなるからってだけで……ああ、もう、人間の思考はわからないわね!!」

なぜか、頭を掻きむしっているフィズを横目に、俺は解毒薬をカバンに入れてメデューサを背負う。結構重いなぁと思いつつ体勢を整えて外へと向かおうと思うと、肩を掴まれた。

「あなた名前は?」

「え、シオンだけど……」

「変わった名前ね、覚えたわ。あなたよく変わってるって言われない?」

「いや、別に……言われない……よ」

「なんなのよ、その間は……」

『グルゥウゥウゥア』

ジト目のフィズから目を逸らすと、奥からまるで地の底から響くような唸り声が聞こえてきた。意味はないのだろう。ギフトをもってしても『翻訳』はできなかった。てか、待って? 暗くてわからないけどなんかいるの? あきらかにやばそうなんだけど……。

「今のって何?」

「知らないわよ、とにかくここから出ましょう」

嫌な予感がした俺達は慌てて階段を上る。俺とフィズが上へあがって一息つくと外から声が聞こえた。

『おい、鍵が破壊されているぞ!!』

『侵入者か』

やべえ、見回りかなんかだろうか、俺とフィズは顔を見合わせる。そして、彼女によって投げ渡された兜を寝ているメデューサにかぶせて背負い、俺も兜で姿を隠す。

『おい、ここに不審者はいなかったか？　ステンノ様もいないし、どうなっているんだ』

『いえ、誰もいなかったわ。鍵が開いていたから誰か侵入してきたのかと思ってやってきたのだけれど』

『くっそ、あの男達が脱走したんだ。私が襲う番だったのに』

どたどたと荒々しい足音でやってきたゴルゴーン達に彼女は返事をする。てか、俺はあのまま牢屋にいたら襲われそうになってたんだね。怖いなぁ。

彼女達にぶつからないように外に出ようとすると背中で「うーん」と声がした。タイミング悪すぎない？

『おい、誰かいるのか？』

「すいません、鍵が開いていたもので……しかし、ここにも侵入者はいませんでしたよ。私は他のところを見て回ります」

『ああ、わかった……しかし、変な声だな』

とっさに裏声で誤魔化したがなんとかなったようだ。翻訳ギフトに救われたな。そして、俺はみんなと合流をするために外へと出た。

外に出た俺達はシュバイン達と合流をするために駆け出した。しかし、あれだよね、外を出ると気が緩んだこともあり、背中が気になる。てか、おんぶってやばいな。そんな場合じゃないけど嫌でも背中にある柔らかい感触を意識してしまう。ごめんメデューサ、ペルセウス……と思いながらも俺は走り続ける。

「うーん……ペルセウス……」

「悪いね、俺はシオンだ。意識は戻ったかな？」

「うわぁ……今のは違うんだよって、なんで僕は背負われているの？」

俺は背中で騒いでいるメデューサに事情を説明する。牢屋での話や、ステンノがメデューサの血で薬を作っていたことなどを説明すると、彼女は悲しそうに呻いた。その後、俺の後ろから鼻をすする音がしたのは気のせいではないだろう。あれだけのことをされても、どこかで信じていたのだ。

「ステンノ姉様……なんで……」

泣いている彼女には申し訳ないが、今はへこんでいる場合ではない。戦の音がするほうに向かうと、警護が強力な穴蔵をトロル達とシュバイン、ペルセウスが遠目に眺めていた。その穴蔵には、柵があったり高台があったりするためか攻めあぐねているのかもしれない。

「あそこは食糧庫兼避難所なんだ、あそこに籠城(ろうじょう)しているって事は、かなり追い詰めたんだね……すごいな君たちは」

複雑そうな声色で彼女は言った。まあ、自分の同族が追い詰められているんだ。素直には喜べないのだろう。それに戦ってるのは半分以上魔物だけどね。とにかく、俺達は兜を脱いでシュバイン達と合流をした。

「おお、我が歌姫よ!!　無事だったようだな」

「ペルセウス……君も無事でよかった!!」

俺の背中から飛び降りたメデューサは、そのままペルセウスと抱き合った。先程までの沈んだ声色が嘘のように嬉しそうだ。それは英雄譚の一シーンのようで俺も笑顔を浮かべてしまう。

「あのね……やっぱり姉様が黒幕だったんだ……それでね、僕のことも……」

「ああ……心配するな。あとは私がなんとかする。だから君は少し休んでいるといい」

悲しそうなメデューサを、ペルセウスが慰めるかのように頭を撫でる。よほど精神的に弱っているからか、メデューサも今はされるがままになっている。なんていうかもうただのカップルって感じである。

『シオン、うらやましそうな顔しないの』

「別にしてねえよ!?　感動してるんだよ!!　ツンデレがデレデレになる瞬間を見たんだからさ。あ、でもやっぱり恋人っていいなぁ」

『シオンもぶれねえな……それよりもどうするんだ?　あんな柵なら多少の痛みを我慢すればぶち壊せるぞ』

シュバインはゴルゴーン達が立てこもっている穴蔵をみながら言った。彼の言う通り、身体能力の優れたシュバインや、再生能力の高いトロルならば本気を出せば矢も気にすることなく突破できるだろう。それをしないのは、俺のお願いがあるからだろう。正直、膠着(こうちゃく)状態の方がお互い怪我をしないから都合がいい。

『それでどうするんだ？　このまま現状維持をするにしても、援軍はこないんだろ？　だったら火でも放って、穴蔵から出てきてもらって各個撃破したほうがいいんじゃないか』

「お前も容赦ないな……エウリュアレさんの居場所がわかったから、俺が助けに行くよ。それまで時間を稼いでおいてもらえるかな？　彼女に証言をしてもらえば戦況は変わるはずだ」

俺は物騒な事を言うシュバインをなだめる。フィズと実験室で見つけた証拠に、エウリュアレさんの証言があれば、穏便に戦いを終わらせる事ができるだろう。

「一言いいだろうか？」

これからの事を話し合っている俺を、ペルセウスが真顔で見つめる。何か名案があるのだろうか？

「ツンデレがデレたぞ、シオン！　我が歌姫は無茶苦茶可愛いくないか？　ほら、今も私の胸元でデレてくれるんだ。なんかすっごい良い匂いがするぞ！」

「うるさい！　別にデレてるわけじゃないんだからね!!　って言うか匂いを嗅ぐなぁぁ！　寝起きだから汗臭いの!!」

『シオン……君もいつか彼女できるといいね』

俺はお前らのために頑張ってるんだけど……こいつら爆発しないかな？　などと思ってると、ペルセウスをひっぺがしたメデューサは真面目な顔をして俺に言った。

「それよりも、さっきの話だけどさ僕に説得させてくれないかな？　フィズも証拠を集めてくれてるみたいだし、無駄かもしれないけど、できることはしたいんだ」

「大丈夫なのか？　我が歌姫よ。心無い言葉が君を襲うかもしれないのだぞ」

「わからない……でも話してみようと思う。ステンノ姉様だって理由があって、こんなことをしているのかもしれないし……このまま膠着状態が続けばいいけど、戦いが始まったら君達やゴルゴーン達だって、無傷じゃすまないよね。僕はみんなが傷つくところをみたくないんだ……シオンはエウリュアレ姉様を捜してくれるかな？」

「ああ、なるべく急ぐよ、無理はしないようにね。シュバイン、彼女を守ってあげてくれ。とりあえず急ぐか……」

『足が必要ならば我が力を貸そう』

そういうと背後から声が聞こえた。振り向いた俺が見たのは先程助けたペガサスだった。どこか神々しいペガサスが、俺の背後にいつの間にか立っていたのだ。

いつから様子を見ていたのだろうか？　俺の背後にはペガサスがおり、それを見たメデューサは驚いた顔で声をあげた。

「なんでペガサスがこんなところに……」

「馬小屋で傷つけられていたけど、ゴルゴーン達はペガサスを飼っているのか？」

「飼っているなんて失礼な事を言わないでほしいな。彼は僕らの里の守護者みたいなものなんだ。里に危機が来た時にペガサスが選んだ者が危機を救ってくれるっていう伝説があるんだよ。なぜなら、ペガサスは触ったものの心が読めるから、心が清らかだったり、自分が気に入ったものしか乗せないんだ。だから、ペガサスに選ばれるっていうのはすごい事なんだよ。うちの里ではエウリュアレ姉様しか乗れないんだけどね……それにしても、傷つけられていたなんて一体誰がそんな罰当たりなことを……」

メデューサの声に俺はペガサスを見る。彼はなぜか得意気に鼻を鳴らした。こいつそんなにすごい奴だったのか……ただのクソ生意気な馬だと思っていたのに……てか、今結構大事なことをメデューサが言ってたよね。

「えっ、心が読めるってマジ……？」

『ああ、我は触れた者の心を読むことができる。貴様が『アンジェリーナさんの胸どれくらいだろう』って思っているのもお見通しだ』

「思ってないよ!?　いや、ちょっと気になってたけどさ、てか、俺は他にも色々考えてるだろ!!」

『ああ……そうだな、貴様が我を真剣に治療してくれたということも、ゴルゴーン達の事を、本当に心配してくれているという事も見えていたぞ』

「なんか改めて言われると恥ずかしいな……それよりも、力を貸してくれるって事か？」

『ああ、任せよ。貴様を我が目的地へ届けよう。あの糞蛇女め、我の美しい体に傷をつけおって!!絶対許さん。それにあの女は里を破滅させようとしているのだ』

傷つけたのはおそらくステンノだろう、ペガサスはステンノの爪で傷つけられていた。彼女に触れてペガサスは何を知ったのだろう？　俺が聞こうとすると、ペルセウスから声をかけられた。

「我が歌姫よ、多少は落ち着いてきたし、舞台は整った。シオン、そちらは、任せるぞ」

「わかったよ、ペルセウス。僕にはペガサスがなんて言ってるかわからないけど、そのペガサスはシオンに力を貸してくれるんだよね？　だったら姉様の事は君に任せるよ。僕は僕のできることをやるからさ」

そしてメデューサは飛んでくる矢を気にせずに、正面に出る。それを守るようにしてペルセウスとシュバインが彼女の両隣で武器を構えた。

『おー、なんかよくわからねーけど、盛り上がってきたな。こいつらの護衛は俺にまかせろ』

「わかった、頼む」

そうして俺はペガサスに乗って砦跡へと向かうのだった。

「うおおお、すごいな」

ヒヒーンと嘶きながら空を飛んだペガサスに掴まり、初めて体験する空を飛ぶ感覚というのに少し興奮しながら俺は思わず感嘆の言葉を漏らす。風が気持ちいいし、毛並みが良いからか乗り心地も最高である。

『ふははは、感謝するがいい。こんな貴重な経験をできる人間は滅多にいないのだからな』

「ああ、そうだろうね。なあ、君はなんで俺を乗せたんだ？　乗せる相手を選ぶんだろう？」

『もちろんだ、我は我が認めた人間しか乗せぬぞ』

こいつ傷を癒したから懐いてくれたのかな。案外チョロいな、このペガサス……と思っていると振り下ろすように暴れやがった。あっぶねぇぇぇぇ。この高さだと落ちたら死ぬんだけど!!

『我のどこがチョロインだ‼　貴様‼　我は別に怪我を治してもらったくらいでデレたわけじゃないんだからね』

「うっぜぇ、なんでヒロイン気どりなんだよ、お前‼　それよりも、目的地はわかっているんだよね？」

『貴様好みにあわせてやったというのに……もちろんだ。任せるがいい』

そういえばこいつ心が読めるんだったな。ツンデレが好きってのがばれているようだ。俺がやりにくさを感じていると、ペガサスはさらに加速をし、そして真剣な声色で言った。

『貴様の考えている通り砦跡にエウリュアレは捕えられているぞ。あの蛇女が我に乗ろうと触れた時に、目的地がわかったからな……まあ、我が乗せるのを拒否したら、あの蛇女はやつあたりとばかりに我を傷つけて去っていったのだが……』

「心が読めるんだったら、そうなるって事だってわかっただろ？　乗せれば怪我をしなかったんじゃないか？」

俺の言葉に鼻を鳴らしてペガサスは否定した。それは強い拒絶の感情を感じさせる。

『あの女は自分の事しか考えていない。ゴルゴーンの血の効果が広まれば乱獲が始まるだろう。我は里の守護者として里を守らねばならないのだ。故に貴様に力を借りたい。貴様はゴルゴーンを守ろうとしてくれていたからな。だから答えよ、なぜ貴様は魔物であるゴルゴーンを助けようとする』

「みんな聞いてくるなぁ……『翻訳』なんてギフトを持っているとさ、魔物や動物の言葉がわかる

せいか、そいつが良いやつか悪い奴かわかるんだよね。だから俺は、人かどうかじゃなく、そいつが良いやつかどうかで味方をするかどうかを決めるようにしてるんだよ」

俺はギフトを手に入れた時の事を思い出す。もちろん種族的に仲良くなれない奴らだっている。種族とか関係なくいい奴も嫌な奴もいる。

このギフトで嫌なこともあったけれど……パーティーを追放されたりもしたけど、ライムと仲良くなったり、カサンドラと相棒になったり、シュバインと仲間になれた。だから俺は俺が信じたいと思った人の味方になると決めたのだ。

そして、今回俺はメデューサの里を救いたいという気持ちにほだされた。ペルセウスの種族を超えた愛情に尊敬の念を覚えた。フィズと話してゴルゴーンとも分かり合えることを知った。だから俺は彼女達の力になりたいと思ったんだ。人とか魔物とかは関係ない、彼女達の力になりたいと思ったんだ。

『貴様は異常だな……その考えではやりにくいのではないか？』

「ありがとうよ、確かに俺は変かもしれないけど、そんな俺の事を慕ってくれる仲間や、街の人だっているんだ。人生捨てたものじゃないよ」

『フッ、我も貴様の事は嫌いではないぞ』

だからなんでこの馬はツンデレぶるんだよ。マジうぜーんだけど!!　でも、彼は彼なりにゴルゴーンの里を救おうとしてくれているのだろう。だったら俺も力になりたいと思う。

『ありがとう……では我はエウリュアレを助けるから、囮を頼む』

「え？」

そういうと俺はいきなり振り落とされる。下には古い建物があるようだ。ってそんなことはどうでもいいんだよ。

「うおおおお、風よぉぉぉぉぉ！！！　あの糞馬何考えてんだよ。絶対馬刺しにしてやるからな‼」

落下の衝撃を魔術で発生した風によってなんとか相殺させる。天井の一部と衝突をしたせいか、咄嗟に頭を庇った腕がくっそ痛いがなんとか怪我はしないですんだようだ。

「シオン……？」

着地した場所にはアスと、その背後に薬でもやっているのか、目が虚ろなトロルが数匹と、その対面にステンノがいた。あれ。今どうなってるの？

ペガサスに落とされた俺は、痛みに耐えながらもなんとか立ち上がる。アスもステンノも予想外の乱入に固まっている。そりゃあそうだよ、空からいきなり、人が降ってきたら驚くよ。俺だって振り落とされるなんて思わなかったもん。

「なんであなたが……牢獄に捕えておいたはずなのに……まあいいわ、やっておしまいなさい。Bランクの冒険者が一人増えただけで状況は変わらないわ」

突然の俺の乱入に混乱していたステンノとアスだったが、先に正気に戻ったのはステンノだった。彼女の言葉と共に何かが割れる音がして、トロル達が襲い掛かってくる。

さっきの音がトロルを操る合図の音なのだろうか？　俺はアスを守るようにして、トロル達との間に立ちふさがる。これってトロルドの仲間だよね。なるべく傷をつけたくはないので剣にステンノの実験室で手に入れた麻痺毒を塗っておく。

「シオン……駄目だよ……君じゃ……トロルの相手は……」

「アス、大丈夫だよ。俺だって、いつまでも弱いままじゃないんだ。風よ」

俺の持つ杖から発生した魔術によって生まれた風が一匹のトロルを吹っ飛ばしたのを確認して、俺はアスを安心させるように微笑んだ。まあ、拾った杖のおかげなんだけどね。

そして俺は二匹のトロルと斬り合う。幸い薬で判断力が落ちているためか通常よりは動きが鈍いようだ。しかし、格好つけて登場したはいいものの、二対一はきつい。いや、殺して良いならもっと楽なんだけど、トロルドとの約束があるからそれは絶対にできない。

「シオン強くなったね……援護する……医神よ!!　そしてあなたの相手は私」

アスの法術によって俺の身体能力が飛躍的に上がるのを感じる。背後ではアスが、ステンノと戦っているのだろう。二人で戦っていると、アルゴーノーツにいた時を思い出す。昔も彼女は俺をよくサポートしてくれていたものだ。

五、六回ほど切り刻むと毒が回ったのかトロル達はどんどん動きが鈍くなっていきやがて倒れた。元々トロルに苦戦していたのはその再生力である。斬り合いなら負けはしないし、今は強力な麻痺毒がある。

トロル達を倒した俺は、急いで背後を振り向くと、アスとステンノが対峙していた。石化が効かないアスにステンノも攻めあぐねていたようだ。もしかしたら、俺がトロル達に負けると思って時間を稼いでいたのかもしれない。一人ならともかく、アスと二人なら負けるものかよ。

「ステンノ、君の負けだ。できれば降伏してほしいんだけど……」

「しょせんトロルね……時間稼ぎもできないなんて……」

俺の提案に追い詰められているはずのステンノは、余裕のある顔でトロルを見ながら吐き捨てる。俺はその態度に違和感を覚える。絶対切り札あるじゃん。嫌な予感がするし、倒してしまおう。ステンノに斬りかかろうとした瞬間に、彼女の蛇と化している長髪に隠されていた短剣がアスを襲う。

「アス!! させない」

「シオン!?」

俺はかろうじて、蛇の口から飛ばされた短剣を剣ではじく。あの髪の蛇そんな使い方もできるのかよ!? 飛んできたナイフは大体五本くらいか……身体能力が上がっていなかったらはじけなかっただろう。俺はアスの無事を確認しようと背後を見ようとして膝をついた。

「へぇー意外とやるわね……でも終わりよ。毒が回ったでしょう? 仲良く殺しあいなさい」

ステンノの声が途切れ途切れに聞こえ、意識が遠くなる……なんだこれ? 先ほど聞こえた何かが割れる音は毒の瓶を割った音だったのだろうか。視界がぼやけてきた。まずい……意識を保たなきゃ……アスを守れなくなる。

だってさ、アスは子供の頃からいつも俺を守ってくれたんだ。パーティーメンバーの成長について来れなくなった時だって、『私が……守ってあげるから……大丈夫』って言ってくれてさ、嬉しかったよ。でもさ、違うんだよ。アス、俺は守ってもらいたかったんじゃないんだ。アスやイアソン……ついでにメディアとも対等にいたかったんだよ。だから必死にくらいついていたのだ。だから、努力をしていたのだ。幸運にも追放されて、今のメンバーと組むことになり、俺も少しは強くなった。だから、アスと再会してずっと思っていたのだ。

「俺はアスに一人前になったって安心してもらうんだ。負けるかよ！」

「────!!」

背後から変な声が聞こえる。振り向くと黒い影がいた。ギフトがあるはずなのに声が聞こえない。ギフトがあるのに、黒い影の言葉は通じない。

正気を保て……胸の中から湧き出る破壊衝動に呑まれそうになるが、俺は歯を食いしばって耐える。だって、俺の背後にいたのはアスのはずで……黒い影を殺せと何かがささやいてくる。まずい……このままじゃ……そう思ったと同時に、何かが口の中に入り込んで、飲まされた。なんだかわからないけれど、懐かしく優しい味がした。

頭がぼんやりしている俺は頬に柔らかい感触と、髪を撫でられる感触と共に目を覚ます。あれ、トロルを倒して、ステンノを追い詰めて俺はどうなったんだ。てか、この枕何なの？　温かいし柔らかいんだけど。

「よかった……起きたんだね……」

「うおお、アスか!!　あれ、ステンノは？　トロルは？」

「残念……昔みたいで懐かしかったのに……」

俺が慌てて体をおこしてあたりを見回すと、目の前ではアスが残念そうな顔をして、正座をしており、背後にはトロル達が倒れていた。どうやら膝枕をしてくれていたらしい。

そういえば、俺が体調を崩した時は、よく看病してもらったのを思い出す。てか、今はそれどころではない。一体何がおきていたのだろう。俺の表情で疑問に思っているのが通じたのかアスが説明をしてくれた。

「あのゴルゴーンが……マタンゴの毒をばらまいたんだ……それでシオンは正気を失って……苦しそうだったから、治療薬を飲ませたんだよ……その間にゴルゴーンはさっさと姿を消して逃げて行ったよ。追いかけようとも思ったけど……カサンドラ達も捕まってるし……一人ではちょっとね……」

アスの説明で俺は状況を理解する。マタンゴの毒を浴びた俺は正気を失って彼女に襲い掛かろうとして、それを彼女の薬によって治療されたのだろう。自分の無力さに思わず手に力が入る。格好つけて、タンカを切ったというのに、結局また、アスに助けられてしまった。俺は結局弱いままだ……。

「アス……ごめん、俺は君を助けようと……」

「でも、シオンは強くなったね……前まではトロルに歯が立たなかったのにさ……カサンドラ達のおかげかな？　守るだけじゃ……駄目だったんだね」

アスからかけられた言葉は、予想外のものだった。でも、俺を見る彼女の表情は嬉しそうだけど、どこか寂しそうで、なぜか儚げだった。俺は何と言っていいかわからず、ただ押し黙る。

「守ってくれてありがとう……かっこよかったよ……君は強くなった……私と……アルゴーノーツにいた頃よりは強くなってるよ……だから、自信を持って……」

「アス……ありがとう」

「ああ……でも、ちょっと悔しいな……君を強くしたのは私じゃない……ただ、守っていた私じゃなくて、一緒に支え合ってるカサンドラ達なんだね……」

そういって、顔を下げているアスはいつもと違い、とても寂しそうに見えた。直感で思う。このままじゃいけないのだと。想いは言葉にしなければ通じないのだから。だから俺はアスの正面に立って自分の気持ちを伝える。アルゴーノーツの時に言えなかった言葉を伝える。

「違うよ、アス。それは違う。アスが守ってくれたから、俺はここまで強くなれたんだよ。アスがいたから……アス達がいたから、俺は強くなりたいって思ったんだ」

「私達のおかげか……ふふ、シオン……ありがとう……私達との冒険も無駄じゃなかったんだね……」

そう言うとアスは、俺に満面の笑みを浮かべてくれた。俺が強くなろうとしたのも、元はアスやイアソンと英雄になろうと誓いあったからだ。彼女達がいなければ今の俺はいなかっただろう。アスの顔を見て、もっと早く自分の気持ちを伝えればよかったなと、少し後悔をする。だが、いつまでもこうしている場合ではないだろう。

「とりあえず、ここに捕らわれているカサンドラと、エウリュアレさんを助けたら、また、ゴルゴーンの里に戻ろう。ステンノを放ってはおけない」

「シオン駄目だよ、ステンノは思った以上に厄介だ……今回は知っている毒だったからよかったけど、未知の毒だったら死んじゃってたかもしれないんだよ!! 幸いにも共犯者の村長さんはここにいるし、後はゴルゴーン同士の問題だ。捕らわれているゴルゴーンを助けて、後は彼女にまかせれば……」

「アス……俺はメデューサ達も助けたいんだよ。あの子は自分が傷つけられてもさ、里の人を守りたいって言うんだ。その気持ちすごいわかるんだよね、俺だって同じ立場だったら……」

メデューサはペルセウスと逃げることだってできたのだ。だけど彼女は救う事を選んだ。自分を敵と思っている里のみんなを救おうとするその姿を俺はかっこいいと思った。そして、俺も同じ様な事をするだろうと……だから力になりたいのだ。

「わかったよ、シオン……私も薬を悪用するあのゴルゴーンは許せないしね」

「ああ、ありがとう、アス。じゃあ行こう」

「その前に……一つだけ聞きたいことがあるんだけどいいかな？」

「ん？　なんだ？」

俺の返事に彼女はなぜか、感情の無い目で俺の胸元を凝視しながらこういった。

「そのキスマークはなに？」

「ひえ……」

一切感情の無い声がひどく恐ろしい。そういえばフィズにつけられたままだった……てか、アスがマジで怖いんだけど……。

なぜか、アスに胸元を重点的に治療された後、俺達はカサンドラが閉じ込められているという牢獄へと向かった。仕掛けは砦跡に住んでいる蝙蝠(こうもり)や、鼠達に聞いたらあっさりと外すことができた。彼らはゴルゴーンに見つかると食べられる危険があったため、ゴルゴーンがここに来ないようにすると言ったら喜んで教えてくれたのだ。

ステンノのやつはスイッチを念入りに隠していたようだが、俺のギフトの前では意味はない。こいつらはステンノがトラップを使用するところを、何度も見ているからね。

「ふふ……やっぱり……シオンは頼りになるね」

「俺はこういうことだけは得意だからさ、でも、俺だけじゃダメなんだ。さっきだって、アスがいなかったら毒にやられていたしね。頼りにしてるよ」

「うん……治療なら任せて……何か久々に一緒に冒険しているって感じだね……」

俺の言葉にアスは嬉しそうに頷いた。確かにアルゴーノーツにいた時も、最後の方は俺も迷走していたし、なんというか、ぎこちなさのようなものもあった。でも、今は違う、まるで昔に戻ったようだ。それはカサンドラ達とパーティーを組んで、自信を取り戻したというのが大きいだろう。

スイッチを押して、扉が持ち上がる音を確認した俺達は牢獄へと向かう。これで、カサンドラ達を救出できるだろう。そういえばペガサスは何をやっているんだろう？　俺を囮にしてエウリュアレさんを助けるとかいっていたけど……。

「あいつら何やってんだ？」

「カサンドラが……空飛ぶ馬と戦ってる……」

牢屋の中では、カサンドラに倒されたであろうオークの死骸が横たわっており、なぜかペガサスと、カサンドラがにらみ合っていた。

カサンドラは気絶しているエウリュアレさんらしきゴルゴーンと村長さんを庇うようにして剣を構えている。ペガサスはカサンドラの殺気に迂闊に動けないといったところか。

「おーい、カサンドラにペガサス、ステンノは追い払ったよ。それで二人は何で戦っているんだ？」

俺の言葉にペガサスと、カサンドラがこちらを見つめる。そしてカサンドラは驚いた顔をしていたが、すぐに嬉しそうな笑顔になった。

「シオン、無事だったのね!! 心配したのよ。というか、この馬もあなたの仲間なの？ あなたは魔物ならなんでも仲間にするのね」

『そうか、こいつは貴様の仲間か……失礼した。そこの男を守っていたのでな』

そういってペガサスは地上に降りたった。俺の言葉にカサンドラも安堵の表情で武器を下ろす。

ペガサスは一瞬村長を憎らし気に睨んだが、すぐにエウリュアレさんの元へ駆け寄って心配そうに見つめながら鼻をならした。

おそらく、ステンノに触れた時に村長の事も知ったペガサスが、村長をかばっているカサンドラを敵だと勘違いしたのだろう。間に合ってよかった。

「この馬、本当に彼女が心配だったのね」

「そこのゴルゴーンは……今は眠って体力を回復しているだけ……目が覚めたら元気になるはず

「……」

「ペガサス安心してくれ、命に別状はないってさ」

『良かった……彼女は心の優しい子なんだ……こんな目にあっていい子ではないのだ……』

そういうとペガサスはまるで癒すように彼女にすり寄る。この二人がどんな関係かはわからないけれど、確かな絆を感じた。

それを見て、俺はエウリュアレさんを助けることが出来てよかったと思う。でも、これで終わりではない。ステンノをなんとかしないと、また同じことがおきるかもしれないのだから。

ってかペガサスはどうやって侵入したんだ？　ああ、こいつ空を飛べるから飛んで、穴の開いている天井から侵入したのか。こいつの力を借りればゴルゴーンの里へのショートカットになりそうである。

「なあ、ペガサス悪いんだが、みんなを乗せて一緒に脱出してくれないか？」

『断る！　我は我の認めた人間以外は乗せぬ。我が種族の掟で、己が認めたものしか乗せられぬのだ。確かに、エウリュアレを助けてくれた事は、感謝している。だが、それとこれは話が別だ』

俺の言葉に即答するペガサス。この馬めんどくさいなぁ……でも、俺達人間とは違い彼らには彼らのルールがあるのだ。それを強制することはできない。まあ、エウリュアレさんの口から、ステンノの悪事を話してもらえば、俺達の勝ちだしね。俺と、エウリュアレさんがいれば大丈夫だろう。

「それじゃあ、俺がエウリュアレさんと、先にゴルゴーンの里にペガサスで行くって感じでいいかな？」

『それならば構わぬ。貴様も乗せてやろう』

「女の子と二人っきり……ダメだよ、シオン……どさくさに紛れて変なところを触るつもりでしょ……」

「うわ、シオンってば最低ね……」

反論が意外なところから飛んできた。アスってば何言ってんの？　いやあ、確かにエウリュアレさんは魅力的だけど、そんなことをしている場合ではない。てか、カサンドラまでゴミを見る目で見てくるんだけど……この前の祝勝会とかでも女の子とばかり話していたせいか、カサンドラには女好きだと思われている節があるんだよね。俺童貞なんだけど……。

「俺への信頼感ー!!　でも、ペガサスは認めた者しか乗せないんだから仕方ないだろ」

「むー……私も乗せて……」

アスがしばらく唸った後に無表情にペガサスに声をかけた。しかし、ペガサスは首を横に振って拒否をする。

『悪いな、我は我が認めたものしか乗せぬ』

「やっぱりだめだって」

「ちょっと……説得する……」

そういうとアスはペガサスを撫でる。優しく接して好感度を稼ぐという作戦だろうか？　アスにしては珍しいなと思いつつ、この馬は心が読めるのだ。おそらく無駄に終わるだろうという確信がある。

「乗せないと食べるよ……いい感じに筋肉がついてるね……肉筋もよさそう……シオン、馬刺しとステーキどっちがいい？　神聖な生き物だからステータスアップとかしないかな？　薬の材料にも良いかも……」

『ひえええ！　本気で我を食べる気だぞ。なんなのだ、この女はぁぁぁぁぁ⁉　乗せる、乗せるから、頭の中で調理方法を考えないでくれぇぇぇ！』

ちげぇぇぇ、可愛がるんじゃなくて、肉屋が家畜を選別するような感じだった。俺は恐怖に泣き叫ぶペガサスを宥める。

というわけでアスとエウリュアレさん、俺がゴルゴーンの里へ行き、カサンドラは村長を村に届けてから合流することになった。てか、ペガサスは種族の掟がどうのこうの言っていたけどいいんだろうか？

私は荒れた道を必死に歩いていた。ペガサスに乗れれば、こんな苦労もしないのだが、あの馬は私を乗せるのを拒絶したのだ。エウリュアレは喜んで乗せるのに……不愉快だったから傷つけてやったので、多少胸がすっきりしたが、やはり釈然としないものが残る。私とエウリュアレの何が違うというのだろう。

昔からそうだった。みんなに愛されるメデューサ、みんなに優しくて慕われるエウリュアレ、私には何もなかった。私は長女でありながら何もなかった。

だが、私は族長の娘だった。そして長女だった。だから後継ぎとして恥ずかしくないように、自分にも厳しく他人にも厳しくした。でもそれは逆効果で、余計に他者を遠ざけるだけだった。そんな私の癒しは、趣味の薬を作ることだった。全然誇れることの無い私だったけど、薬を作る才能だけはあったのだ。そしてある日、転機がおきた。

それは里の外を警護している時だった。私は襲ってきたマタンゴを倒し、その胞子から、薬を作り、それが完成したので、その効果を試していたのだ。

私が、たまたま見つけたゴブリンにそれを振りかけるとやつらは混乱をして同士討ちを始めた。これで、里は守られる。この薬が認められれば少しは里のやつらも私を認めてくれるだろう。私がその結果に満足していると背後から声をかけられた。

「へぇー、それは君が作ったのかい？　ゴルゴーンなのに、魔眼以外の戦闘技術を生み出すなんてすごいなぁ。君ならこの閉塞(へいそく)した里を、変えれるかもしれないね」

「貴様は何者だ……？」

突然の存在に私は警戒心をむき出しに構える。目の前にいたのは吟遊詩人(ぎんゆうしじん)のような帽子をかぶった優男だった。なぜだろう。魔物としての本能が訴えてくる。こいつには逆らってはいけないと。逆らったら死ぬと。

「ああ、ごめんごめん、あまりに君が興味深かったから声をかけちゃったんだよ。俺の名前はヘルメスだ。君達が魔族と呼んでいる存在だよ」

「魔族だと……」

そういって、軽薄そうな笑みを浮かべて、こちらに歩いてくるヘルメスに、私はなにもできなかった。彼は終始笑顔だったけれど、それが逆に不気味だった。まるで蛇に睨まれた蛙(かえる)のように、体を動かすことができなかった。蛇は私のはずなのに……。

「君にプレゼントをあげよう。君は僕の求める英雄になれる可能性がある。僕の予想を乗り越えることができる可能性がある。これから、君の里は危機に襲われるだろう。そこで君がどう動くか楽しみにしてるよ。なに、他人から盗(と)った『ギフト』だからね、遠慮はいらないさ」

そういって彼は私に触れた。すると私の頭の中で何かが変化する。私の世界が変化する。少しの間、気を失っていたのだろう。

目を覚ますと誰もいなかった。私は夢でも見ていたのかと思い、実験中だった薬を回収しようとすると驚いた。見ただけでその成分がわかるのだ、そして、見ただけで、どういじればもっと有用になるのかわかるのだ。これが彼の言っていた『ギフト』と言うやつなのか。私は一層、薬の研究に身を入れた。私は里のために、仲間を守るために、色々な研究を続けていった。

そして、私はギフトを使いどんどんと薬を作っていった。それは、例えば爪に塗って攻撃をすれば、相手を麻痺させることのできる薬だったり、それは例えば、病気を癒す薬だったり、人間に恋をしたゴルゴーンに頼まれて、惚れ薬なんて物も作った。

私の薬が有用だったという事もあり、私にも多少は人望が集まるようになってきた。

これならば、もしかしたら私が族長になる可能性もあるかもしれない。

そんな事を思っていたある日、私は母と他のゴルゴーンが話しているのを聞いてしまったのだ。

「後継者はステンノ様と、エウリュアレ様のどちらにされるのでしょうか？」

「決まっているでしょう、エウリュアレよ。あの子の方が人望もあるし、ペガサスにも認められている。ステンノには悪いけど……」

「最近ステンノ様もがんばっていますが……やはり、エウリュアレ様の方が私達を、より良く導いてくださるでしょうね……」

その話を聞いた時、私は思わず家を出て、誰もいないところで泣いてしまった。でも……心の中では私はわかっていたのだ。彼女の方が人望があるという事も……彼女だけが、村の守護者であるペガサスに認められているという事も……だから彼女こそが族長にふさわしいのだという事も。

一晩中泣いて、私は自分を無理やり納得させた。私は、せめて自分のできることをやろうと思う。私は族長にはなれなかったけれど、エウリュアレを支えようと。

流れが変わったのはキマイラとその配下のオーク達に里が襲われてからだ。キマイラは非常に強力な魔物だ。ライオンの頭と山羊(やぎ)の胴体、毒蛇の尻尾を持つ魔物で、ここら辺一帯の魔物のボスのような存在だった。

みんなが絶望に侵された顔をしながらも武器をとる。まともにやったら負けるだろう。だからせめて子供達だけは助けようと、子供たちが逃げる時間だけは稼ごうと、武器をとる。

しかし、幸いにも里が滅びることはなかった。私の薬がキマイラたちから里を救ったのだ。この戦いは激しく何人もの同族が命を落とした。ゴルゴーン達の間には外敵への恐怖があったのだろう。己の命を失う事への恐怖があったのだろう。だから、みんなが私を賞賛した。まるで英雄のように賞賛した。

戦闘が終わってからはエウリュアレよりも、私への人望が増した。そして命を落としたものの中には私の母もいた。

戦闘が終わった後に、誰を族長にするかの話し合いになった。なぜか、私を族長にという声があがった。それは小さい声ではなく、何人もの同族が私を推し始めたのだ。エウリュアレを褒めた口で、私を褒めたたえるものが増えたのだ。

「やはり、優しいだけのエウリュアレ様ではだめだ。強力な力を持つステンノ様こそがふさわしい」

里のところどころでそんな声が囁かれて、そして族長には私がなった。最終的には、圧倒的に私を推す声が多かったそうだ。

私もエウリュアレも何も変わってはいないのに…………私の事をけなしていた奴らが、私を褒めるようになった。エウリュアレを族長にと推していた奴らが、私を推すようになった。そして私は悟った。他人の評価なんて変わるものなのだ。他人の評価なんて絶対ではないのだ。

私は気まずさと多少の優越感をもってして、それを報告するとエウリュアレも、メデューサも喜んだ。エウリュアレは、本当に私が族長になったことを喜んでくれているようで、私は思わず聞いてしまった。

「あなたは悔しくないの？　本当だったらあなたが族長になっていたのよ？」

そんな私の言葉に彼女は笑顔で答えた。いつもの優しい笑顔で答えた。

「うん、だって、私よりもステンノ姉様の方がふさわしいって思ってたから」

その言葉は本心で、私は欲しかったものを手に入れたはずなのに、私は彼女との勝負に勝ったはずなのに、なぜか虚しさを感じてしまった。

そして理解する。私にとって死ぬほど欲しかったものは……選ばれなくて悔しくて泣くほど欲しかったものは、彼女にとっては笑い飛ばせる程度の価値しかなかったのだ。それを知った途端に私の心の中を醜い感情が支配してきた。

そう……あの時が私の生き方のターニングポイントだった。もしも、キマイラが襲ってこないで、エウリュアレが族長に選ばれていればこうはならなかっただろう。もしも、私が族長になったときにエウリュアレが悔しがってくれたらこうはならなかっただろう。

その時に私は悟ったのだ。力があるものがすべてなのだと、力を持っていれば他者に評価をしてもらえるのだと。だから、私はより強い力を……権力を求めることにした。幸いにも私のギフトは権力を得るのに最適だった。

薬と毒を使いこなし、他者を利用するのだ。私はそうやって、成り上がってきた。でも、もうそれも終わりだ。おそらくエウリュアレの言葉によって私の権力は落ちるだろう。でも……そんなことはどうでもいいのだ。

だって、元々人間の村の村長に命令して冒険者たちを集めさせて、ゴルゴーンの里は壊滅させるつもりだったから……もう薬は十分手に入った。後は、ゴルゴーンの血の秘密を知る同族のみんなに死んでもらって、私は地上に降りて毒と薬でどこかの街を支配するのだ。幸いにも、近くの村に住む人間たちのおかげでうまくいくことが証明された。

万が一、メデューサが里のやつらを説得していても、エウリュアレが目覚めるまでは誰も耳を貸さないだろう。それならば何とかする方法はある。私はカバンにはいっている薬をみて嗤うのであった。

ゴルゴーンの里に一人の少女の悲痛な訴えが響く。

「僕達はステンノ姉様に騙されているんだよ!! 姉様は僕達ゴルゴーンの血が入った薬を、治療薬として人間に売ってるんだ」

「何を言っている!! ステンノ様がそんな事をするはずがないだろう。あのお方は私達の英雄だぞ。裏切者はメデューサ、貴様の方だろう。人間だけでなく、オークやトロルまで連れてきおって」

罵倒と共に矢が飛んでくる。その一撃は横にいるペルセウスによって弾かれるが、罵倒が僕の心を傷つける。そんな、僕の肩を何か温かいものが触れる。横をみるとペルセウスが僕を元気づけるように笑いかけてきた。

「大丈夫だ、我が歌姫が正しいということは私がよく知っている」

「ありがとう、ペルセウス……」

「だが、どうするのだ、我が歌姫よ。何らかの証拠がなければ君の言葉は彼女達に届かないだろう? 私としては自分が罵られるのは構わない。むしろ歓迎なのだが、君がこれ以上傷つくのを見ていられないのだが……」

彼は優しい言葉で私に決断を迫る。彼の言う通り、これ以上言葉だけでは無駄だろう。だが、全面戦争はまずい。

シオンが仲間とトロルたちは殺さないようにするとは言ってくれているが、いざ乱戦になったらどうなるかわからないし、怪我までは防げないだろう。何か証拠があればいいのだけれど……。

「そもそも、君が傷ついてまで、守る必要があるのか？　この里の連中は君の言葉も聞かずに、君を捕え、今も傷つけているのだぞ。先ほどの矢も私やシュバインが防がねば当たっていただろう。そんな連中を守る必要があるのか？」

「あるよ」

ペルセウスの言葉に僕は即答する。確かに今の僕の言葉を信じてもらえないし、矢を射られている。でも、ステンノ姉様と敵対するまではみんなは優しかったのだ。

僕はこの里で育ったのだ。子供の頃に転んで怪我をした僕を、あやしながら治療してくれた女性がいる。僕が二人の姉と比べられてへこんでいるときに歌を教えてくれた女性がいる。僕とくだらない話をして、日々を過ごしてくれたフィズがいる。そして、優しく僕を見守ってくれたエウリュアレ姉様がいる。

僕にとってこの里は……この里のみんなは大切なのだ。だから僕はこの里のみんなが好きだし、守りたいと思う。ステンノ姉様だって、こんな事をするような女性ではなかった。きっと何か事情があるのだろう。

「確かに今は敵対してるけど……ちゃんと話し合えば分かり合えるはずなんだ……だから僕はみんなを信じたい。ダメかな」

「健気にみんなを想う我が歌姫……最高だな!!　あえて言おう!!　萌えと!!　いいだろう。私の全身全霊をかけて守ると誓おう」

「僕今、真面目な話をしてたよねぇぇぇ!?」

「よく言ったわね、私はメデューサを信じるわ」

思わず突っ込みをいれていた僕の耳に凛とした声が響く。そちらをみると私の友人であるフィズがいた。彼女はその手に何か薬が入った瓶をもっており、その周辺には数人のゴルゴーンがいた。彼女達は他のゴルゴーン達がいる食糧庫ではなく、僕達の元へとやってきた。そして僕達に微笑むと彼女は液体の入った瓶を掲げて、大声で食糧庫のゴルゴーン達に叫ぶように言った。

「ステンノ様の実験室でこの薬を見つけたわ。この薬には私達ゴルゴーンの血が含まれているの。そしてこの材料はエウリュアレ様の血よ!!　あの人はこれを村のやつらに売りつけていたのよ。ステンノ様の実験室に色々と記録もあったの、信じれないと思ったら私の元に来なさい。証拠をみせるわ!!」

思わぬ援護射撃に、食糧庫のゴルゴーン達もざわざわとざわめく。みんな困惑しているのか、弓も罵倒も止んでくる。

「フィズ、信じてくれるんだね、ありがとう」

「ええ、あんなものをみせられたし、あんたの人間を信じたいって気持ちも少しわかったから……」

「え？　それってどういう……」

フィズの言葉に、周りのゴルゴーン達もうなずいた。一体ステンノ姉様の実験室で何を見たというのだろう？　それに人間嫌いのフィズが人を信じてもいいなんて、それになんか顔が赤くなってない？　僕の疑問は食糧庫のゴルゴーン達の反論によってさえぎられる。

「そんなものはでっち上げだろう。フィズはメデューサと仲がよかったもの。貴様らは忘れたのか、ステンノ様のおかげで私たちは平和を得ることができたのだぞ!!　あのお方の薬の力で、森の主であるキマイラを捕えて従えることができた。そして、我々は他の魔物を恐れる必要がなくなったのだ」

僕達の言葉とゴルゴーンの言葉で、他のゴルゴーン達は揺れ動く。決定打ではなかったけれど迷わせることはできた。あと一歩だ。あと一歩あればみんなに信じてもらえるはず。僕を元気づけるようにフィズが声をかけてきてくれた。

「大丈夫よ、彼は……シオンは、エウリュアレ様を連れて戻ってくるって言っていたもの」

「ほう……あの男、童貞のくせに中々やるではないか、ゴルゴーンのハートを撃ちおとすとはな!!」

「別にそういうんじゃないわよ、ただ、あの童貞の言葉に、信じるだけの価値はあるかなって思っただけよ」

フィズの言葉にペルセウスが反応するが、彼女はいつものように冷たく受け流す。でも、ちょっと顔が赤いのは気のせいだろうか？　それはともかくフィズたちの言葉によって攻撃の手が弱まった。あとは、シオンがエウリュアレ姉様をつれてきてくれさえすれば……。

「一体これはどうしたのかしらね？　早くメデューサ達を捕えなさい。人間達と仲良くしているのが裏切者の証拠でしょう」

その均衡は、一人のゴルゴーンによって破られた。彼女の一言でざわついていたゴルゴーン達はステンノ姉様を見つめる。いつの間にか、彼女は帰還していたようだ。そして僕達を見下すようにみながら言った。

「状況は聞いたわ。石化が効かない以上奥の手を使うしかないわね。さあ、みんなあの薬を飲みなさい、裏切者と侵略者を倒すのよ」

「ステンノ姉様……」

追い詰めているはずなのに、不敵な笑みをうかべている姉に、僕は恐怖の感情を抱くのであった。


ペガサスに乗った俺達はゴルゴーンの里へと向かっていた。彼に乗るのは二回目だがやはり空を飛ぶのは楽しい。あとさ、アスが振り落とされないためとはいえ、ぎゅっと抱き着いてくるから、ちょっとドキドキしてしまう。なんで女の子ってこんなにいい匂いがするんだろうね？

『はぁー、このエロ童貞は……ここは、ペガサスに乗れるという名誉を楽しむところだろうが』

「うるさいな、アスに頼んで、馬刺しにしてもらうぞ！」

「ん……何か言った……？」

心を読まれるのはマジで不愉快だなぁと思いながら、くだらない事をいうペガサスを蹴飛ばす。アスが疑問の声を上げたので誤魔化すように質問をする。彼女は俺を幼馴染として、家族の様に思ってくれているのに、変に意識していたことを知ったら申し訳ないからね。

『マジか、貴様、マジか？　ちょっと鈍感すぎないか？　もはや、病気だぞ。ちょっとこの猟奇女が可哀想になってきたぞ』

「何の事だよ……それでアス、エウリュアレさんは大丈夫なのか？」

「問題ない……出血が多くて衰弱してるだけ……傷も癒したから、栄養のあるものをたくさんあげて寝かせればいい……」

「命に別状はないってさ、良かったね。ペガサス」

『ふむ、感謝するぞ、下等なる人間よ』

　こいつ本当に感謝してんのか？　と思いつつも俺は安堵の吐息をもらす。ペガサスも同様なようで、鼻をいななかせて、足を上げるものだから、振り落とされまいと、アスがぴったりと抱き着いてきたおかげで、さっきより、彼女の柔らかい感触を感じてしまう。

　ちなみにエウリュアレさんは、俺が抱きかかえるような形で支えている。なぜかアスが嫌そうな顔をしていたけど、アスじゃあ、支えられないんだよね。エウリュアレさんもかなり美人なんだけど、この人も、他のゴルゴーン同様に、多分鼠を生きたまま食べるんだなって思うと、冷静になれるよね。

「そういえば……ペガサスって種族名だよね……名前がないと呼びにくくないかな……？」

「確かにそうだね、お前、名前とかあるの？」

『いや特にはないな……意思疎通できる相手は限られていたからな。だが、我が自分で考えていた名前はあるぞ。シュナイゼル＝フランソワ＝ル＝ブレイズ三世とかどうだろうか？　中々かっこいいと思うのだが……』

満足そうに鼻を鳴らすペガサス。てか、くっそ長い上に呼びにくいんだけど……面倒だからアスに決めてもらおう。てか、三世とか言っているが、ペガサスにも家系みたいなのあんのかな？

「名前ないからアスに決めてほしいってさ」

『おい、貴様!!　我の名前は……』

「うーん……じゃあ、馬刺しとかどうかな……」

『は？　それは貴様が食べたいものであろう。いってやれ、シオン。我の名前はシュナイゼル＝フランソワ＝ル＝ブレイズ三世であると!!』

俺は生意気な態度を取っているペガサスに、笑顔を向けて答えてやった。

「馬刺しもその名前で気に入ってるって。よろしく、馬刺し」

「そう……よかった……よろしくね……馬刺し」

『おい、だから、我の名前は……ひぃ!?　だから、我を触りながら馬刺しの事を考えるなと言ってやってくれぇぇ！』

そう騒ぎながら里の上空に戻ってきた俺達は異常事態に気づく。そこかしこで戦闘音が聞こえるのだ。でもさ、おかしくない？　俺達の方は数が少ないのになんでそこかしこで戦う音が聞こえるんだよ!?

「何が起きているんだ？　俺が出た時は膠着状態だったのに……」

「ゴルゴーン達の様子がおかしい……」

様子を見る限りメデューサの説得は失敗に終わったのだろう。ゴルゴーン達とシュバイン達が斬り合っている。それはわかる。でも食糧庫に引きこもっていたゴルゴーン同士も殺し合っているのだ。なにがおきているんだ？　俺達は急いでメデューサ達のところへと向かった。

「おい、みんな大丈夫か？」

「シオンか、姉様を連れて帰ってきてくれたんだね!!」

『帰ったか、シオン!!　悪いがこいつらに手加減はあんまりできないぞ』

メデューサの周りには、シュバインにトロルドとその仲間のトロル達がゴルゴーン達と戦っている。なぜか身体能力が上がっているゴルゴーン達に、苦戦を強いられているようだ。

「一体何があったんだ？　あきらかにおかしいんだけど」

「とりあえずいったん引くぞ。彼女達はどうやら近くの者たちに襲い掛かるようだ」

今ならこちらに向かっているゴルゴーン達は少ない。何とか撤退できるだろう。俺達は追ってきたゴルゴーン達を振り払って距離をとることに成功した。

ゴルゴーン達と距離をとった俺達は、シュバインとトロルドに周囲の見張りを任せて、お互いの状況を話し合って整理することにした。

「アスの薬で石化しなくなった僕達は、みんなを追い詰めて膠着状態を作れたんだけど、窮地(きゅうち)に立たされたみんなはステンノ姉様の指示で、薬を飲んだんだ。そうしたら、いきなり、正気を失った

2ヶ月連続刊行!
再会の約束を胸に兄が妹の破滅回避に挑む!
フルラブ・ファンタジー第3巻!

ノベル 11/20発売

悪役令嬢の兄に転生しました 3

著：内河弘児　イラスト：キャナリーヌ

ノベル 11/20発売

コミカライズ連載中!
魔物を手懐ける吸血鬼少女の攻略冒険ファンタジー第2巻!

欠けた月のメルセデス 2

～吸血鬼の貴族に転生したけど捨てられそうなのでダンジョンを制覇する～

著：炎頭　イラスト：KeG

11/29、コミカライズ連載開始!
優しすぎる食いしん坊少女が
ゲーム世界のグルメを狩り尽くす、
VRMMOファンタジー第３弾!

リアル過ぎるVRMMOゲーム「Nostalgia world online」を遊ぶ少女アリス。生産職も始めた彼女は、今日ものんびりスローライフを送っていた。だが、PKギルドによるNPCたちへの襲撃事件が起き、平穏は一変。心を痛めたアリスが怒りに呑まれ、別人格・アリカに身体を乗っ取られてしまったのだ！　凶暴な人格は、敵だけでなく仲間である幼馴染にまで凶刃を向けてきて……!?

Nostalgia world online3

～首狩り姫の突撃! あなたを晩ご飯!～

ノベル 11/20発売

著：naginagi　イラスト：夜ノみつき

TOブックス12月の刊行予定（※発売日は変更になる場合があります。※一部地域で発売日が異なります。）

ノベル 12/10発売

舞台化決定!

悪役令嬢で
様子が異

著：稲井田

ノベル 12/10 発売

穏やか貴族の
のすすめ。14

「京七宝お守りストラップ」
3ケ月連続刊行!
集まれ、本好き!
シリーズ累計
500万部突破!(電子書籍を含む)
11/10 発売
本好きの下剋上
ふぁんぶっく6
著:香月美夜ほか イラスト:椎名優
チーム「本好き」集結! 年に一度のファン感謝祭!
① 椎名優描き下ろし表紙イラスト ② 原作表紙&口絵他カラーイラスト集(『第五部 女神の化身4～6』収録) ③ 関連書籍&商品イラストギャラリー ④ 原作表紙&口絵ほかラフ集 ⑤ 香月美夜書き下ろしSS「ディルク視点 貴族になるための準備」 ⑥ 香月美夜直筆プロット「貴族になるための準備」 ⑦ 指輪の色一覧 ⑧ 波野涼描き下ろし漫画 ⑨ 勝木光描き下ろし漫画 ⑩ 香月美夜「ドラマCD2&5アフレコレポート」 ⑪ 鈴華「ドラマCD2&5アフレコレポート漫画」 ⑫ キャラクター設定資料集(『第五部 女神の化身4～6』ほか) ⑬ 香月美夜先生Q&A ⑭ 椎名優描き下ろし四コマ漫画「ゆるっとふわっと日常家族」ほか
TOブックスオンラインストア・電子書籍限定!
本好きの下剋上
第二部 神殿の巫女見習い3
作:香月美夜 絵:椎名優
文庫 12/1 発売
本好きの下剋上
第五部「女神の化身7」
著:香月美夜 イラスト:椎名優
ノベル 12/10 発売
10月発売 第二部②巻 文庫 第二部⑥巻 コミックス
11月発売 ふぁんぶっく6 第四部③巻 コミックス
12月発売 第二部③巻 文庫 第五部⑦巻 ノベル
最新情報は原作公式HPへ!
www.tobooks.jp/booklove/
新シリーズ!
敏腕ギルド長と一緒なら、君も超進化!?
おてんば聖女のギルドメンバー育成ファンタジー!!
聖女シアは、勇者にパーティーを追放されてしまう。絶望するかと思いきや、大喜びで仲間探しを開始! さっそくギルドを作り、強さよりも性格重視でメンバー選びに張り切るシア。半ば強引に勧誘したのは、浮浪者の真面目青年、天然ボケの幼女、ドジっ子属性のおっさんなど、優しさだけが取り柄の一般人ばかり。そんな彼らの才能をシアは聖女の力で見抜き、共に過ごしながら花開かせていく! まだまだ粗削りな彼らだけど、いつかは魔王討伐も夢じゃない?
コミックス 11/15 発売
聖女、勇者パーティーから解雇されたのでギルドを作ったらアットホームな最強ギルドに育ちました。@COMIC 1
漫画:わかば 原作:白露雪音 構成:君塚祥 キャラクター原案:ICA
新シリーズ!
コミックス 11/1 発売
「未知との出会いへ羽ばたけ——!?」
超初心者ヒーラーとふわかわ神鳥獣のVRMMO成長記!
引っ込み思案な神鳥獣使い
—プラネット イントルーダー・オンライン—@COMIC 1
漫画:藤屋いずこ 原作:古波萩子 キャラクター原案:ダンミル
新シリーズ!
コミックス 11/15 発売
シリーズ累計50万部突破!
「最後の医者」シリーズの著者・二宮敦人が贈る、驚愕のホラーミステリ小説をコミカライズ!
ドールハウスの人々
漫画:pikomaro 原作:二宮敦人

ようにみんな暴れだして……」

「あれは非常時に使えってステンノ様が食糧庫に保管していた薬よ。強くなれるとは聞いていたけど、あんな副作用があったなんて……」

「そういえば実験室にいくつか試作品の薬があったよね。多分その中の一つだろう。アスならどんな効果かわかるんじゃないか？」

「今……見てる……少し待って……」

捕えたゴルゴーンに、状態異常回復の法術をかけながらアスが呻く。睨むように気を失っているゴルゴーンを凝視しているのは、彼女の『ギフト』で毒の成分をみているからだろう。

「薬の効果は……精神を高揚状態にして、正気を失う代わりに……一時的に体のリミッターを外せる。でも、それが終わった後は……運が良くて骨折……ひどい場合は命を落とすと思う。成分はマタンゴの毒に色々混ざってる……これは……こんなものは薬じゃないよ……毒だ……代償が大きすぎる……」

「ステンノ姉様は何を考えてるんだ‼　みんなはあんなにステンノ姉様を慕ってくれているのに……なんだってみんなの信頼を踏みにじるんだよ‼」

「メデューサ……」

「我が歌姫よ……」

悔しそうに叫ぶ彼女を、ペルセウスとフィズがなだめる。それにしても恐ろしい薬だ。このままじゃ俺達を倒す前に、ゴルゴーン達は全滅するかもしれない。ステンノは本当に何を考えているんだ？

「なあアス、その毒はアスの法術や、薬じゃ治せないのか？」

「今やってるけどかなり複雑……こうして寝てる状態なら大丈夫だけど、戦闘中は無理かな……せめて薬の成分が完全に解れば治療できるかも……でも、それには原液がいる……」

彼女の言葉に俺達は押し黙る。つまりはステンノの実験室に再度突入して薬を取ってこないといけないという事か……普段ならばともかく、今頃里全体は地獄のような戦場と化しているだろう。しかも、目的地にも原液がまだあるかわからないのだ……。

「なんとかみんなを助けないと……でも、どうすれば……」

「私に名案があるわ。メデューサ、ちょっといいかしら？」

「ん、いいけど……どうしたの、フィズ。いきなり抱き着いて」

そういうとフィズはメデューサに抱き着いて「さよなら」と呟いた後に、メデューサの口にハンカチをあてると彼女は意識を失った。予想外の行動に俺達は混乱するが、一番早く動いたのはペルセウスだった。彼はフィズを警戒しながら、ハルペーを彼女の首元に突きつける。

「我が歌姫よ、大丈夫か!!　これ以上彼女に危害を加えるならば命はないものと思え」

「メデューサごめんね……あなたは私を恨むかもしれないけど、きっとこの方が幸せだから……」

「フィズ!?　一体何を考えているんだ？」

フィズは、何の抵抗もせずにペルセウスが、メデューサを庇う様に抱きしめて、自分の胸元から奪うのを見つめていた。

その顔は笑顔だったけれど、どこか儚げで、何かを決意しているようだった。彼女からは不思議と敵意は一切感じなかった。

そして、彼女は俺の問いにゆっくりと答える。

「私達、ゴルゴーンはこの里での生き方しか知らないの。プライドだって高いし、発情したら問答無用で雄を襲うやつだっている。他の種族と生きるなんてできないの。だから、この里が滅んだら生きていけないのよ。でも、メデューサとエウリュアレ様は違う。彼女達は人と生きることができるもの。皆さんもありがとうございます。これから先は私達ゴルゴーンの問題です。アスさん、安全な場所についたら、エウリュアレ様を治療してもらえますか？　ペルセウスさん、この子の事をお願いします。この子は素直じゃないけどいい子なんです」

「そういう事か……わかった、メデューサは私が幸せにすると誓おう」

「わかった……エウリュアレさんは私が責任をもって癒す……シオン行こう……」

決意に満ちた彼女の言葉に、俺達は押し黙るしかなかった。フィズの言う通り、ゴルゴーンはこれで終わりだろう。トロルドの部下達も、砦跡にいたので全部だったはずだ。これならトロルドも納得してくれるだろう。

エウリュアレさんだって、元々アンドロメダさん達とは良い関係を築けていた。彼女も人間の村で生きていけるかもしれない。だから、ここで引いても問題はない。

でもさ、それじゃあ、目を覚ましたメデューサはどう思うかな？　エウリュアレさんはどう思うかな？　フィズのようにゴルゴーン達も笑うんだ。俺達、人間と同様に喜んだり悲しんだりするんだよ。それなのにこのままでいいのかな？　よくないよね。

俺には血のつながった家族はいない。でも、俺にとっての家族はアスやケイローン先生、ついでにイアソンだ。何かあって意識を失って目を覚ましたら、みんなが悲惨に死んでたら、その後も笑えるかな？

それに、俺はメデューサがかっこいいと思ったんだ。メデューサの裏切られても罵られても、里のみんなを……ステンノの事を信じていた彼女がかっこいいと思ったんだ。ステンノは本当に悪者だったけれど……。

だって、それは俺にはできなかったことだから……イアソンとメディアに追放された時に、もっと俺は考えるべきだったんだよ。アスも追放に賛成しているって言われた時に、俺はもっとアスを信じるべきだったんだよ。

もちろん、カサンドラやライム、シュバインと新しいパーティーを組んだことを後悔はしていない。でもさ、俺が幼馴染達をもっと信じていたら……未来は変わっていたかもしれない。『アルゴーノーツ』でカサンドラやライム、シュバイン達と一緒に冒険していた可能性だってあったかもしれない。だから俺と違って最後まで信じ続けたメデューサが悲しむような未来はみたくない。それに何よりさ……。

「アスはさ、なんで冒険者になったんだっけ？」

「私は……万能薬を作るため……もう、病で人が死なないようにしたかったから……私のような思いをする人が増えないでほしかったから……そのためにギフトにも目覚めたんだと思ってるよ……

だから、冒険者になったんだ……」

そう、アスは世界から病をなくすために冒険者になった。死んだ弟のような人がもう、現れないように……残された人が悲しい思いをしないように。

そのためにアスは一人で材料を探したりだってしているんだ。寂しがりやなくせに……一人旅で危険な目にだってあってるはずなのにだ……だったら、俺は何のために冒険者になったんだ。俺のギフトはなんのためにあるんだ。

「フィズ、もう一回聞くよ。このまま里が滅んでもいいのか？」

「ええ……仕方のない事よ。これは私達が引き起こした問題ですもの、自業自得よ」

フィズは悔しそうな顔をしてそう言った。何かをこらえながら返事をする彼女はどこか辛そうだった。そしてその姿はまるで……英雄譚に出てくる英雄に助けを求める少女の様だった。

だから俺は彼女に再度問う。

「俺はさ、英雄になるために冒険者になったんだ。そして、英雄は困っているやつを救うためにいるんだよ。フィズ、もう一回聞くよ。里が滅んでもいいのか？」

「シオン!!　だめだよ、あなたは確かに少しは強くなったかもしれない。でも、狂化したゴルゴーンは強力だ。一歩間違えたら死んじゃうんだよ」

「シオン……あなたは優しいわね、でも、あなたたち人間が、ゴルゴーンのためにそこまでする義理はないでしょう？　だから早く逃げなさい」

「フィズそれは違うよ……」

彼女の言うように彼女はゴルゴーンだ。人ではない。そして窮地に陥っているのもゴルゴーン達だ。普通の人は……人を第一に考え見捨てるだろう。俺と同じように英雄を目指していたイアソンだったら見捨てるだろう。でも、俺はもう知っているんだ。彼女達ゴルゴーンにも……魔物達にだって感情があるってことを……俺のギフト『万物の翻訳者』がそれを教えてくれたのだ。

「俺は……ゴルゴーンに聞いてるんじゃないんだ。俺はフィズに聞いてるんだよ!!　種族なんて関係ない。そんな話は今してないだろ。君が本当は、どう思っているかを聞いているんだ!!」

俺はもう、『アルゴーノーツ』のシオンではない『群団（レギオン）』のシオンだ。人間達の英雄を目指す『アルゴーノーツ』ではなく、種族も関係なく群れて、団結し英雄を目指す『群団（レギオン）』のリーダーのシオンだ。

「シオン……本気なの……彼女達を救うつもりなの……？」

「私は……私達はゴルゴーンよ？　それでも助けるの？　何で助けるの？　私達はあなた達の言う魔物よ！　人間を食べた子もいるわ！　それなのに助けるの？」

「ああ、そうだ。俺は君達を助けたい。いや、メデューサの想いを……フィズを助けたいんだ。他のゴルゴーンは知らないけど、フィズだって人間の俺を助けてくれたじゃん」

俺は悩んでいた。ずっと悩んでいた。ギフトに目覚めた時からずっと悩んでいたのだ。なんで俺は戦闘系のギフトではないのだろう？　何で俺は『万物の翻訳者』なのだろうと……。

ライムは言ってくれた。俺と話すのは楽しいと。俺と一緒にいて楽しいと。彼は少し照れた口調で言ってくれた。

カサンドラは言ってくれた。俺のおかげで『ギフト』を役に立てることができると。俺の事を相棒だと。嬉しそうに言ってくれたのだ。

シュバインは言ってくれた。俺のおかげで新しい世界が見えたと。さらに強い相手と戦えるのだと、楽しそうに言ってくれたのだ。

俺は人の英雄にはなれない。イアソンより弱い俺では届かない。だから、俺は……俺のギフトでしかできない方法で……俺のギフトでしかなれない英雄になるのだ。

人も魔物も救う英雄。それは『万物の翻訳者』である俺しか目指せない英雄だ。比喩(ひゆ)でなく、魔物や動物の言葉がわかる俺が目指す英雄だ。

「本当に、私達を助けてくれるの……？」

「君が助けてって言ってくれたらね。それが俺の目指す英雄だから」

「シオン!?」

「ごめん、アス……でも俺は思い出したんだ。俺はどんな英雄になりたかったかって……昔、どんな英雄を目指したのかってさ」

俺はアスをまっすぐ見つめて、言葉を伝える。アルゴーノーツで、どんどんみんなに置いていかれて、見失っていた想いだ。

子供の頃、俺たちは夢を語りあった。アスは万能薬を作り、病から人を救い英雄になる。イアソンは魔物を倒し英雄として成り上がり、やがて王として愚民達を導く。そして俺は……人も魔物も関係なく救い、みんなの英雄になりたかった。子供の頃の稚拙(ちせつ)な夢だ。アルゴーノーツで、冒険者のだ。
もう自分の夢を裏切りたくないのだ。俺の夢みた英雄はここで、フィズ達を切り捨てたりはしない
でも、今は違う。俺は仲間を得た。異種属の仲間を得て、可能性を知った。そして何より、俺は
をして、現実を知り諦めた夢だ。

「シオン……ずるいよ……そんな顔されたら、何にも言えない……」

「ありがとう、アス」

「君は昔から……普段はヘタレなのに……譲らない時があったよね……」

そう言うとアスはため息をついて、仕方ないなぁと呟いて俺に笑顔を浮かべた。そして、彼女も
またフィズの返事を待つ。

「それで、フィズはどうしてほしい？　目の前には魔物だからって気にしない英雄志望がいるんだ
けど……」

「あなた本当に変わってるわね……でも、嫌いじゃないわ」

フィズは俺の言葉に苦笑した後に言った。涙を目に溜めて、まるで英雄譚の登場人物のように、
俺に言った。

「私達を……みんなを助けて……」

「わかった！　任せて。薬は多分食糧庫よりも、ステンノの実験室の方がある可能性は高いよね。

そっちをみてみるよ」

「私は……ここでケガ人を……治療している……あと一人で行っちゃだめだよ」

「もちろん、ここは任せたよ。アス」

俺の言葉にみんなはうなずく。そして、俺は立ち上がって考える。狂化したゴルゴーン達が徘徊(はいかい)しているのだ。アスの言う通り、俺だけでは死ぬだろう。カッコつけておいて、あれだが、これが現実である。だから仲間がいる。

「俺と一緒に侵入するやつは誰がいいだろう。シュバインが戻ってくるのを待つか、ペルセウスはメデューサが心配だろうし……」

「その役割は私がやるわ、だってあなたの相棒ですもの」

そう言ったのはいつの間にか、こっちに来ていたカサンドラだった。どうやら追いついてきたらしい。満面の笑みを浮かべて即答した彼女を見て、心強く思う。

「よくここがわかったね」

「ええ、あのペガサスが教えてくれたのよ」

話を聞くと馬刺しはどうやら周囲を旋回して、周りの様子を偵察してくれているらしい。そして、ペガサスに導かれてここに来たようだ。

『僕もいるよ。ここの守りはシュバイン達がいるから大丈夫でしょ』

その言葉と共にカサンドラの肩からライムが顔を出した。これで役者はそろった。

そうして俺達は、馬刺しに乗ってステンノの実験室へと向かった。里のそこらへんにはゴルゴーンがいるから、空から行こうという話になったのだ。ちなみにカサンドラを乗せるのを馬刺しは嫌がるかと思ったが、『なんかもう掟とかどうでもよくなった』とか死んだ目で言っている。アスを乗せてどうでも良くなったらしい。一族の掟って緩いな……。

「それじゃ頼むよ、馬刺し」

「え？　馬刺し？　それがこの子の名前なの？　かわいそうじゃない？」

『多分アスのセンスだなぁ……シオンはアスの言う事を疑わないんだよね……』

『やっとまともな感性のやつが現れてくれた……』

カサンドラに触れて彼女の思考を読んだらしき、馬刺しが安堵の言葉を漏らす。だが、それも一瞬だった。

「あ、非常食って事かしら？　確かに旅をしていると、そういう事もあるかもしれないわね……」

『カサンドラもアスと冒険したおかげで、魔物食に抵抗なくなってるね……』

「そうだけどスライムも、ゼリーにしたら旨（うま）そうだよね」

『シオンも肉はあるよね』

『やはり、貴様らはおかしい……』

俺達の会話に馬刺しが何か言っているが気にしないことにする。冗談なんだけどね。いや、カサンドラは本気かもしれないが……そうして俺達はステンノの実験室の上空へと辿り着いた。やはり空を飛べるというのはすごい利点だ。

『シオン、この里を頼む。我は守護者としてずっとゴルゴーン達を見守ってきたのだ。それなのに、今回は何もできない自分が歯がゆかったのだ。だから貴様が助けると言ってくれた時嬉しかったよ……こんなことしかできないが、後は頼む』

「ああ、任せてくれ」

そういうと馬刺しは俺に感謝を示す様に鼻を鳴らした。その声には様々な感情がこもっていた。彼がなぜゴルゴーンの里の守護者になったのかはわからないが、きっと色々な思い出があるのだろう。お前の分もがんばるよ。馬刺し……そう思いながら俺は彼の頭を撫でる。

そしてふと気づく。あれ、どうやって降りるんだ？　馬刺しのやつ全然地面に近づく様子がないんだけど……そう思っていると、馬刺しから振り落とされた。またこのパターンかよ!!

「これがペガサスの正しい降り方なのかしら？　中々個性的ね。炎脚（フランベルジュ）」

『そうだねぇ、あっ、カサンドラ。着地は優しくね』

「そんなわけないだろぉぉぉぉぉぉぉぉ、風よ!!」

俺は絶叫しながら、魔術で落下の勢いを相殺する。ライムのやつは、いつの間にか、カサンドラの方に飛び移ってやがった。彼女は涼しい顔で、炎を操り爆風で勢いを相殺する。俺はと言うとなんとか風の魔術を使い勢いを相殺する。一歩間違えたら重傷なんだが!?　あの糞馬マジで馬刺しにしてやろうか。

「それで……ここがステンノの実験室なのね」

カサンドラが目の前の穴蔵を指さしてそう言った。また戻ってきた。前回はこっそりと忍び込んだが、今回は堂々と入らせてもらう。

「ああ、そうだよ、奥の部屋の机の下に、地下室への隠し通路があるんだ」

『英雄譚なら宝物とかありそうだよねぇ』

「へぇー、隠し通路なんて、まるで悪の親玉の住処って感じでテンション上がるわね……っく」

「大丈夫か？」

俺達が軽口をたたきながら実験室に入ると、いきなり彼女は頭を押さえた。その姿に俺は嫌な予感を覚える。

「カサンドラ……まさか……」

「大丈夫よ、何でもないわ」

『ええ、予言を見たわ』

俺の言葉にカサンドラは頷いた。今度は一体どんな予言を見たのだろう？　彼女とパーティーを組んでわかったことだが、彼女の予言は自分や、誰かの運命が大きく変わる時に発動することが多いようだ。

俺とカサンドラが会うことになった時、俺の命を救った時、ポルクスとカストルを救った時など、もしも彼女の予言がなかったらと思うとぞっとする。

「地下は安全だから早くいって薬を回収しましょう」

『地下に強力な魔物がいるわ、気を付けて薬を回収しましょう』

「魔物か……どんな魔物がいたんだ？」

「魔物？　何を言っているの、何もいないんじゃないかしら」

『ごめんなさい、断片的にしか見えなかったわ。予言だとシオンが蛇に噛まれていたの……』

待って、カサンドラの予言無かったら俺やばかったじゃん。それにしても蛇か……ゴルゴーンでも迷い込んでいるのだろうか？

「ありがとう、カサンドラのギフトにはいつも助けられているね」

「そういってくれるのはあなただけよ、ありがとう、相棒」

俺の言葉に、少し間をおいて彼女は嬉しそうに微笑みながら答えた。そして俺達は地下へと向かう。ステンノの実験室はフィズ達が漁ったせいなのか、それとも他に侵入者がいたのかはわからないが、何者かに荒らされていた。俺達は警戒をしながら進む。

「なんか色々あるわね。惚れ薬か……あのゴルゴーンも誰かを想っていたのかしらね……」

『ほらこの瓶とか、ゴブリンの頭が入ってるよ。悪い奴の実験室って感じだねぇ』

初めて実験室に入ったカサンドラとライムが興味深そうにあたりを見回してた。地下へと進む前に俺は知った顔を見かけたので声をかけた。

「よう、こんなところにいたらゴルゴーン達におやつにされるよ」

『ああ、君は助けてくれた人だね……外はゴルゴーン達が騒がしいからここに避難していたんだ。地下へ行くつもりかい？　それなら気を付けた方がいいよ。だれかが檻を開けたのかあいつが暴れているんだ』

「あいつ……？」

おそらく、それがカサンドラの言っていた危機だろう。一体どういう魔物なのだろう。カサンドラのギフトは魔物の姿までは見れなかったと言っていた。

『うん、恐ろしい魔物だよ……ああ、でもここもだめかもしれない……ここにはあいつの好物があるから……』

そう言うと鼠は頭を抱える。あいつとはいったいどんな魔物だろうか？　俺はとりあえずあいつの好物とやらを見てみる、これミスリルじゃん。これを好物ってゴーレムか何かだろうか？　でも、蛇に襲われたって言ってたよね。

まあ、何かに使えるかもしれない。俺はとりあえずミスリルを持っていくことにした。

地下への扉の前で俺たちは態勢をととのえる。カサンドラの予言だと、強力な魔物がいるみたいだからね。ある程度の心の準備は必要だ。

「神の加護よ!!」

「シオン、ありがとう。体が軽くなるわね」

『すごーい、いつもより触手が早く伸びるよ!!』

俺はカサンドラと自分、ついでにライムに身体能力アップの法術を使う。アスほどではないが俺も法術は使うことができるのだ。

ライムも嬉しそうに無駄に触手を伸ばしている。あのさ、俺の甲冑の間から触手伸ばすのくすぐったいからやめてほしいんだけど……。

「じゃあ、行くよ」

俺は意を決して扉を開ける、以前来た時と同様に地下室は薄暗い。俺が入ると同時にすごい速さで何かが飛んできてた。それをカサンドラが刀で受け流す。

「させない!!」

「シャー!!」

カサンドラによって射線（しゃせん）を逸らされた細長い何かは、悲鳴を上げながら壁に激突し、悲鳴を上げてすぐに奥へと戻っていった。何今の？　反応できなかったんだけど……俺は小さい明かりを魔術によって発生させてあたりを見回す。

ステンノの実験室は俺が来た時とは違い荒れ放題だった。書類は飛び散り、薬の入っていたであろう瓶が床に散らばっている。そして奥には何かを咀嚼（そしゃく）している化け物がいた。

「うげぇ……」

「これは……きついわね……」

『可哀想に……』

咀嚼されているのは、ここの様子を見に来たらしきゴルゴーンである。苦悶の表情で既にこと切れており、胴からがぶりと噛みつかれて、食われている真っ最中だった。そして、それを咀嚼しているのはキマイラだ。

キマイラとはAランクの魔物だ。かつて、魔族が暇つぶしで作ったといわれ、ライオンの頭と山羊の胴体、毒蛇の尻尾を持つ魔物だ。

俺を先ほど襲った尻尾の毒蛇の毒は強力で、噛まれたものは一瞬で息絶えると言われ、ライオンの頭からは強力な炎を吐くと言われている。言われているというのが多いのは、目撃情報がとても少ないからだ。

そもそもAランクの魔物自体、ダンジョンや遺跡の奥にしかいないし、いたとしてもボスクラスだったりする。それに、キマイラに関しては魔族が作った生き物なのだ。そうゴロゴロいるものではない。俺達は予想以上の相手にあわてて扉を閉める。

「なんであんなところにキマイラがいるんだよ⁉」

「知らないわよ⁉　それでシオンどうするの？　ここよりは食糧庫のゴルゴーンたちをかいくぐって、薬を探した方がマシかもしれないわよ」

『そういえば、森の主のキマイラを捕えたとか言ってたよね。それじゃない？　それでどうしよっか？　僕はシオンの指示に従うよ』

　二人の声が俺に意見をゆだねてきた。もしも、ここにアスとシュバインがいれば俺は迷わず戦ったであろう。でも、ここにいるのは、カサンドラの他は、器用貧乏な俺と、サポートタイプのライムだ。おそらくまともに戦えるのはカサンドラくらいだろう。

　カサンドラの言う通り、ここは引いて食糧庫へ行くのも手かもしれない。でも、食糧庫に、原液があるとは限らない。それに時間制限だってあるのだ。ここで引いたらゴルゴーン達が全滅する可能性ははるかに上がるだろう。そもそも、キマイラがいつまでも、ここにいるとは限らない。外に出て暴れたらと思うとゾッとする。

　俺はメデューサ達の力になると決めたのだ。フィズに助けるって言ったのだ。幸いここは狭い。やつの武器である炎はそうそう吐くことはできないだろう。それに俺達より身体能力で劣るであろう、ステンノが捕らえたのだ。勝算はある。だから俺は……。

「行くっていったら怒る？　多分ここで引いたらゴルゴーン達はやばいと思うんだ。薬がないと結局暴走を止められないしね」

『怒らないよ、だってそれがシオンの目指す英雄でしょ』

「な⁉」

俺の顔をみてライムがにやりと笑いやがった。こいつ俺の話を聞いたのかよ。もしかしてカサンドラも……俺が恐る恐る彼女を見ると、嬉しそうに笑いながらウィンクをした。

「ごめんなさい、つい、聞こえちゃったのよ。でもね、私はあなたの考え方好きよ。だから私はあなたに賛成するわ。でも……勝算はあるんでしょうね」

「ああ、もちろんだ。一応考えてある。じゃあ、行くよ」

カサンドラの言葉に顔を真っ赤にしながらも、俺は答える。そんな俺にカサンドラとライムは満足そうに微笑みかけるのだった。そうして俺達は再度キマイラのいる地下室への扉を開けるのだった。

気合も新たに俺達は再び地下へと進む。今度は読まれると思ったのか蛇による奇襲はなかった。それともキマイラは俺達をもはや脅威と思っていないのか？　部屋の奥にいたキマイラは返り血と肉片に口元を汚して、物足りなさそうな顔をして何かを噛んでいた。そして咀嚼し終えると俺達を睨んで一言。

『アア、マダタリナイ……オレサマオマエマルカジリ』

すさまじい速さでキマイラが迫ってくる。ああ、違う。こいつは食事が一息ついて休憩をしていただけなのだ。獅子(しし)の頭が突進してくると同時に尾の蛇が襲ってくる。やはり、狭い室内で炎を吐かない程度の知恵はあるようだ。

「シオン、尻尾に気をつけて!!」

「うおお!?」

キマイラの突進は避けた後、尻尾の蛇に襲われた俺は、かろうじてはじく。初見はどうにもできなかったが来るとわかってればなんとかなる。カサンドラのおかげで助かった。

カサンドラはと言うと躱すついでとばかりに、反撃としてキマイラの身体に刃を立てていた。すげえなと思うが、硬い毛にはじかれあまりダメージは与えれていないようだ。

てか、身体能力を法術であげてこれってやばくない？　カサンドラの予言が無かったら俺は死んでいただろう。さすがはAランクの魔物ということだろう。

「カサンドラ、こいつの相手を頼む。できるだけ時間を稼いでくれ。可能なら獅子の口を傷つけてくれると助かる。俺は薬を探す」

「わかったわ、任せて!!　でも……時間を稼ぐだけじゃなくてこいつを倒しちゃってもいいのよね」

「頼もしいね、カサンドラ。火よ!!」

そういって彼女は強気にキマイラに斬りかかる。そんな彼女に俺はせめてもの援護をする。俺の手から火の玉が現れて、カサンドラの刀に絡みつくようにまとわりつく。

「ありがとう相棒。助かるわ。これでギフトが使える!!」

『コシャクナ、サッサトクワレロ!!』

カサンドラは予言を使っているときは魔術が使えないからね、せめてものサポートである。硬い毛も火で燃やせばなんとかならないかと思ったのだ。

でもさ、彼女はああいってくれたけど、Aランクの魔物とソロは難しいだろう。俺達も早くできることをやらねば……。

「ライム、急ぐぞ！　ラベルに『狂化薬』って書いてあるはずだ。ついでに『麻痺薬』もあったら渡してくれ」

『もちろん、任せてよ!!　これで活躍したら、ライムとゴルゴーンのハーレム生活が待ってるからね!!』

そう言って俺達は散らばっている棚や床に落ちている薬瓶を探す。てか、ライムが触手を何本も出していて瓶をひろっているから、すごい早いんだけど、端から見るとすっごいきもいな。

俺はようやく割れていない瓶を見つけたが『惚れ薬』と『麻痺薬』だった。狂化薬が全然見つからないんだけど。

カサンドラはどうかと見てみると彼女の刃がキマイラの喉を貫くも、尻尾の一撃で吹き飛ばされているところだった。カサンドラも、キマイラも、お互い傷を負ったが、キマイラはまだ倒れる気配はない。それに対してカサンドラは吹き飛ばされた時にどこか痛めたのか、険しい顔をしている。

ギフトを使用して動きを先読みしているカサンドラでも勝てないとは……やはりキマイラは強すぎる……このままじゃまずいよね……俺は考えていた作戦を実行する事にする。失敗するかもしれないがやるしかない。

そもそも今回の戦いは俺が、ゴルゴーン達を助けたいと言って始まったことなのだから……。

私はキマイラ相手に苦戦を強いられていた。さすがはAランクの魔物である。身体能力もあるけれど、獅子の頭と蛇の尻尾のコンビネーションが厄介極まりない。未来を視てようやく、対応できているのだ。これで火まで吐かれていたら打つ手はなかった。

でも、不思議と絶望はない。だって、シオンがいるから、シオンならば必ず薬を見つけて、この状況を打開してくれるはずだ。彼は確かにお世辞にも強いとは言えない。だけど何とかしてくれるという信頼感があった。だから、それまで、私はこいつの相手をすればいいだけなのだ。

もしかしたら、彼は自分だけの意見で、ゴルゴーンの事を助けると決めたことを後悔しているのかもしれない。私が急いでゴルゴーンの里についたときに聞こえたのは、シオンとアスとの口論だった。アスの言う事は正しい。人と魔物は違うのだ。ゴルゴーン達を見捨てても誰も責めないと思う。ゴルゴーンは意思疎通ができるけれど魔物だ。百人いたら百人がアスと同じようにいうだろう。だけどシオンは違った。彼はゴルゴーン達を助ける事を選んだ。彼にとって種族は関係がないのだ。仲良くなった生き物か、それ以外の価値感しかない。人は彼を異質だというだろう。異常だというかもしれない。でもそんな彼だからこそ、私という半魔族を受け入れてくれたのだ。そんな彼だからこそ私はついて行きたいなと思ったのだ。そしてそれは私だけじゃない。ライムもシュバインもそうだ。

普段軽口をたたいているライムは本当に心の底からシオンを信頼していることを知っている。ライムは本当に賢い。彼は可愛がってくれている冒険者の女の子たちが、いざとなったら人間の方を優先することを知っている。いざとなったら敵になることを知っている。だけど、シオンがいるから、いざとなったらシオンは助けてくれると信じているから、彼は気楽そうに騒げているのだ。

シュバインは言っていた。シオンは友人として扱ってくれていると、ダンジョンにいた時のようにただの、戦力ではなく一匹の友人として接してくれているのがわかるから、彼を信用しているのだと……だから、生活するうえで慣れない習慣などの多少の不便もありながら仲間になっているのだ。

そして私も同様だ。シオンは……彼はこの愛おしくも忌々(いまいま)しい赤い髪を、綺麗だと言ってくれた。魔族の血を引いている証明ともいえるこの髪を美しいと言ってくれたのだ。そして私の面倒なギフトの事も頼りにしてくれている。

群団(レギオン)というパーティーは種族も違うけれど、シオンをきっかけに知り合い団結したパーティーだ。私はこのパーティーの前衛として恥じない仕事をしたいと思う。だって、シオンはリーダーとして恥じない決意を見せてくれたのだから!!

私が少し距離をとったタイミングで、二つの瓶が飛んできた。中には液体が入っており、それぞれ液体の色が違うようだ。すると、不思議なことに最初の瓶は蛇の尾で振り払ったというのに、もう片方の瓶を、キマイラは過剰(かじょう)なまでに反応して、避けた。まるで何かを恐れているかのような怯(おび)え方だ。でも、これで隙ができた。

「炎脚(フランベルジュ)」

私は未来予知を解除して、スキルを使う、シオンのかけてくれた魔術の炎は少しずつだけどキマイラの毛を焼いてくれている。つまりこいつに炎は通じるのだ。ならばもっと強力な勢いで突っ込めば……。

私のスキルを使った突進に蛇の尾が反応をする。鋭い一撃の蛇の口撃を私は体を逸らして躱しながら、高速で刺突を放つ。姿勢のバランスが悪くなったせいか、喉の奥までは届かなかったが確かに刺さった。

「食らいなさい!! 炎剣(フランベルジュ)」

「――――――!!」

キマイラの体内でスキルを発動させる。キマイラの体内を、刀身から生じる爆炎が焼き払うが致命傷ではないようだ。

悲鳴こそ上げているもののやはり踏み込みが足りず致命傷には至らなかった。私は嫌な予感がして慌てて刀を抜く。

予想通り蛇の尾が鞭のようにしなって私を襲い、激痛と共に吹き飛ばされた。とっさに刀で防いだおかげで直撃は避けたが、衝撃までは殺せなかった。私が追撃を警戒していると、シオンがキマイラに突っ込んでいくのが見えた。

「何をやってるの、シオン!!」

「腹が減っているんだろ? これでも食えよ!!」

そういって彼が左手で突き出したのは、先ほど拾っていたミスリルが入っていた袋だ。現に、ちらりとミスリルがのぞいている。そういえばキマイラは魔力を持った鉱石が好物だと聞いたことがある。元々が魔法で作られた生き物なので、食事も肉などを魔力として還元しているらしい。ならば、元々魔力を持ったミスリルは彼にとって大好物だろう。でも、なんで今それを差し出すの？

「グルルルルゥ!!」

「あぎゃぁぁぁぁ!!　いてえええええ!!」

私が止めるまでもなく、キマイラに彼の左腕がミスリルごと喰われる。そのまま食いちぎられるかと思いきや、先ほどの私の喉への攻撃が効いたのか、噛みつかれているだけで済んでいるようだ。

でも、このままじゃあまずいでしょ。なにやってるのよ、あのバカは!!

「あんたは死にたいの!?　炎脚(フランベルジュ)」

「うおおおおおお、いてえぇっての!!　火よ!!」

『無茶しすぎだよ、シオン!!』

私がスキルで駆け寄ると同時に、キマイラの口が爆発して、たまらず吐き出したキマイラの口からシオンの左腕が解放される。

しかし、その腕はひどいものだった。キマイラの牙によって傷だらけとなり、血があふれており、手の方は魔術を放ったせいか、火傷(やけど)をしているようだ。そして、なぜか、ガラス片まで突き刺さっている。あまりの悲惨さに、私が眉をひそめていると、その腕をライムが包む。これで応急処置は済んだだろう。

私はキマイラからシオンを守るべく武器を振るう。しかし、その戦いは長くは続かなかった。なぜなら、キマイラの動きが徐々に鈍っていったからだ。　私は怪訝に思いながら、動きが鈍ったキマイラを切り刻むのだった。

俺は左腕の痛みに耐えながらも、カサンドラとキマイラの戦いを見守っていた。いつでも援護にいけるように、剣は構えておくが役に立てるだろうか。

徐々にキマイラの動きが鈍くなっていくのを見て、俺は安堵の吐息をもらす。ライムが左腕に巻き付いて治療をしてくれているおかげで痛みはましになったが正直結構きつい。だが、最悪左腕を食いちぎられる覚悟はしていたが何とかなってよかった。

そして、ついにキマイラの体をカサンドラの刃が貫いて、決着がついた。

「やったね、カサンドラ……ってすっごい怒ってない!?」

「何を考えてるのよ、あんたは!!　死にたいの!?」

勝利をたたえようと彼女に駆け寄った俺だったが、カサンドラにすごい剣幕で怒鳴られる。俺が反論をしようと彼女の顔を見ると、いつもの強気な顔に涙を溜めている。え、ちょっと待って。どうしたの？

「一歩間違えたら死んでたのよ!!　あなたが死んだら私は……」

「いやいや、待って。ちゃんと色々考えてたよ。カサンドラが喉に傷を与えていた今ならいけるかなって……」

「だからって、自分の身を犠牲にしていいわけがないでしょう!!」

そうして俺は彼女に作戦を説明した。ステンノが使った毒を見極めるために、瓶を投げて、過剰に反応した方の瓶を、ミスリルの入った袋に混ぜておく。

そして、空腹のキマイラを挑発し、まるでピンチのカサンドラを助けるために囮になったような演技をしたのである。そして、不意をうたれたふりをして、毒の塗られたミスリルを入れた袋ごと腕をあいつに差し出したのである。

キマイラはバカではない。さすがにそのままミスリルに薬をぬっていたらばれるし、麻痺薬を多少警戒していたので油断させるために必要だった。それに実力で劣る俺にはこれくらいしかできなかったのだ。

「まあ……勝算があったならいいけど……」

『ねえ、シオン。僕はいつまでくっついていればいいのかな？　キマイラの唾液がついててちょっときもいんだけど……』

「お前、今は俺から離れるなよ、マジで痛いんだからな!!　泣くぞ、マジで大泣きするぞ!!」

『ああ、そのセリフはかわいい子にいってほしかったなぁ……』

説明しても不満そうなカサンドラを見て、実際は賭けだったということは言わない方がよさそうだ。でも、思った以上に心配させてしまったようである。

「今度から、自分を犠牲にするようなことはしないように。私と約束をしなさい。シオンがいてこその私達なんだから」

「いや、俺なんて……いって!?　何するのさ!!」

俺が言い切る前に頭をひっぱたかれた。ひどくない？　俺って今、怪我人なんだけど……でも、彼女の真剣な顔をみると何も反論することができなかった。そして、カサンドラはため息をついた後、まるで赤子に言い聞かせるように言った。

「俺なんかは禁止よ。あなたは私の相棒であり、私達のリーダーなんだから。その言葉は私達に対する侮辱（ぶじょく）でもあるわ。私はね……あなたを頼りにしてるの。だからもっと自信を持ちなさい」

「ああ、ありがとう、カサンドラがそういってくれるから、俺は頑張れるんだよ」

「私はお世辞は言わないわ。あなたを信頼しているし、尊敬しているから言うのよ。だからもう、無茶はしないで。これからもずっと一緒にやっていくんだから」

『なんか愛の告白みたいだねぇ』

「「なっ!?」」

真剣な表情で俺達は見つめあっていたが、ライムの言葉で、一気に恥ずかしくなる。

でもさ、人に認められるのってすごい嬉しいよね。なんというか、むずがゆいが悪い気はしない。彼女が認めてくれると、俺はもっと行けるんじゃないかって思えてくるから不思議である。それにさ、なんだろう、女の子と見つめあうとなんかどきどきしてしまうよね。

『はいはい、ラブコメ禁止!!　早く薬を探すよ。後でアスに言ってやろーと』

「別にラブコメじゃないわよ!!　これはなんていうか……相棒とのやり取りよ」

「なんでアスが出てくるんだ？　だいたいライムはアスと会話できないだろ」

そうして、俺達は顔を真っ赤にして離れる。確かにちょっと近すぎたなぁと今更になって認識してしまう。そして、敵のいなくなった実験室で無事薬を入手したのだった。


「シオン……腕を見せて……早く……」

「いや、でも今は薬を解析しなきゃ……」

「うるさい、いいから言うこと聞いて!!」

『僕は馬に蹴られる前に去るね』

みんなの元に戻った俺は薬をアスに渡そうとしたが、すごい剣幕で迫られて、左腕の治療をしてもらうことになった。

アスのまるで自分が傷ついたかのような顔に俺は罪悪感に襲われる。でもさ、アスもカサンドラも俺の事を心配しすぎなんだよ。俺だって一人前の冒険者なんだよ。そりゃあ、こうして心配されるのは嬉しいけどさ……。

「ばか……こんな無茶をして……シオンに何かあったら私は……医神よ!!」

「その……心配させてごめん……」

アスの法術によって、俺の左腕が一瞬で治療されていく。すさまじい治療能力である。俺が同じ法術を使っても、こんな風にはならなかったんだよね。

治療を終えて俺は左手を試しに動かすと、違和感も痛みも一切なかった。

「シオンは時々無茶をするよね……君が死んだり傷ついたら悲しむ人がいることも忘れないでね……私はゴルゴーン達よりもシオンの方が大切なんだ……もしも、シオンが死んでたら私は……」

「ごめん、カサンドラにも言われたよ……でもさ、みんなそういってくれるけどさ、俺にそこまでの価値は……」

「あるよ……シオンは自分の価値を低く見すぎ……私は君の言葉があったから、ゴルゴーンを助けようと思ったんだよ……少なくともシオンの言葉には私を動かすだけの価値はある。わかる？」

俺の弱気な言葉はアスの言葉によって打ち消された。彼女は真剣な目で俺を見る。まるで物分かりの悪い弟を見るような目で見つめる。

「それにさ、シオンを評価しているのは私だけじゃない。シオンと相棒になったカサンドラだって、君を認めている。いつも君を心配しているアンジェリーナさんだって、君を認めている。余計な事しか言わないイアソンだって、君を認めていたんだよ。『俺のライバルになる可能性があるのはシオンだけだ』ってね。だから、君が自分に価値がないと思うのはみんなの評価を馬鹿にしていることなんだよ」

「イアソンの事は初耳なんだけど⁉」

「当たり前でしょ……あのひねくれものが本人を目の前に褒めるわけがない……ある日、調子に乗って酔っていた時に言ってたよ……多分それが本音だと思う……ごめん、一気に喋りすぎて疲れた……」

そういって彼女は深呼吸をして、息を整える。喋るのが苦手な彼女が、一生懸命俺に説明をしてくれたのに嘘はないだろう。それに、先ほどのカサンドラの言葉も突き刺さる。俺は……俺には信用してくれる人がいて、俺が傷ついたら悲しんでくれる人がこんなにいるのだ。少しは自信を持ってもいいのかな？　弱い俺だけど自信を持っていいのかな。

俺が自問していると柔らかい感触と甘い匂いに顔が覆われた。え？　アスに抱きしめられた。俺は童貞の様にどうしていいかわからなくなり、体が固まってしまった。いや、童貞なんだけどね。

「シオンはがんばっているし……強くなった……だから自信を持っていいんだよ……ずっと君を見てきた私が言うんだ。間違いはないよ……」

「アス……ありがとう」

彼女の言葉に俺は心が軽くなるのを感じた。ああ、俺を認めてくれる人はこんなにいるんだ。俺の努力は間違いではなかったんだな。それだけで俺は……。

でも、この状態は色々落ちつかない。いや、嬉しいけど、恥ずかしいというか……だから話題を変えることにした。

「アス、俺はもう大丈夫だ。それよりも、時間がない。これを見てくれるかな？」

「むー……もっと甘えていてくれていいのに……これが『狂化薬』か……結構成分が複雑だね……」

俺が離れて残念そうな顔をしたアスだったが、薬を見せると興味深そうに観察を始めた。アスの邪魔にならないようにと、部屋を出ようと立ち上がろうとすると腕を掴まれた。ここにいろと言う事だろう。

まあ、実際俺にできることはあまりない。カサンドラや、シュバインはゴルゴーン達を牽制してくれている。むしろ、薬が完成したら、すぐばらまけるようにここにいた方がいいのかもしれない。

「シオンが帰ってきたと聞いたんだけど……ごめんなさい、お邪魔してしまったかしら……」

そう言って部屋にやってきたのはフィズだ。彼女はくっついている俺とアスを見ると、一瞬固まって、すぐに出ていこうとした。待って、なんか誤解してない？　俺は慌てて彼女を引き留める。

「ちょっと待って!!　なんで出ていくの？　なんか用事あったんじゃないの？」

「ええ、でも交尾の邪魔をするほど私は無粋じゃないわ」

「言葉選びー!!　交尾って言葉が無粋だよ。そもそも、俺とアスはただの幼馴染なんだ。そんなことしないよ」

「私は別に勘違いされてもいいのに……」

俺の言葉になぜかアスがむくれる。いや、よくはないでしょ。と思いつつフィズの様子を見ると彼女はなぜか嬉しそうに言った。

「ああ、そうなの、ただの幼馴染なのね、よかったわ」

「そう……私とシオンは幼馴染……ただここであっただけのあなたとは違う……」

「ふふ、何年も一緒にいて子種を奪う事すらできないのね」

なぜか、アスとフィズが笑い合いながらにらみ合っているんだけど……幻覚かはわからないが、彼女達の背後にドラゴンとキマイラが見えた気がした。てか、二人ってあんまり接点なかったよね。なんで仲悪いの？　俺は空気が重くなったのを感じて話題を変える。

「そういえばフィズは何をしにきたの？　何か状況に変化があったのか？」

「それはその……あなたが私達ゴルゴーンのために戦って、負傷したって聞いたから、ちょっと心配になったのよ。でもその様子なら大丈夫そうね。安心したわ」

俺の言葉に一瞬言葉を濁しながらも答えてくれた。ゴルゴーンも優しいんだね。それとも彼女の言葉で、俺が動いたから少し責任を感じていたのかもしれない。気にしなくていいのにね。俺がやりたかったからやったんだし。

「ありがとう、ライムとアスのおかげでもう大丈夫だよ、状況はどんな感じかな？」

「あなたの仲間達が片っ端からゴルゴーン達を、麻痺させているけど、芳しくないわね……メデューサとペルセウスも様子を見に行ってくるって言って出て行ったけど……やはり決定打が必要だわ」

そういうとフィズはアスを見る、俺もつられてみるが、彼女は真剣な目で薬をみながらぶつぶつと呟いている。今は彼女が解析してくれるのを信じて待つだけだ。そして俺は知っている。彼女なら必ずやってくれるということを。

「大丈夫かしら？　ステンノ様の薬はかなり強力なんだけど……」

「ああ、大丈夫だよ、アスができるって言ったんだ。何よりも信用できる言葉だよ」

「任せて……シオンが信じてくれるなら私はなんでもできるよ……」

俺が答えるとアスは口に笑みを浮かべて答えた。その表情はとても誇らしげで……彼女が俺の言葉で喜んでくれたのがわかった。彼女の言う通り、俺には少なくともアスに喜んでもらえるだけの価値はあるみたいだ。

そうして俺達はアスが薬を完成させるのを待つのであった。

混乱に満ちたゴルゴーンの里を、私は抜け出すために、駆け足で出口を目指す。里は『狂化薬』によって、正気を失ったゴルゴーン達の殺し合いのせいで阿鼻叫喚となっていた。

予定外だったのは狂化薬を飲まなかったゴルゴーンが思った以上にいた事だ。メデューサと人間達の声に耳をかたむけてしまったらしい。だが、些細なことだ。どのみち狂化したゴルゴーンは多い。あの数では対応できないだろう。

「ステンノ姉様どこに行くのかな？　みんなはあなたの命令で戦っているんだよ」

「ちょっとピクニックに行こうと思ってね。よく私がここにくるって気づいたわね、メデューサ」

私は声をかけられて振り向く。そこには予想通りに、私を睨みつけているメデューサがいた。まったく甘いものだ。声をかけずに私を攻撃すればいいものを……。

「なんで……こんなことをしたのさ!!　みんなステンノ姉様の事を信頼していたんだよ。なのに……なんでみんなを利用したり、エウリュアレ姉様にひどいことをしたのさ!!　姉様だって本当はそんなことをできる性格じゃないでしょ。何があったの？」

「本当の私ね……」

私は自虐的に嗤う。メデューサが言う本当の私とは何だろう。里の長の長女として、自他ともに厳しくしていた私だろうか？　それとも、劣等感をおさえながらも里のためにがんばって薬を研究していた私だろうか？　それとも『ギフト』を得て、他者の評価の適当さに絶望した私だろうか？　本当の私とは一体どんな私なのだろう？　他人の評価に振り回されるのに疲れてしまった私にはわからない。力を得て見える世界が変わった私にはわからない。

メデューサを見て私の中で醜い感情があふれる。私と違って偽らなくても他者に認められる彼女を見て醜い感情があふれる。

「もしも、私が誰かに脅されていたと言ったら、あなたは信じてくれるかしら?」

「姉様、やっぱり……」

私の適当な言葉をメデューサはあっさりと信じた。自分で言っていて笑いそうな言葉を信じた。

ああ、本当に可愛らしくて反吐が出そうだ。

「あなたはすぐ信じるのね。本当に愚かな子」

私は無防備に近づいてくるメデューサに向けて、頭の蛇に命じて仕込んでいるナイフを吐き出させた。

「それは違うぞ、我が歌姫は他者を信じることのできる強い女性なのだよ」

「ペルセウス!! なんでここに?」

「いったはずだろう、君が望むなら私は世界中のどこにいても絶対捜して見せようと!! ヒロインのピンチを救うのはヒーローの役目なのだよ」

私の不意打ちは完全にメデューサの胸を射貫くはずだった。しかし、ナイフはいきなり現れた男の武器によって弾かれた。そしてその男は兜を脱ぎ捨てて、まるで英雄のようにメデューサを庇う。

その姿をみて私は胸がチクリと痛んだ気がする。私には誰もいないのに……。

「ふふ、結局あなたは、誰かに守ってもらうことしかできないのね。無垢(むく)なだけの愚かなるメデューサ……」

「それは違うぞ、他者を信じることができるというのは強さだ。そして信じられているとわかるからこそ、私は……私やシオン達はメデューサの力になると決めたのだ!!」

「ステンノ姉様……何で……僕たちを裏切るような真似をしたんだよ!!」

メデューサの絶叫が、目の前の男の言葉が私の胸をえぐる。もしも……もっと信じていたら私の周りにも誰かいたのだろうか？　私は一瞬考えた甘い考えを切り捨てる。

それにもう無駄なのだ。確かに私の周りには誰もいないけれど、私の勝利は決まっているのだから。そもそも簡単に評価を覆すような奴らなんていらない。ゴルゴーンの里はもう、私の手で終わる。何をしようが私の勝利なのだ。

「他者を信じる力ね……そんなものが何になるのかしら？　現に里はもう終わりじゃない。同士討ちで崩壊するのよ」

「そんなことはない、シオンが……彼らが僕らを助けてくれるって言ったんだ。アスがみんなを治療してくれるって言うんだ。だから、僕らは信じるよ」

自信満々なメデューサの言葉に、私は唇を歪めて嗤った。アスというのはおそらくエウリュアレを捕えていた所であったあの女だろう。だが、無駄だ。確かに彼女ならばいつか、治療できるようになるかもしれない。でも、あの薬は私がギフトを使いマタンゴの毒に、様々な物をブレンドした特製の薬だ。そんなにすぐに治療できるようなものではないはずだ。

「残念ね、私だってあの薬を作るのに四年もかかったのよ。治療薬ができる頃には里は壊滅しているわ。万が一治療薬ができたとしても、里のやつらにどうやって使うつもりかしら？　ゴルゴーン達は狂化して里中に散らばっているのよ。空でも飛ばない限り無理でしょうね」

私の言葉に反論できず、悔しそうな顔をするメデューサだったが、近くの男が空を指さすと、驚いた顔でつぶやいた。

「あれは……シオンとアス……？」

「フフ、白馬に乗って登場とはさながら英雄譚の英雄のようだな」

メデューサの声につられて空を見上げると、視界に入ったのは、ペガサスに乗って地上に向けて何か叫んでいる少年と少女だった。そして、その少女の杖の延長上に何やら光が輝く。私のギフトはその効果を見抜く。見抜いてしまう。

でも、それはあり得ない、あってはいけないはずの薬だった。私の毒を治せるなんて……私がギフトを使って作った毒の効果を分析して、専用の治療法術を作り出したのだあの女は……そもそも薬の原液はキマイラに守らせていたはずだというのにどうやってとったのだ？

「化け物め……」

ありえないことに私は絶望しながらつぶやいた。私とあの女のギフトは同系統なはずだ。それなのになぜ負けた？　私の力が劣っているというのか？　それに、あいつらはなんで私が乗れなかったペガサスに乗っているのだ。

私は目の前が真っ暗になる。これではゴルゴーン達は生き残ってしまうだろう。なぜこうなった？　私は力を手に入れたはずなのに……他者の評価を覆すだけの力を手に入れたはずなのに……。

私は男と一緒に空を見上げている妹を見る。こいつだ。この子が人間達に助けを求めたからだ。こいつが余計なことをしなければ……かっとなった私は空を見上げて信頼に満ちた顔をしているメデューサに襲い掛かる。

「させんよ」

やけくそ気味な私の奇襲は一人の男によって阻止される。不思議な形の刃に胸を引き裂かれて、意識も曖昧になりそうになりながらも顔を上げる。致命傷ではないはずなのに、身体から力が抜けていくのがわかる。

「姉様……僕は姉様の事を信じたかったよ、本当に尊敬していたんだよ……」

「私はあんたの事を、ずっと嫌いだったわ」

私の言葉にメデューサは悲しそうに顔を歪める。そしてとどめをさそうとする男の腕をとめて頭をふった。なぜ、殺さないのだ。憐れんでいるのか？

「いいのか……？」

「うん、行こう、ペルセウス。自己満足だってわかっているよ。それでも僕は君を……姉様を……信頼していた家族を殺したやつにしたくないんだ……さよなら、姉様……」

そういうと二人は歩いて行った。そしてそのままこちらを振り向くことはなかった。

メデューサが見せた最後の顔を見た時になぜか、私は最初に薬を作ったときのことを思い出した。メデューサが高熱を出して、苦しんでいるから薬を作ったのだ。

彼女は「苦い……」といいながらも飲んでくれたのだ……私が適当に薬草をすりつぶしただけの

薬とも言えない薬を飲んでくれたのだ。苦いのが苦手だったはずなのに、彼女は笑顔で飲んだのだ。なんでこうなってしまったのだろう……。

私は理解する。他人を信じることが馬鹿らしくなった？　ああ、違う。私は他人を信じるのが怖くなったのだ。エウリュアレの評価が変わっていくのをみて私は恐怖したのだ。だから、私はそいつらを壊すことにした。

でも……メデューサは私を信頼してくれていたのだ。里の長の長女として、自他ともに厳しくしていた時も、劣等感をおさえながらも里のためにがんばって薬を研究していた時も、ギフトを得て族長になった時もずっと信頼してくれていたのだ……おそらく、エウリュアレも……。

結局変わってしまったのは自分だったのだ。力を手に入れて、上辺だけしかみていない他者が私の評価を変えたように、私は上辺だけしかみていない他者の評価で自分の生き方を決めてしまった。

もしも、私のことを最後まで信じてくれていた彼女を、私がもっと信じていたら変わっていたのだろうか……私を信頼していたメデューサ達とちゃんと話していたら私は……。

私の問いに答えるものはいなかった。だって私のまわりにいた人をみんな切り捨ててしまったのだから……。

「ゴルゴーンの英雄と人間の英雄に乾杯!!」

乾杯の音頭と共に、人やゴルゴーン達がそれぞれ酒に口をつける。急遽(きゅうきょ)作られた台の上では、メデューサとアスが慣れない演説をしている。アスが何やら助けを求める視線を投げてくるが、俺は笑顔で手をふってあげた。呼ばれているのはアスだけだから、俺が上がるのはおかしいし、アスもそろそろ人見知りを治すべきだと思うんだよね。俺達はそんな彼女を肴に、酒とつまみを楽しんでいた。鼠とかもあるが見なかったことにしよう。

あの戦いから二日ほど経った。アスとペガサスに乗って治療法術をかけて回ったおかげか、ゴルゴーンの里は壊滅しないで済んだ。

今は復旧もひと段落して、ようやく最低限の生活ができるようになったということで、ゴルゴーンの里を救った英雄への感謝を理由に、みんなでお酒を飲んでいる。

そして、これは人間と、ゴルゴーンの和解の宴会でもある。ステンノの策略によって、人間とゴルゴーンの間には亀裂が走った。それはステンノがいなくなったからと言って、簡単に消えるものではない。人にはゴルゴーンへの恐れが生まれ、ゴルゴーンもまた、今は人間を信用できないでいる。

ちなみに人間の村の方は、ゴルゴーンの毒の治療薬をアスが作ったおかげで、みんな無事治療中である。しばらくすればみんな完治するとの事だった。そして、大きな変化と言えば、村長が交代となったことだろう。

前村長はステンノの内通者だったが、娘の命を盾にされていたこともあり、同情の余地があるとされ命まではとられなかった。ゴルゴーンの新しい族長がそれだけで良いと判断したのだ。

反対にゴルゴーンの里の被害は甚大だ。食糧庫も戦闘のせいでボロボロだし、命にかかわるほどの怪我をしていたゴルゴーンは、アスが治したけれど、重傷者はまだまだ多数いる。正直崩壊一歩手前だったと言えるだろう。ちなみに、ステンノは見つからなかったそうだ。また、悪いことをしなければいいけれど……。

だが、そんな中でも、今回の宴会を決行したのはゴルゴーンの族長の意思である。ピンチはチャンスではないけれど、人とゴルゴーンの仲を良くしようと、酒の場を設けたのだ。台の方を見るといつの間にかメデューサとペルセウスが立っていた。二人はお互い愛おしそうに、手を繋ぎながら見つめ合って、そして大きな声で一言。

「僕達はゴルゴーンと人でも、交流できるという事を証明しようと思います」

「おお、我が歌姫よ。これはプロポーズというやつか⁉　もちろんオッケーと言わせてもらおう‼」

「君はなんで打ち合わせを無視するの？　僕はそんなこと言ってないよねぇ⁉」

二人の漫才のようなやりとりに、少しだが場内に笑いがこぼれる。もちろん、人間とゴルゴーン達の間のわだかまりはすぐに消えはしない。むしろしばらくは続くだろう。でも、この宴会にも少しだけど人や、ゴルゴーンが参加して、恐る恐るだが会話をしてるのが見える。その中にはアンドロメダさんや、村の雑貨屋さんのおばちゃんもいる。

こうして、ゴルゴーンと人が会話をする。その風景がいつか日常になるかもしれないのだ。これがメデューサが頑張って勝ち取った風景だ。そして俺達が少し力を貸して勝ち取った風景だ。

「なーに難しい顔をしてるのよ。せっかくの宴会なんだから辛気臭い顔しないの」

そう言って酔いのためか、少し顔を赤くしたカサンドラが、コップに酒をなみなみといれた状態で声をかけてきた。

「カサンドラってこういう風に、みんなで騒ぐの結構好きだよね」

「ええ……だって、これまではこういうのに顔を出しても話す相手がいなかったから……」

「よーし、今日は吐くまで飲むぞー」

「そういうのはもういいわよ。だってもう、わたしにはあなたがいるもの」

「いやー、なんとなく言っておこうかなと」

「まあ、わたしもこの流れを期待してたけどね」

そう言いながら楽しそうな笑みを浮かべて、彼女はお酒に口をつけ始めた。整った顔の彼女が酔いで少し顔を赤くして、笑顔を浮かべるのはすごい絵になる。てかさ、いきなりそんな無防備な顔見せるのずるくない？　ちょっとドキッとしちゃったんだけど。

「あなたも名誉の負傷をするくらい活躍したんだから、もっと騒いでいいと思うわよ。あいつらみたいに……」

「いや、あいつらは騒ぎすぎでしょ……」

俺はゴルゴーン達に囲まれて、しかも、そのうちの一体の胸元に包まれ、満足そうな笑みを浮かべているライムと、ゴルゴーン達に囲まれて筋肉を触られているシュバインを見ながら、あきれた声を出す。ライムはともかくシュバインは珍しいよね。てか、あいつら言葉通じないくせに、なんでデレデレしてるんだろう？

『おお……なんだこの雌たちは……積極的だが悪い気はしねえな。ライムの気持ちがちょっとわかったわ』

『ほらこのオーク筋肉がすごいわよ』

『ガタイもいいし、良い子種をくれそうよね。監禁したらだめかしら?』

『ずるーい、私にも分けてよ！　こいつなら絞り放題じゃない?』

シュバイン、ちょっと待って、モテてないよ。いや、モテてるけど子種として見られているよ。

ぜんぜんうらやましくないな……オークとかエッチな本では絶倫とか言われてるけどどうなんだろうね。

それにしても、やはり、異種族のカップリングは難しいね。あれがゴルゴーン達の求愛なのかもしれない。価値観が違いすぎるでしょ。でもさ、俺に一人も声をかけてこないのは悲しいよね、俺も結構活躍したと思うんだけど……。

「あいつらずるいなぁ……」

「ふーん、シオンも女の子にキャーキャー言われたいの?」

俺のぼやきにカサンドラが意地の悪い笑みを浮かべながら聞いてきた。首を可愛らしくかしげる姿は、普段の好戦的な彼女とのギャップがあって、とても可愛らしい。

「そりゃあ、まあね……俺だって女の子に褒められたりデートしてみたいんだよ」

「へー、キャーキャー」

「あのさ……ちょっと酔いすぎじゃない?」

こんな嬉しくないキャーキャーは初めてである。俺がジト目で呻くとカサンドラが笑いながら、でも少し照れ臭そうに言った。

「ごめんごめん、冗談よ。じゃあ、街に帰ったら私とデートしましょ？　ライムが言ったようにラブコメでもしてみましょうよ」

「え……？　あ……？　は……？」

俺は予想外の言葉に思わず、持っていたコップを落としてしまった。デート？　いや、カサンドラとは以前に、街を案内した後に食事をしたことはある、あれもデートっぽかったが……。

今度はデートだ。ガチなデートだ。え？　マジなの？　こんな可愛い子とデートしていいの？　罰ゲームだったりしない？　俺が喜んでお洒落して、待ち合わせ場所に行ったら、みんながいてドッキリでしたー。とかしないよね。

「なんか言ってよ、私だってちょっと恥ずかしいんだけど……よくわからないけど仲の良い男女が、もっと仲良くなる時にデートをするんでしょう？」

「ああ、行こう。絶対行こう。いついく？　明日？」

「ええ、約束だからね。だからもう無茶をするのは駄目よ。怪我をしたら私とデートだって、できなくなるんだから」

俺は彼女の言葉に自分の左腕をみてうなずく。思ったより彼女に心配をさせていたようだ。でも、カサンドラはデートに関してちょっと勘違いしている気がする。多分、カサンドラのそれは恋愛感情じゃないよね。

確かに仲が良い男女が遊ぶ事をデートっていうんだけど、デートってなんていうか、恋人になるための段階を踏むもんじゃないかな？　でもまあ、最初はそれくらいの方がいいのかもしれない。

俺も変に意識しすぎないようにしないと……。

「あー、楽しみね。私デートって初めてなの。一生懸命お洒落していくわね。それにね、私が仲良くなりたい男性ってシオンしかいないもの」

「あ……ああ……」

「じゃあ、私はお酒おかわりしてくるわね」

せっかく意識しないようにしてるのに、そんな可愛い事言うのちょっとずるくない？　え、夢落ちかな？

「シオン……なんかデレデレしてる……」

「うおおおお!!」

俺はいつの間にか後ろにいたアスに声をかけられた。なんで気配を消してんの？　すごいびっくりしたんですけど!!　しかもなんていうかジトーって感じで見られて、やたらとプレッシャーを感じる。

「私が慣れない演説をしている間に……デレデレして……許せない……」

「あの、アス。どうしたの？　目に感情がないんだけど」

「おーい、シオン達、エウリュアレ姉様が呼んでるから来てくれるかな？」

「フ、いきなり結婚の報告とは我が歌姫は積極的だな」

「違うからね、姉様がみんなに挨拶をしたいって言ってるだけだから」

顔を真っ赤にしているメデューサに連れられて、俺達はエウリュアレさんのとこへ行くのであった。ちょっと不安になってアスの方を見たがいつも通りの無表情なアスだ。さっきのは気のせいだったのだろう。

「皆様、ちゃんとご挨拶をするのは初めてですね。皆様のおかげで里は救われました。本当にありがとうございます」

そう言って笑顔で、ペルセウス達と、俺とアスを迎えてくれたのは新たな族長になったエウリュアレさんだ。カサンドラには念のため、シュバインとライムの様子を見てもらっている。ステンノがいない今、意識を取り戻した彼女かメデューサが族長にと言う話だったのだが……。

「あなたが、ペルセウスさんですね、妹をお願いしますね。家事などはまだまだ修行不足ですので、ガンガン鍛(きた)えてあげてください」

「僕の事はいいじゃないかぁ……」

「無論だと言わせてもらおう、我が歌姫と一緒に住めるなんて夢の様だよ、姉様」

「君の姉様じゃないだろ？　僕の姉様だ!!」

「フッ、これから私と我が歌姫の姉様になるのだよ」

「二人は本当に仲良しですね」

「ああ、もううるさいなぁ!!」

エウリュアレさんとペルセウスの言葉に、メデューサが顔を真っ赤にする。そう、人とゴルゴーンの和解の証に彼らは一緒に住むことになったのである。それを聞いてなぜか、へこんでいるアンドロメダさんをアスが慰めていたね。

「ふふ、それもあなたが……あなたたちが頑張ったからですよ。冒険者の方々にはこのたびは本当に感謝してもしきれないほどの気持ちです。何かお礼をしたいのですが……」

「私は……血がもらえれば問題ない……」

「もちろんです、ただ、私たちの血の効果は……」

「他言(たごん)はしないから安心してほしい……」

エウリュアレさんの言葉にわかってるとばかりにアスが頷いた。これでアスは安定して血をもらえることになった、これで依頼は終了だね。俺がほっと一息ついているとエウリュアレさんと目があった。その瞳は慈(いつく)しみがあふれていて、心優しい方なんだなっていうのがわかる。

「シオンさん達にも何かお礼をしたいのですが……」

「いえ、俺達はアスの依頼できただけですから」

これからゴルゴーンの里は、復興するのにも必要なものがあるだろう。余裕はないだろうし、そもそも、俺達は報酬(ほうしゅう)をアスからもらっているしね。それに実は、ペルセウスからアイテムをもらうことになっている。だから、ゴルゴーン達からは何ももらわない、これは俺達パーティーで決めていたことだ。

「お優しいですね。ですがそれでは私達の気持ちが晴れません。だからこのお方を連れて行ってはいただけないでしょうか？」

『下賤(げせん)なるものたちよ、我が貴様らについて行ってやろう。感謝してうやまうがいい』

エウリュアレさんの言葉を合図に空から飛んできたのは一匹のペガサスだ。彼は偉そうに空を飛びながらヒヒンと鳴いて、俺達とエウリュアレさんの間に華麗に着地する。

「馬刺し⁉」

「は？　馬刺し……？　まさか、神聖なるペガサス様の名前ではないですよね……」

『こいつらは我の事を馬刺しと呼ぶのだ。罰当たりと思わないか？　エウリュアレよ』

エウリュアレさんの表情に俺は嫌な予感を覚える。アスも何かを感じ取ったのか冷や汗を流している。やっべえ、髪が蛇になってるんだけど……アスは喋るのが苦手だからね、ここは俺がサポートしないと……。

「いえ、馬刺しが食べたいなぁっておもっていたものでつい……」

「はぁ……人は変わっていますね。ま、今回の料理には猪などはありますが、馬はなかったですからね……今度いらっしゃるときには新鮮な馬刺しを用意しておきますよ。それで……このお方が里を守ってくださったお礼としてあなた方にご同行したいとおっしゃってます。お願いできますか？」

『フン、こんなサービスめったにしないんだからね』

うわぁ、すっげえ馬刺しにしてえ……俺は偉そうな顔をして、鼻を鳴らす馬刺しを睨みつけながら思う。

「我が里の守護者であるソラ様をよろしくお願いします」

あれ？　こいつなんかもっとクソ長い名前じゃなかったっけ？　どうやらエウリュアレさんは馬刺し……じゃなかったソラの言葉がわかるわけではないようだ。よかった命拾いをした。

まあ、ペットの飼い主とかも、大体気持ちはわかるっていうけど言葉がわかるわけではないからね。俺は命拾いしたことに安堵の吐息を漏らした。そうして俺達はエウリュアレさんにお礼を言って、宴会の続きを楽しむのであった。

「ははっ!! 予想以上だねぇ、『英雄』ではなく『翻訳者』が来た時はどうなるかと思ったけれど、最高じゃないか。彼なら、この停滞した世界を切り開く英雄になれるかもしれないね」

森の中で、ゴルゴーンの里での一部始終を、スキル『千里眼(せんりがん)』で見ていた俺は思わず歓喜に叫ぶ。宴会でペガサスとなにやら言い争っている黒髪の少年だが、予想以上の結果を残してくれた。

俺の推測では、最悪ゴルゴーンの里は崩壊して、ステンノ以外のゴルゴーンは壊滅、及第点でメデューサと一部のゴルゴーンを救出するが、ゴルゴーンの里は崩壊だと思ったのだが、結果はどうだ? ゴルゴーンの里はかろうじて残り、おまけに俺が造ったキマイラすらも打ち破ったのだ。白馬に乗って里を救うその姿はまるで英雄譚の主人公のようだった。

そもそも、今回はわざと『アルゴーノーツ』の一員であるアスクレピオスに、ゴルゴーンの血の情報を流し、イアソンをこの地におびき出し、彼の器を見極めるつもりだったのだ。

優秀な道具を作る事のできるギフトを持つペルセウスと、『英雄』であるイアソンの人脈をつなぐ事と、彼が危機にどう対応するかをみて、俺の望む英雄かどうかを見極めるつもりだった。そのために、わざわざペルセウスの相棒に恋をしている貴族の女を、唆して誘惑をさせたのである。

結果、ペルセウスは、しばらくこの村に帰ることになったのだ。しかもご丁寧に相棒に頼まれたゴルゴーン対策のアイテムをもって……。

「『翻訳者』か……完全にノーマークだったなぁ。フフ、これから忙しくなりそうだね」

だから、『アルゴーノーツ』が壊滅して、代わりにシオンという少年が来た時は絶望したものだ。だけど、結果はいい意味で裏切られた。それに、彼の仲間も面白い。あの男の忘れ形見のカサンドラちゃん、よくわからないがやたら賢いスライム、ギフト持ちのオーク、しかも、ペガサスまで味方につけたのだ。

本来ならメディアに渡すために、武器庫に置いておいた杖も、シオンが使いこなしてくれたのもポイントが高い。あれは魔力を高めるが、一気に魔術の制御が難しくなるのだ。

「楽しそうですね、ヘルメス様」

「ああ、ステンノか、怪我はもう大丈夫かい？」

「はい、おかげさまで……」

そういって胸部を撫でるステンノを俺は、少し申し訳ない思いで見つめる。彼女は残念ながら英雄にはなれなかったようだ。彼女の器を試すために彼女の里をキマイラに襲わせたのだけど……。もしも、彼女がキマイラを撃退した後に、姉妹にそのコンプレックスを吐き出し、協力をするか、完全にゴルゴーンの里と離別をして冒険者あたりにでもなるのならば、話は変わったのだけれど……キマイラこそ倒したものの、結局一番楽な道を選んでしまったようだ。

自力で自分を活かす道を探していた彼女に、俺は確かに英雄の輝きをみたのだが、力を得て見えた世界で絶望してしまった。本当に申し訳ないことをしたと思う。

「それでこれからどうするんだい？　君が望むならば別のゴルゴーンの姿に変えよう。そうすれば野良のゴルゴーンとして里に住むことも可能だろう、それとも俺についてくるかい？　君の在り方を歪めてしまったのは俺だからね。責任は持つよ」

俺の言葉に彼女は、首を横に振った。少し寂しそうに笑うその姿は、今までの張りつめていた顔とは違い、表情こそ悲しみを背負っていたが、不思議とその瞳には強い意思があった。彼女の中で何かが変わったのだろう。

「私は森で一人住もうと思います。一人で薬を作って暮らそうかと……」

「そうかい、じゃあ、餞別だ。君が望むならば好きなギフトと交換できるよ。そのギフトは戦闘には向かないだろう？　といっても俺が持っているギフトのストックにも限りがあるけどね」

「あなたはなんでもお見通しなのですね……」

「フフ、何のことかな？」

彼女の言葉に俺は笑ってごまかす。彼女は森で生きると言った。おそらく、戦力が弱体化したゴルゴーンの里を、陰ながら守るつもりなのだろう。これまでゴルゴーンの里にはキマイラがいたから、森の魔物達も襲ってこなかったが、これからはわからないし、今、強力な魔物が来たらゴルゴーンの里は壊滅するかもしれない。

『翻訳者』の少年がトロル達に何かを話していたので、トロル達は襲わないかもしれないが、森には他にも多種多様な魔物がいるからね。

「お言葉はありがたいですが、私はこの力を信じてみようと思います。なんだかんだこのギフトが、私にはあっている気がしますから」

「そうか、わかった。元気でね、何かあったら俺を頼ってくれよ」

そうして彼女は最後にお辞儀をして森の奥へと去っていった。振り向くことなく歩いていく彼女は、何かを振り切ったようだった。おそらく彼女とは会う事はもうないだろう。

「さて、俺もそろそろ動くとしようか。英雄になってもらうにはそれなりの舞台が必要だからね。それに……そろそろ彼女にも挨拶をしに行かないとねぇ」

俺はこれからを楽しみに、彼らが拠点にしている街を目指して出発するのであった。


次の日の朝、二日酔い気味だった俺は、アスから薬をもらって飲んだ。なにこれ？　一気に頭がすっきりしたんだけど……効果がありすぎて逆に怖い。

酒の力もあってか、昨日の宴会は一応成功したようだ。最後の方は談笑しているゴルゴーンと人のグループもあった。このままゴルゴーンと人の関係が、徐々にでも良くなったらいいなと思う。

「シュバイン大丈夫なの？　さっきから虚ろな目をしてるわよ？」

『蛇こわい蛇こわい蛇こわい……』

カサンドラが何やら、虚ろな目でぶつぶつと呟いているシュバインに、声をかける。あいつは確か宴会の最中にライムと一緒にゴルゴーン達と、どっかに消えたんだけど、何があったんだろう？

「なあ、ライム。昨日あの後どうなったんだ？」

『何もなかった、何もなかったよ……』

「あ、ゴルゴーンがライムをみてるよ」

『ひぃぃぃ!! プルプル、僕はエロいスライムじゃないよ』

「いや、マジで何があったの⁉」

俺が声をかけると、ライムはさっと甲冑の中に潜り込んでしまった。俺は二人の姿を見て、やっぱりゴルゴーンと人間の共存はむずかしいのかもと思い始めた。ライムはともかく、シュバインは何があっても気にしなさそうなのに……。

「みんなありがとう、ゴルゴーンの里が落ち着いたらまた来てほしいな」

「我が歌姫との結婚式にはぜひとも来てくれ!! あと、そのアイテムは好きに使ってもらって構わない。必ず冒険の役に立つはずだ」

「だから僕らはまだ結婚とか考えていないっていってるだろう⁉ まあ……一緒に暮らして、しばらくしたら考えなくもないけど……」

「聞いたかシオン!! 今のは実質逆プロポーズだと言えるのでは⁉」

「いちゃつくなら俺らが帰ってからやってくれない⁉」

周囲の視線を気にせずイチャイチャしている二人にツッコミをいれる。俺がため息をつきながら、あたりを見回すと、アスがなにやら、へこんでいるアンドロメダさんと話していた。

「大丈夫……まだチャンスはある……幼馴染は負けヒロインじゃない……」

「うう……ありがとう、私がんばるよ。アスちゃんも頑張ってね。ぽっと出の女にとられないようにね。あいつら、いきなり出てきてかっさらうから気を付けてね」

「わかってる……いざとなったら薬で……」

いつの間にか、仲良くなったアスと、アンドロメダさんが会話しているのを俺はほほえましく見つめる。アスは人見知りというのもあって、中々友達を作れないから、こうして俺達以外と話しているのを見ると嬉しくなるよね。二人のやりとりを見ていると声をかけられた。

「おい、人間。この子が話をしたいって」

「別に私は……それに、こいつは人の街に帰るからもう会わないし……」

「だからってストーカーみたいに遠くから見てても、何も進まないでしょ」

「誰がストーカーよ!?」

振り向くと、友人らしきゴルゴーンに押されて、こちらにやってくるフィズがいた。彼女はなぜか俺を睨みつけるようにしながら言った。

「ゴルゴーンの里を救ってくれてありがとう。おかげで里のみんなも喜んでいるわ。本当に助けてもらえるなんて思ってなかった……」

「言ったじゃん、俺は英雄を目指しているんだって。これくらいの困難は何の問題もないよ」

「そうね、本当に英雄みたいだったわ。白馬に乗って、私達を救う姿はまるで里に伝わる英雄みたいでかっこよかったわよ」

「そっか、よかった。なら俺はフィズの英雄になれたかな?」

フィズの言葉に俺は笑顔で軽口を叩く。本当はマジでギリギリだったけどそれは言わない方がいいだろう。カサンドラやアスに心配させてしまったし、彼女にも余計な責任感をかんじさせてしまうかもしれないからね。

俺の言葉に、彼女は一瞬何かを言いよどんだ後になぜか、顔を赤くして答えた。

「そうね、本当にあなたは英雄だったわ。ゴルゴーンの里と……私の英雄ね」

「里を救えたのは俺の力だけじゃないよ、みんなのおかげだよ。俺だけじゃキマイラなんてどうしようもなかったし。でも、ありがとう。英雄って言ってもらえるとすっごい嬉しいよ」

「でも……あなたが助けるって言ったからみんな動いたのよ」

俺の言葉に彼女は真剣な顔をして答えてくれた。その瞳には確かな感謝が宿っており、俺のしたことは間違っていなかったと確信が持てた。それにさ、こうして、感謝を直に言われると自分に少しだけど自信ももてるよね。

「今度里に来るときは言って。あなたはちゃんと見てなかったでしょうけど、ゴルゴーンの里には多分人間がみても楽しいところがあるわ。私が案内してあげる」

「ああ、楽しみにしてるよ」

そういうとフィズは去っていた。なぜか、背後で友人に「やったわね」と言われるとなぜか顔を真っ赤にして「うるさい」とか言ってるがなにか良いことでもあったのだろうか？

「またライバルが増えた……シオン、そろそろ行くよ」

「ああ、そうだね、そろそろ名残惜しいけどいくか」

そうして、みんなに挨拶をした俺達は街を目指して、馬車に乗り村を後にする。ちなみに、ソラはゴルゴーンの里がもう少し復旧してから合流することになっている。まあ、馬車には乗れないしちょうどいいよね。

俺が御者台で馬車を操っていると、隣にアスがやってきた。行きと同じだ。色々とあったせいかずいぶんと昔のように感じる。

「シオン……ありがとう、おかげで私の目的のものが手に入ったよ……おかげで、万能薬に一歩近づいた……」

「俺も力になれてよかったよ。それでアスはこれからどうするんだ？」

「これから……ね……」

俺の言葉に、アスは考え込むように呻く。『アルゴーノーツ』はイアソンが行方不明ということもあり壊滅状態だ。アスの力なら臨時のパーティーに雇ってもらう事も可能だろう。でも、臨時パーティーには当たり外れがあるのも事実だ。それにうちにはヒーラーがいない。だから、俺は考えていたことを尋ねる。

「よかったら、アスも俺達のパーティーに入らないか？　イアソンが帰ってきたら『アルゴーノーツ』の事は、その時に考えればいいと思うんだ。それにアスがいると頼りになるしさ、みんなとも仲良くやれると思う。どうかな？」

「ありがとう……嬉しい……」

彼女は嬉しそうに笑顔を浮かべた後に、一呼吸おいて俺にこう言った。

「でも、ごめん。私はシオンと……シオン達とはパーティーは組めないよ」

アスの言葉に俺は驚いて、一瞬馬車の手綱を離しそうになった。ガタンと言う音と共に少し揺れるが俺はなんとか、馬達を落ち着かせる。

「……理由を聞いてもいいかな？」

「うん……今回一緒に冒険をして思ったんだ……私とシオンは目指すものが違うんだよ……私はゴルゴーンより、シオンが……人が……大切なんだ……」

「アス、それは違うよ、俺だってアスの方が大事だ」

「でもさ、シオンは、見知らぬ人と、メデューサやフィズのどちらかしか救えないってなったら、迷わず、メデューサ達を救うでしょう？」

「それは……」

当たり前だ……だって、メデューサやフィズは友達で、見知らぬ人たちはただの他人だ。ならば迷うことはなく俺はメデューサ達を助けるだろう。俺の表情で言いたいことを察したのだろう、アスはさらに言葉を続ける。

「もちろん、私だって、悩んだ末にメデューサ達を選ぶと思う。でもね……迷うのと、迷わないのでは結果的に救うのでも大きく違うんだよ……」

俺は彼女の言葉に何も反論できない。

「あの時だって、シオンの言葉に、カサンドラやペルセウスは納得していたけれど、私は納得していないよ。私にとって魔物は魔物だから……余裕があったら助けるのはわかる。でも、命をかけてまで助けるのはおかしいと思う。今回だってシオンは重傷だったよね」

辛そうに、俺の左腕を見つめながら言う彼女の言葉に俺は顔をうつむける。ゴルゴーン達を助けると言った時に、彼女は反対をしていた。もしも、ピンチだったのが人の村だったら、彼女はあれほどまでに、反対をしただろうか？

俺が『アルゴーノーツ』にいた時はこんなことはおきなかった、基本イアソンの行動に、俺達は苦笑しながらついていくだけだった。だからこそ、俺は気づかなかったのだろう、自分とアスの価値観の違いに。

「別に、シオン達が間違っているとは思わないよ……でも、私とは違うなって思ったんだ。今回はシオンの意見に従ったけれど、次はどうなるかわからない……私はカサンドラ達みたいに、シオンの考えには賛成できないんだよ。その考えの違いは、いざという時に致命的な衝突になると思う……だから、私達は一緒に冒険はできないと思うんだ……私はシオンと仲良くしていたいから……シオンの信頼できる家族でいたいから……それとも、シオンは私の言う事を聞いてくれる？」

「アス……俺は……」

冗談めかして笑いながら言う彼女の言葉に、俺は何も答える事ができなかった。だって、俺の目指している英雄と、アスの目指している英雄が違うという事がわかってしまったから。

別にこれで、俺とアスの仲が悪くなるとかではないだろう。むしろ譲れないものにお互い触れないという事も大切なのだ。言いたいことはわかるよ。でもさ、やっぱり寂しいな。アスが一緒に歩いてくれないのは寂しいな。

ここで泣けば、しばらくだったら、アスは付き合ってくれるかもしれない。でも、彼女も色々考えて……寂しさをこらえて俺に言ってくれているんだ。だったら俺は……。

「それにね、今回の冒険でシオンにも、信頼できる仲間がいるってわかったから……私もがんばるからシオンもがんばるんだよ……」

「ああ、わかった。お互い道は違うけど頑張ろう」

「パーティーは組めないけどさ……私はシオンとできる限り一緒にいるからさ……」

そうして俺達は、涙をこらえながら色々と話す。昔の事とか、これからの事とかを話すのだった。


街に戻りみんなと別れた俺は、冒険者ギルドへと向かう。他のみんなは長旅で疲れているという事もあり、解散となった。そして、冒険者ギルドで、俺はアンジェリーナさんにクエストの報告をする。

「お疲れ様です、長旅でしたね。無事でなによりです。ちゃんと約束を守ってくれてなによりです」

「ありがとうございます。ちょっとイレギュラーはありましたが、どんな時も無事に帰ってくるって、約束してますから」

久々のアンジェリーナさんの笑顔に迎えられて、俺は疲れがぶっ飛ぶのを感じた。ああ、やっぱり癒されるなぁ。そしていつものやりとりをする。どんなクエストに行っても無事に帰ってくる。それがアンジェリーナさんとの約束だ。破るわけにはいかないよね。

「よかったわね、アンジェってば、シオンさんが帰ってくるのが遅いって気にしてたのよ」

「セイロン!!　自分の仕事をしてください。シオンさんもなにをにやにやしてるんですか!!　あなたの事だから、無事に帰ってくるとは思ってましたけど、心配なものは心配なんですよ」

茶々をいれるセイロンさんをアンジェリーナさんが睨みつける。どうやら相当心配させてしまっていたようだ。

ああ、でもなんかこういう風なのっていいよね。仲間がいてさ、帰ってくる場所があるって最高だよね。これは、俺が『アルゴーノーツ』から追放されてから得たものだ。『アルゴーノーツ』から、離れて俺の環境は色々と変わった。そして俺は新しい仲間を手に入れて、俺自身も多少は強くなった。俺の力で今の環境を手にしたのだ。

だから、俺はもっと自信を持っていいのだろうか？　俺達はもっと上へ行けるとおもってもいいのだろうか？　そうして、俺は仲間達と相談していた件を進めることにした。

「今度Aランクの昇進クエストを受けたいんですが大丈夫でしょうか？」

「シオンさん……」

俺の言葉に、一瞬目を見開いて驚いていたアンジェリーナさんだが、笑顔でうなずいてくれた。そして、ギルドの資料をめくりながら彼女は言った。

「シオンさん達なら大丈夫ですよ。次に来る時までにシオンさんたちに合う依頼を探しておきますね。もしも、シオンさんが、Aランクに昇進したらジェシカさんの店でパーティーをしましょう」

「はい、楽しみにしてます」

彼女の言葉で俺はほっと一息つく。ずっと俺を見ていてくれた彼女が問題ないと言ってくれたのだ。俺達はAランクの試験を受けることができると納得してくれるのだ。こんなに嬉しいことはない。

「シオンさん最後に一言だけ……」

「はい、なんでしょうか？」

俺が去ろうとして、荷物をまとめるとアンジェリーナさんに引き留められた。何だろうと思うと彼女は咳ばらいをして一言。

「おかえり。シオン。約束を守ってくれてありがとう」

そう、満面の笑みで言ってくれた。俺は一瞬きょとんとしたが、彼女の表情で察した。これは、ギルド職員ではなく、アンジェリーナさん個人の言葉という事だろう。

「ただいま、いつものように戻りましたよ、アンジェリーナさん」

そうして俺はギルドをあとにして宿へと帰るのであった。

クエスト報告が終わって、緊張が解けたのかどっと疲れた俺は宿に帰って、そうそうに休むことにした。ゴルゴーンの里で手に入れた杖を、武器屋のおっさんに調べてもらうのも明日でいいだろう。俺は眠気をこらえながら鍵を開ける。ああでも、久々の一人である、酒を飲んでエッチな本を読むのもいいかもしれない。

「おかえり……お茶淹れるけどいるかな……」

「ただいまー」

俺は部屋にいるアスに返事をする。え？　ちょっと待って？　なんでアスがいるの？　ここは俺一人の部屋のはずなんだけど。てか、さっき別れる時に、宿は見つけたっていってたよね？

「ちょっと待って、なんでアスがここにいるの？　一日くらいならいいけど、さすがにずっとはここだと二人は狭いよ」

「ああ……シオンの部屋の隣が空いたから、そこに住むことにしたんだよ……」

「でも、どうやって俺の部屋に……って穴あいてるぅぅぅぅぅ!?」

部屋の奥には、クエストに出た時には無かったはずの大きな穴が開いており、隣の部屋から行き来できるようになっていた。へぇー便利だねって……いいはずないよね。

「いやいや、なにやってんのアス。宿屋の人に怒られるでしょ」

「大丈夫……お金ならある……出る時に修理すれば問題ない」

そういうと彼女はカバンに雑に入っている金貨を俺に見せた。アスは定期的に新作のポーションを、お店に売ったりするのでお金はそこそこ持っているのである。これなら修理代も払えるね。でもさ、俺のプライベートはどうなるんだろう？

「パーティーは組めないけど……私はシオンとできる限り一緒にいるって言ったでしょう……」

「いや、そうだけどさぁ……」

「シオンは……嫌なの……？」

「いや、全然嫌じゃないよ」

不安そうに俺をみつめる目を見せられると、ひどい事なんて言えるはずないよね。まあ、昔に戻った感じだよね。そうして、俺はアスと一緒に住むことになったのだった。

「ふふ……もう、パーティーじゃないし、恋愛も自由だね……」

アスがぼそぼそいいながら俺のベッドに横になる。待ってよ。俺が寝れなくなるんだけど……アスのベッドに行くか？　でも、女性の部屋に入るのってまずくない？　俺は一体どうすればいいんだろう？　また俺の眠れない生活が続きそうである。

Bランク
シオン
ギフト『万物の翻訳者』
いかなる生き物、魔物と意思疎通可能。
保有スキル
中級剣技　剣を使用したときのステータスアップ。
中級魔術　火、水、風、土の魔術を使用可能。
中級法術　傷の回復、身体能力の向上などの法術の使用可能。
魔と人を繋ぎしもの　人でありながら魔のモノと心を通わせた人間にのみ目覚める。自分の所属するパーティー内に限るが、信頼を得た人や、魔物、魔族同士でもギフトがなくとも会話が可能になる。ただし、信頼をなくしたりした場合は声は聞こえなくなる。
NEW

天馬の騎士　　ペガサスに乗ることを認められた者にのみ目覚める。馬系の生き物に騎乗時ステータス及び騎乗スキルが上がる。

今回の報酬

ペガサス　誇り高く神聖なる生き物。認めた者しか乗せることはしない。

透明兜　被っている間は透明になる。ペルセウスの作品。

空飛ぶ靴　魔力を消費して空を飛ぶことができる。ペルセウスの作品。

謎の杖　ゴルゴーンの里に転がっていた杖。強力な魔力増幅効果がある。

書き下ろし◆はじめてのぼうけん

「ライム……嫌だ……俺は女の子と付き合いたいんだ……お前が女体化しても意味はないんだ……」

私が、いつものように壁の穴から彼の部屋に忍び込むと、シオンはベッドの上で何やら苦しそうな顔で呻いていた。全くどんな夢を見ているのだろうか？

彼の精神が落ち着くようにと、リラックスするお香を焚く。アルラウネという男を魅了する魔物から作ったお香で、男の人の心を癒す効果があるのだ。現に効果はあったようで、彼の寝顔が安らかなものに変わっていく。

「ふふ、よかった……シオン……可愛い」

私が彼の寝顔を満足げに見つめていると、再び寝言が聞こえた。小声なので彼の口元に耳を寄せると、吐息を感じてドキッとしてしまった。

「アンジェリーナさん……その服……胸が強調されていてすごいです」

「むぅ……シオンの馬鹿……」

「うう……」

寝言にイラっとした私が思わず彼の鼻をつまむと。彼は苦しそうに呻き始めた。なんでそこで他の女の子の夢を見るんだろう……そりゃあ、アンジェリーナさんが魅力的なのはわかるが、少しくらいは私の事も見てほしいものだ。

私は少しもやもやしたものを感じながらも、彼の乱れた布団を直して彼のベッドに入り込む。抱きしめると肌が触れて。彼の体温が感じられて癒される。

ああ、幸せだ。私が言うのもなんだけれど、どんな薬よりも効果があるんじゃないかと思ってしまう。

彼の温もりを感じながら私は自問する。私は彼にとっていつまで家族のようなものなのだろうか？　そりゃあ、大事な存在だと思われているのは嬉しいけれど、私は異性として見てほしいのだ。私とシオン、ついでにイアソンは幼馴染であり、家族の様に育った。でも、何かきっかけがあれば変わるものだと私は思う。かつては弟みたいだと思っていたシオンを、私が一人の男の子として見たように……そうして、昔を思い出しながらシオンの隣で眠りにつくのだった。


「ねえ、アス、俺達のお小遣いをあわせれば、二つくらいパンが買えるかなぁ……」

「シオン……呼び方がちがうよ……？」

「え、その……アス姉……二つパンを買えるかな……」

「きっと大丈夫……安心して……いざとなったら私が、薬草を売って稼いだお金もあるよ……シオンの好きなウィンナー入りのも買える」

「うう……アス姉って呼んでるのがばれたらまたイアソンにいじられる……」

私は恥ずかしがっているシオンを見て可愛いなぁと思って、ついにやけてしまう。無表情とよく言われる私だから、彼と一緒にいるときに、実はにやにやしているのが、あまり気づかれないのは得だと思う。

私がケイローン先生の下に引き取られ、シオンやイアソンと会って二年の月日がたっていた。その間に私達は冒険者としてのイロハのようなものを色々と教わりながら、近所の人のお手伝いをして、お小遣いなどをもらっている。今日も二人で農作業を手伝いお小遣いをもらった帰りである。

「畑仕事頑張ったからお腹空いたね、イアソンにもお土産代わりになんか買っていってあげた方がいいかな？」

「大丈夫……あいつは勝手になんとかするよ、私達だけで食べちゃお……」

ここにいないイアソンの心配までするなんて、シオンは本当に優しい子だなぁと思う。だけど、イアソンが外でこっそりとつまみ食いなどをしているのを私は知っている。

そもそも、今回の畑仕事は彼も来るはずだったのに、ケイローン先生が留守だから、チャンスとばかりに「未来の英雄たる俺が、畑仕事なんぞできるか」とか言ってさぼって剣の練習をしているのだ。だから、あいつにお土産なんてものは必要ないのだ。

「こんにちはー!!　エイダさん、パンを買いにきましたー」

「こんにちは……」

「ああ、ケイローンさんのところのシオンちゃんとアスクレピオスちゃん……ごめんなさいね、今日はお休みさせてもらっているのよ」

そう言って、お店のカウンターの奥から顔を出したエイダさんは、申し訳なさそうに、普段はパンがたくさん並べられている籠を指さした。彼女の言う通り、今日は何の商品も置かれておらずぽつんと寂しそうな空っぽな籠があるだけだった。

「なにかあったんですか？」

「ああ、うちの旦那がね、『新商品の参考にするぞー』って言って山で採ってきたキノコを食べたせいで、寝込んじゃったのよ。まあ、二、三日たてば治ると思うんだけど……」

「よかったら……そのキノコ……みせてもらってもいいですか……？」

「え、でも……」

そう言って、肩をすくめるエイダさんの言葉を思わず遮ってしまった。ちょっと強引だったかなと、困惑しているエイダさんを見て反省する。

だけど、私にとって病気は敵だ。キノコはものによっては生死にかかわるし、症状も様々だ。でも、私のギフトならば症状がわかるし、場合によっては治療もできると思う。

それに、普段美味しいパンを売ってくれたり、「奥さんには内緒だよ」って言って、時々余ったパンを分けてくれる旦那さんの力になりたいと思ったのだ。

「アス姉はそういうのに詳しいんです、いつもお世話になっていますし、お二人の力になりたいんです。だめでしょうか？」

「まあ、別に見せるだけならいいけど……でも、触っちゃだめよ。どんな毒があるかわからないんだからね」

迷った様子のエイダさんを、口下手な私に代わってシオンが説得をしてくれる。こうしてさりげなくフォローしてくれるし、私の力を評価してくれているのもちょっと嬉しい。よくできた弟である。

「シオン……ありがとう」

「気にしないで、アス姉の事だからこういうのは放っておけないでしょ」

私が小声でお礼を言うと、彼は少し照れくさそうに微笑んだ。シオンは私の事をよくわかってくれるなぁと思うと同時に胸がポカポカするし、すごく嬉しくなるのだ。

そして、私達はエイダさんの案内でキノコが置いてあるとこへと向かう。

そこにはパンの材料にするためか様々な薬草や、キノコが置いてあった。パンにいれたのだろう、中には切り刻まれたりしているものもある。

そんな中の一つをエイダさんが指をさして「これだよ」と教えてくれた。草もだが、キノコは特に似たような形で毒があるものも多い。私はキノコの欠片（かけら）らしきものの毒をギフトを使って成分を調べる。

バケキノコ

食すと一週間ほど腹痛に襲われ、意識を失う事もある。ただし強い火力で熱すれば毒は消え、体力回復の効果もある。

軽い説明文と共に、解毒に必要な情報が入ってきた。というか、バケキノコって魔物だよ……？

この人は魔物を食材にしようとしたのだろうか。でも……確かに体力が回復する効果があると書いているし、調理の仕方によってはありなのかもしれない。

「エイダさん……毒の効果がわかったよ……一週間くらいで治ると思う……命に別状はないけど、栄養にだけは気を付ければいい……ただ、結構痛みはあるから……裏の山に生えてるハーブを煎じて飲ませてあげると痛みが治まる……」

「本当に？　アスクレピオスちゃん、ありがとう!!　でもハーブか……」

私の言葉に一瞬目を輝かせたエイダさんだったが、ハーブと聞くと眉をひそめて残念そうに吐息を漏らした。

「今、ケイローンさんはいないのよね？　村の狩人さんも山に狩りに行っていてしばらくは帰ってこないのよ……まあ、自業自得だし、旦那には一週間我慢してもらうしかないわね」

そう言って力なく笑うエイダさんを見て、私とシオンはいたたまれない気持ちになる。そりゃあ、変なものを食べて倒れたのは自業自得である。だけど、愛しい人が、病気で苦しんでいるというのは見ている方も辛いだろう。

とりあえず、村の人にハーブを持っている人がいないか聞いてみる、と言ったエイダさんに別れをつげた帰り道に、私はぽつりと言った。

「シオン……私、山でハーブを採ってくる……」

自分で言っておいてなんだが名案だと思う。幸い私はケイローン先生から基礎とはいえ冒険者に必要なことは習っている。

それに、ハーブの場所だって何回か一緒に採りに行ったからわかっているのだ。そう思ったらもう止まれなかった。だって、私のギフトは病や毒で困った人を助けるためにあるのだから……。

助けられるだけの力があるのに、それを放置するのは何か違うと思ったのだ。

「アス姉⁉　ケイローン先生がまだ俺達だけで、山に行ったらいけないって……」

「大丈夫……そんなに深いところじゃないし……魔物も出にくいところだから……」

私の言葉にシオンは驚いたように反発をした。心配してくれるのは嬉しいけれど、ハーブが生えている場所はそんなに遠くはない。すぐ行って帰ってこれるところに生えているのだ。

「大丈夫だよ……それに、シオンは、エイダさんとこのパンを食べたがってたよね……ハーブを持ってきたら、きっとたくさんくれるよ。だから……私に任せて……それに、私は毒で苦しんでいる人を見るのがつらいんだ……」

「アス姉……」

私の言葉にシオンは押し黙る。これで彼の説得はできた。後はさっと山に行って回収をしよう。お礼にパンをもらえれば、きっとシオンは喜んでくれるだろうし、ハーブがあればエイダさんも喜ぶ。いいことずくめだ。

「じゃあ、俺も行くよ、何かあったらアス姉は俺が守るんだ」

「シオン……でも……」

「危険はないんでしょ？　だったら俺がいても大丈夫だよね？」

自分で、安全だと言ってしまったこともあり、彼の言葉に私は何も反論できずに頷く事しかできなかった。だけど、私を守るって言ってくれたことがすごい嬉しかったのだ。

「シオン……気を付けて……そこの葉は、結構鋭いから触ると怪我をするよ……」

「うん、ありがとう、アス姉」

私が前を歩いているシオンに声をかけると、元気な返事が返ってきた。私達はハーブを探すために一緒に山を登っていた。別に私が先頭でいいって言っていたのにシオンが「英雄は女の子の前を行くものなんだよ」って言って譲らなかったのだ。

彼なりに私を守ろうとしているのだろう。そんな風に精一杯頑張ってくれているのが嬉しいし、山はまだ不慣れなためか、色々と聞いてきてくれるので、それが頼られている感じがして、ちょっと可愛いなどと思ってしまう。

「ふふふ、その先だよ……気を付けてね……」

「わかった!! もうちょっとだね」

私の言葉を合図にシオンが元気よく、邪魔になっている木の枝を切り裂いた。シオンもなんだかんだ山に来ると生き生きしているようだ。元々英雄譚は好きだし、イアソンと冒険者ごっこなどもしているので興味はあったのだろう。

そうして、特に問題もなく開けた場所についた。ここが目的地だ。私達の冒険はこれで終わりだ。シオンは私の騎士になってくれているつもりなのか、ダガーを持って、きょろきょろと警戒してくれている。そんな彼を可愛いなと思いながら、以前ハーブの生えていた場所を覗いた私は予想外な事に気づく。

「ハーブが……ない……」

本来ハーブがある場所には獣か何かに荒らされたのか、ハーブの残骸らしきズタボロに引き裂かれた葉っぱが散らばっていた。

「どうしたの、アス姉？　大丈夫？」

「うん……私は大丈夫だけど、ハーブが……」

「そっか……誰かに採られちゃったのかな。それじゃあ、しょうがないよね」

急に動きが止まった私の様子を心配してくれたのだろう、シオンがこちらへとやってくる。そして、私が指を差したハーブの残骸を見ると、彼は明らかにシュンとしてへこんでいた。

どうしよう、せっかくの彼の記念すべき初めての冒険だ。失敗したまま終わらせたくないし、何よりもエイダさんの旦那さんに元気になってほしい。

先ほどまでの生き生きとしたシオンの顔と、心配そうにしているエイダさんの顔が浮かぶ。私は二人の笑顔が見たいなと思い提案をする。

幸いハーブが生えている場所はまだあるのだ。少し奥へ行くが大丈夫だろう。

「大丈夫……もうちょっと奥にいってみよう……まだハーブが生えているところはあるんだ……」

「でも……ううん、なんでもない。わかったよ、アス姉」

私の言葉にシオンは一瞬不安そうな顔をしたが、頷くと私を守るように先頭に立ってくれた。魔物達の音はしないから大丈夫、きっと大丈夫。私は自分に言い聞かせるようにして進むことにした。

先ほどとは違い私もシオンも慎重に道を進む。ここは山の中腹である。既に魔物のテリトリーだ。

ここら辺では時々だが、ゴブリンなどが目撃されており、この場所を教えてくれたケイローン先生も、子供達だけでは入らないように注意をしていた。

でも、エイダさんいわく、最近山に狩人が入ったみたいだし、大丈夫なはずだ。私は必死に自分に言い聞かせて、体が震えないようにがんばる。私まで怖がっていたら私を信じてついてきてくれたシオンまで、不安になってしまうだろうから。

「アス姉……大丈夫だよ、魔物はいないみたい」

「ありがとう、シオン」

小鳥達にエサをあげながら会話をしているシオンが、私を安心させるように微笑んだ。彼はイアソンにサポートばかりやらされていたためか、こういう偵察はそこそこにできるようになったんだよ、と自慢げに言っていたのを思い出す。

そして、彼のギフトである『万物の翻訳者』は動物などの言葉を理解して、会話する事ができるので偵察などにはぴったりの力だ。

本当は彼には冒険者よりも、もっと向いている仕事があると思うのだが、それを言うと悲しそうな顔をされたので、それ以来言わないようにしている。

そうして、私達は一緒に目的地へと向かう。それまでの道のりは、予想外に順調だった。シオンとイアソンに付き合ってだったが、私も冒険者のイロハというやつを習っておいてよかったなと思う。

目的地が近くなり、つい速歩きになってしまった瞬間だった。

「アス姉ふせて……」

シオンが私を引っ張って、そのまま、茂みに身を押し込む。一体何がという私の問いに彼は視線で答える。その先には一匹のゴブリンがいた。

でも、そんな時だというのに私が驚いているのはゴブリンよりも、シオンに関してだった。彼の私を引き寄せる力は意外と強く、そして、険しい顔でゴブリンを睨みつけている姿は、いつもの優しいシオンとは違い、どこか男らしかった。それと同時にいつの間にか、低かった背も私と同じくらいになっているんだなぁなんてことに気づく。

なんだろう……それを実感すると同時になんか変な気分になってしまった。シオンが……私の知っているシオンではないような……でも、それは不思議とイヤな気持ちではなかった。

というかシオンってこんなに男らしくて……かっこよかったっけ？

私は自分の気持ちを誤魔化すようにゴブリンに注目する。今はそんな事を考えている場合ではない。

そのゴブリンは何かを探しているのかきょろきょろとあたりを見回していた。おそらく単独行動だ。一応武器はある。不意を打てばいけるだろうか？

私は覚悟を決めて、腰にさしてある非常用の麻痺毒の塗られたダガーに手をかけたが、それを使う必要はなかったようだ。ゴブリンは私達に気づくことなく森の奥の方へと入っていった。

「はぁー、びっくりした……アス姉ごめん。とっさにゴブリンがいたから引っ張っちゃったけど、痛くなかった？」

「ううん……大丈夫だよ。守ってくれてありがとう」

身を起して「えへへ」と照れくさそうに笑うシオンは、いつもの私の知っているシオンだった。彼は私の手を取って引っ張り上げてくれる。その手はとても力強くて、彼も男の子なのだなと再度実感する。

「ゴブリンがいたけどどうしようか？」

「そうだね……さっきは一匹だけだったけど、他にもいるかもしれない……次の場所までもうちょっとだから、そこにもなかったらあきらめよう……」

「うん、わかった。ちょっと怖いけど、冒険って感じでワクワクするね」

先ほどゴブリンに会ったばかりだと言うのに楽しそうなシオンに私は元気づけられる。そして、私達は目的の場所へと向かうのだった。

そして、私達は目的地についた。そこは木々の開けた場所で、太陽の光が眩しくてちょっと幻想的だなって思ったのはここだけの話である。

「ほら……ここにあったよ……」

「わーい、流石アス姉だね。他にも困っている人がいるかもしれないから少し多めに採っていこう」

私がハーブの生えている場所へと案内すると、シオンは本当に嬉しそうに笑った。初めての冒険で、初めての宝物を見つけたのだ。その気持ちはわかる。私も彼につられてつい笑顔がこぼれる。

「なんかこうしていると本当に冒険者みたいだね」

「そうだね……でもね、シオン……冒険者はこわーい魔物とかとも戦うんだよ……なんで冒険者になりたいのかな……？」

それはなんとなく気になっていた事だった。どうせ、イアソンの影響でも受けたのだろう。もしくは物語に憧れたのかもしれない。彼の年頃だったらよくあることである。

男の子は騎士や、冒険者に憧れて、女の子はお姫様に憧れ、王子様を待つ。だけど、大人になったり、ギフトに目覚めたりして、人は現実を見るのだ。まあ、イアソンあたりは、そのまま冒険者になったりしそうだけど……。

「俺はさ……孤児だったじゃん。スラム街で生きているとさ、それだけで差別とかもされたんだ。お金を持っていっても商品を売ってもらえなかったりさ……それが悔しかったんだ……だからそんな俺でも立派な人間になれるって、冒険者になって、英雄みたいになればみんなに認めてもらえるんじゃないかなって……まあ、イアソンの影響もあるんだけどね……」

そう言って彼は少し照れ臭そうに笑った。だけど、その瞳には強い意思が宿っており、それは彼が自分なりに色々考えた答えなのだなとわかった。

「そっか……シオンはみんなを見返したいの……？」

「ううん、それは違うよ、アス姉……今ならさ、少しはお店の人の気持ちだってわかるんだ。俺とか服も汚かったし、多分臭かっただろうし、関わりたくないっていうのも仕方ないと思う。だけどさ、そんな俺でも英雄になれるって、立派な人間になれるって証明できたら、他の人もスラムの人とかを見直すんじゃないかなって……それとさ、俺のギフトは動物とかと会話できるじゃん。だからさ、もしも、俺達と仲良くできるやつがいたら、そういうやつらの力にもなれるかなって……やっぱり差別されるのはつらいからさ……俺が物語に出てくるような英雄みたいに、すごい人になれば俺の言葉もみんな聞いてくれるかなって思って……」

「そっか……シオンは優しくてかっこいいね」

「ちょっとアス姉……なんか恥ずかしいんだけど……」

真面目な顔でそう言ったシオンがかっこよくて、可愛くて、私は思わず愛おしくなって彼の頭を撫でる。すると、少し抵抗した後にやがてあきらめたのか、素直に撫でられてくれる。

でも、そっか……シオンは本気で英雄になりたいんだ……軽い気持ちで聞いたけれど、思ったよりもシオンがすごいしっかり考えていて驚いた。

それと同時にそんな風に考えられる彼をすごいなと思った。彼は自分だけじゃなくて、他人の事も考えて英雄を目指しているのだ。

なんだろう、先ほどの事もあり、シオンがいつの間にか大人になっていて驚くと同時に、カッコいいなって思ってしまった。

私の夢はすべての病を治す万能薬を作るというものだ。だけど、それは冒険者をしながらでもできることだ。もしかしたら、私も彼の夢を叶える手伝いができるかもしれない。今まではケイローン先生に言われて仕方なくやっていたけれど、真剣に考えよう、そんなことを思っていた時だった。

「ゴブフゥ」

ハーブを手に入れることができて油断をしていたのか。それともシオンの話を聞いて考え事をしていたからか、あるいはその両方か、いつの間にか私たちはゴブリンに背後をとられていた。

振り向くとハーブを持つ私を見てゴブリンはニタァと笑った。

「シオン……気を付けて」

「うん、わかってる、大丈夫だよ、アス姉」

私は怖がっているであろうシオンに声をかける。だけど、彼から返ってきたのは思ったよりも冷静な声だった。むしろ私の方が震えているくらいだ。

でも、大丈夫、私だって一応武器の使い方は習っている。戦闘の基礎は教わった。ゴブリン一匹くらいならシオンと一緒ならいける。私は手に持つダガーを握りなおしてゴブリンを睨みつける。

「ゴァァァ」

こちらに向けて、睨み返すゴブリンに対して私は動くことができなかった。それは、ゴブリンの殺意を感じ取ってしまったからだ。私は今まであんなにも敵意に満ちた目で見られることはなかったのだ。

だけど、そこで私は気づく。あのゴブリンはシオンを睨んでいない。なぜだろう？　子供だからら？　いや、それなら私だって同じくらいだ。そういえば最初に行った所のハーブが荒らされていた。もしかしてこいつは……。

「シオン、逃げるよ!!」

私がハーブを投げると風で流されて飛んでいく。ゴブリンは私達には興味を失ったかのようにハーブを追いかけていく。

良かった……まだ治療に十分な量のハーブは持っている。だからシオンの手を握ってそのまま逃げようとしたけれど、なぜか彼は動かなかった。

「シオン⁉」

「ねえ、アス姉、ゴブリンってさ、普通は薬草とかハーブを採ったりするの？」

「あんまり聞いた事はないけど……」

「だったらもしかして……おい、お前もしかして仲間が怪我をしているのか？」

私の言葉に何か閃いたらしきシオンは、ゴブリンに話しかけに行く。嘘だよね……シオンはいったい何を考えているんだろう……そう言えば彼のギフトは『万物の翻訳者』だ。てっきり、動物とだけ会話をできるものだと思っていたら魔物とも会話ができるのだろうか？

でも……そんなことより、彼を守らなきゃ……そう思うと先ほどまでとは違い、不思議と私の体は動いた。私はダガーを構えていつでも動けるようにする。

「シオン……危ないよ……」

「大丈夫、アス姉はすごいんだ。だから安心してよ……ああ、アス姉、この子のお母さんがイノシシに襲われて、怪我をしちゃったんだってさ、何とか治せないかな？」

「シオンは何を……」

私の言葉にシオンはいつものように、まるで、私がオッケーをするのを前提であるかというように聞いてくる。だって、相手は人間じゃないよ、魔物なんだよ……。

そんな風に困惑している私の視線に気づいたのか、ゴブリンが頭を下げてきた。その様子で気づく。先ほどのは殺気なんかじゃなかったんだ。怪我をした家族を救おうとする、必死さだったのだ。

それはまるでシオンが病気になったときの私のようで……。

そして、シオンもこちらを見てお願い……とばかりに見つめてくる。ああ、もう、そんな風に見られたら断れないよ……。

「わかった……治療するよ……その代わりシオンはそのゴブリンには人を襲わないようにいっておくんだよ」

「ありがとう、アス姉!!」

そう言ってシオンが何かを言うと感極まったのかゴブリンとシオンが抱き合った。仲良くなりすぎじゃない？


「たくさん、もらっちゃったね、アス姉」

「そうだね……でも、今回みたいな事はしちゃだめだよ……魔物の中には恐ろしいやつだっているんだ。シオンは殺されてたかもしれないんだよ……」

あの後、ゴブリンに連れられて、彼らの巣に行った私は怪我をしていたゴブリンのお母さんを治療して山から戻ってきた。

嬉しそうに私の横を歩くシオンのその手には果物や錆(さ)びた剣など、お礼としてもらった彼らの宝物らしきものがぎっしりと入っている皮袋があった。しかも、彼はゴブリンと仲良くなったのか、今度山を案内してもらうらしい。なんというかすごいなと思う。

「そうだね、でもさ、今回のゴブリンはいいやつだったじゃん。アス姉にもすごい感謝してたよ」

「それはそうだけど……でも、シオンを油断させて襲おうとしているかもしれないんだよ……だから迂闊に気を許しちゃだめだよ……」

自分でもそう言いながら、あのゴブリン達は大丈夫だなと思う。だって、シオンいわく山を下りるまで護衛をするとか言っていたらしいし……。

「そうだね、でも、それって人間も同じだよね。スラム街の奴らだっていい奴も悪い奴もいたんだよ。だから、魔物ってだけで悪い奴ってきめたくないんだ。それでも、俺が騙されそうになったら、その時はアス姉が俺を守ってよってのはダメかな……」

私の言葉にシオンはちょっと聞きにくそうに言った。その顔はいつもの様に笑みをうかべているけれど、断られたらいやだなと、おねだりをするような様子でこちらを見つめている。

全くもう、ずるいよ、私は彼のその目に弱いのだ。

「仕方ないなぁ……その時は私が守ってあげるね」

「ありがとう、アス姉」

そういうと、彼は私の手を握って感謝を伝えてくる。その手は力強く、どうも先ほどのかっこいいシオンを思い出してしまい動揺してしまう。

「こういう時だけお願いするのずるい……」

私は胸が不思議とドキドキしているのを誤魔化すように、シオンからそっぽを向きながら答えた。なんだろう、シオンを見ていると変な気持ちになる。こんなことは今までなかったのに……ちらっとシオンを見ると彼は嬉しそうにもらった果物に口をつけている。

「アス姉もいる？」

私の視線に気づいたのか、シオンが果物を差し出してくる。しかも食べかけを……。

「いい……シオンのエッチ……」

「え、なんで？　いつもはアス姉がくれるじゃん？　え？　なんで？」

私は慌てた様子で理由を聞いてくるシオンを無視して、逃げるようにエイダさんの店の中に入っていった。なんだろう、今までは気にならなかったのに、意識してしまう……だって、あれは間接キスだ……そう思うと余計顔が赤くなる。

「エイダさん……帰ってきたよ……ちゃんとハーブをとって……」

「おかえりなさい、アス、シオン……無事帰ってきて何よりです。それはさておき私との約束を覚えていますか？」

「ケイローン先生？」

「うわぁ、ケイローン先生なんでここに……」

私達を出迎えたのはエイダさんではなく、ケイローン先生だった。彼は優しそうな笑みを浮かべているが、騙されてはいけない。目が一切笑っていないのだ。これは相当怒っている。

「はい、あなたがたの親代わりのケイローンですよ。で？　私との約束は覚えていますか？　子供達で山へは行かないと約束をしましたよね？」

「シオン……先生怒ってる……」

「わかってる、これはおしおきモードだ。どうしよう……」

「大丈夫……シオンは私が守る」

私達は小声で話し合う。どうせ山に行ったことは知られているのだ。嘘は意味ないだろう。だったら素直に答えた方がいいはず……でも、どう返事をするのが正解なんだろうか？　ケイローン先生は笑顔を浮かべながら私達の言葉を待っているようだ。正直何を考えているかわからないぶんゴブリンより怖い。

「あの……エイダさんの旦那さんが心配で……」

「俺が冒険をしたいって言ったんだ。アス姉は悪くないんだよ。だから怒るなら俺だけを……」

「違う……シオンは嫌がっていたのに私が無理やり……」

私が全部の責任を負おうとすると、すかさずシオンが口を挟んできた。だめだよ、それじゃあ、シオンまで怒られちゃう……私達が言い訳をしているとケイローン先生はそのまま優しく抱きしめてくれた。

「アス、あなたが病で苦しんでいる人を放っておけないのは知っています、シオンも、アスのためだったらなんでもやる優しい子だというのは知っています。ですが、私にとっても二人は大事な存在なんです、山に入ったのを見た人がいると聞いて心配したんですよ」

「「先生……」」

私とシオンは心優しい言葉に泣きそうになる、ああ、本当に心配してくれたんだ、悪い事をしてしまったなと罪悪感に苛まれた時だった。より、力強く抱きしめられる。まるで逃がさないとばかりに……。

「それはそれとしておしおきはしなければいけませんね」

「「え？」」

その後の事は思い出したくない。一生もののトラウマである。

その後の話はと言うと、エイダさんの旦那さんは無事に元気になって、お店に遊びに行くと時々パンをおごってくれるようになり、新製品を作るときは私も手伝う事になった。魔物料理って結構美味しいという事を発見したきっかけである。

そして、シオンはゴブリンと仲良くなって、イアソンを驚かせてたりもした。私とシオンはというと……エイダさんにシオンを見るとなんか胸がどきどきするっていう事を言ったら、彼女は微笑ましいものをみるように「アスクレピオスちゃんは恋をしたんだね」と言われた。

ああそうだ。私はシオンに恋をしたのだろう。エイダさんの言葉は恐ろしいくらいしっくりきた。そして、私の初恋はこの時に始まり今でも続いている。


昔の事を思い出しながらシオンの寝顔を眺めていると、目をこすりながら彼が目を開けた。どうやら起きたようだ。

「あれ？　アス……？」

「おはよう、シオン、よく寝れた？」

「うん、昔の夢を見てたんだ。アスとイアソンと一緒に冒険してた時の夢をさ」

「ふーん、私と一緒だね……」

そう言いながら私はシオンのベッドに入ったまま抱き着く。昔よりももっと立派になった彼の胸板は何とも心地よい。

「え、ちょっとアス？　冷静になったら疑問なんだけど、なんで俺のベッドに入ってるの？　アスの部屋にもベッドはあるよね？」

「今日は何にも予定ないよね……？　久々に一緒にお昼寝をしよう」

「え、いや、ないけどさぁ……でも、年頃の男女が一緒の布団にはいるのは……あれ、幼馴染だからいいのか？　いやまずいでしょ、アス起きてー!!」

そして、何やらぶつぶつと言っている彼を微笑ましく思いながら私は眠りにつくのだった。

あとがき

お久しぶりです。高野ケイです。二巻を手に取ってくれてありがとうございます。

二巻では一巻の最後に登場したヒロインが、メインの話になります。幼馴染ヒロインです。個人的に幼馴染ヒロインって無茶苦茶好きなんですよね。昔から自分を知っている家族のような存在が、ひょんなことで異性と認識するとかよくないですか?

まあ、それはさておき、今回は街の外での話になります。シオン達の冒険をお楽しみください。あとがきから読む方もいると思うので本編の内容には触れないでおこうと思います。

作者近況というわけではないのですが、一巻を発売するにあたり色々な経験をさせていただきました。サイン本を書かせていただいたり、サイン色紙を書かせていただいたり……字が汚いので、結構はずかしかったです。

また、近所の本屋や秋葉原の本屋に友人と一緒に行って、自分の本がならんでいるのを見つけて、にやにやしたりなど貴重な体験をさせていただきました。

他にも、自分の作品を購入してくださった人が、ツイッターなどで購入報告をしてくださるのを見ると、「ああ、本当に出版されたんだなぁ」と、とても嬉しい気持ちになったのを覚えています。

本編を読み終わって三巻も読みたいな、この作品面白いなって思ったら通販サイトのレビューや、ツイッターなどに感想をつぶやいてくださると嬉しいです。読者様の声が作者のモチベーションや続刊につながります。

最後になりましたが謝辞を。

素晴らしいイラストを描いてくださったイラストレーターの熊野だいごろう様、今回のヒロインも、私が頭の中で思い描いていたキャラよりも、可愛らしく書いていただきありがとうございます。

また、担当編集の芦澤様、本作を読んでくださった読者様、皆様のおかげで一冊の本になることができました。

それでは、ぜひまたお会いできることを祈って。

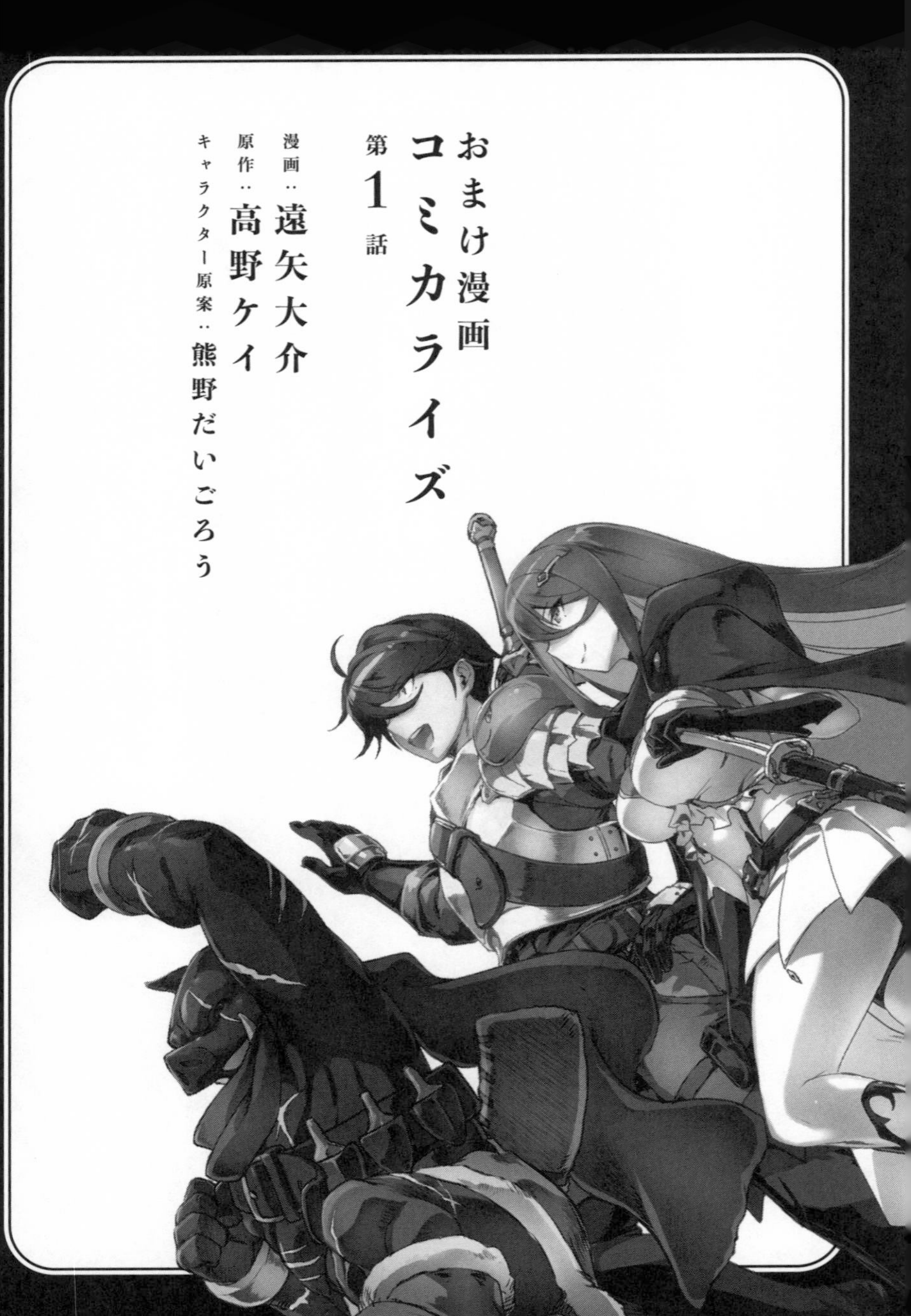
おまけ漫画
コミカライズ
第1話
漫画：遠矢大介
原作：高野ケイ
キャラクター原案：熊野だいごろう

その昔…

本来敵同士である
はずの魔物たちとも
手を携え

数多の災厄に
立ち向かった
伝説の冒険団（パーティー）
がいた

その名は
『レギオン』

そのリーダー
『万物の翻訳者』
シオン

これは

彼と仲間たちの
物語である

シオン
悪いなぁ…
お前をパーティーから
追放させてもらうぞ
なんでだよ…
ぐぐ…
一緒にA級冒険者
を目指そうって
約束したじゃないか
お前だって
わかっているだろうが!!
ビシッ
このままのお前じゃ
ダメなんだよ!!
英雄である俺の
仲間はもっと
強くないと
いけないいんだよ!!
『金羊毛団(アルゴーノーツ)』リーダー
イアソン

そんなことは
わかっている
俺だって幼馴染の
お前たちに付いて行ける
ように色々がんばって…
だから――
お前の『ギフト』は
戦闘向きじゃない
もっとやり方を
考えろよ!!
だが剣術 魔術 法術
どれを取っても
中途半端だろうが
イアソン様
ここからは私が
説明しましょう
シオン はっきり
言いましょう
あなたの力では
もう私たちの
足手まといなんです
『金羊毛団(アルゴーノーツ)』メンバー
〝大魔導士〟メディア
この前のクエストでも
あなたはトロル相手に
ろくに打撃を与えて
いませんでしたよね
それは…確かに
そうかもしれない
けど囮の役割は
ちゃんと果たして
いたじゃないか!

トロルだけでなく
これまでの戦いのことも
言っているのだろう
ハハッ
ああ 確かに
俺には決定打
と言えるような
スキルがない
鍛錬を怠っていた
わけではない――
しかし
剣技はイアソン
には及ばず
メディアのように
上級魔法は使えず
ここには居ないが
アスほどの回復法術
が使えるわけでもない
俺の『ギフト』では
成長に限界がある
ということだろう
私たちはこれから
A級パーティー
を目指します
そしてイアソン様を
英雄にするのです
あなたのギフト
『万物の翻訳者』では
今後の戦いにはもう
ついてこれないんですよ…

ついてこれない
…か
そうか
もう
決めたんだな
このこと アスも
知ってるんだよな？
あ 当たり前だ！
なあ メディア
もちろんです
もちろんです
私たち全員の
意見ですよ
シオン
今までありがとう
ございました
コツン
コツン
コツン

そうだ…
ギギギ
イアソン お前は調子に乗り過ぎるなよな…
メディア どうかこいつを支えてやってほしい
当然です
私はイアソン様の杖ですから
キャキッ
お前にそんなこと言われなくてもわかってんだよ！
負け犬はさっさと去れ！
はっ
ドンッ
おい！アイテムと金は置いていけよ！
わかってるあとでギルドに届けるよ

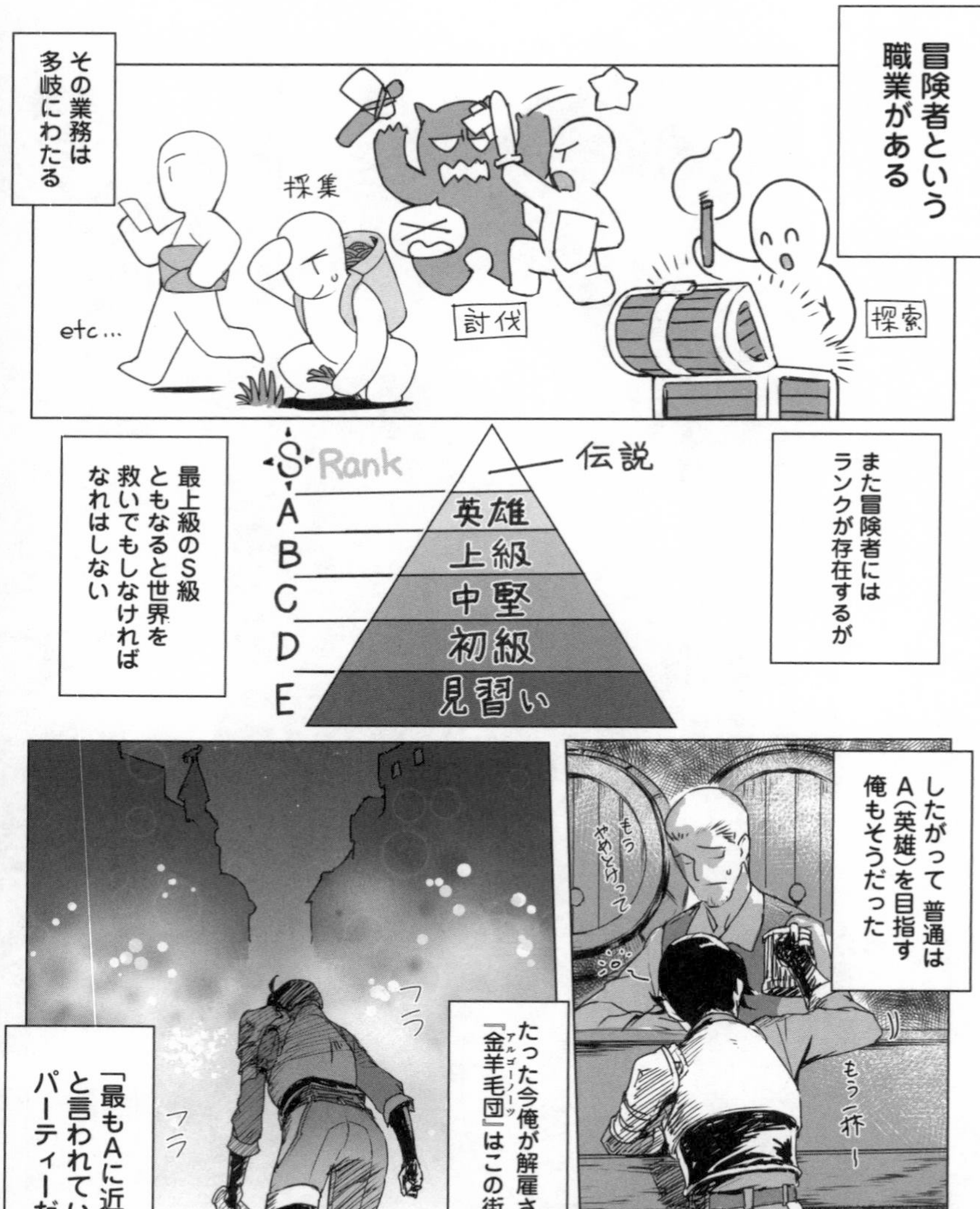
冒険者という
職業がある
その業務は
多岐にわたる
探索
討伐
採集
etc…
また冒険者には
ランクが存在するが
S Rank
伝説
A
英雄
B
上級
C
中堅
D
初級
E
見習い
最上級のS級
ともなると世界を
救いでもしなければ
なれはしない
したがって 普通は
A（英雄）を目指す
俺もそうだった
もう
やめとけって
もう一杯～
たった今俺が解雇された
『金羊毛団（アルゴーノーツ）』はこの街で
フラ
フラ
「最もAに近いB級」
と言われている
パーティーだ

幼馴染であるイアソン
アスとともに田舎を飛び出し
いくぜー
始めは小鬼程度でも苦戦したり
ギャギャッ

暴走しがちなイアソンをフォローしたり

うるせえな…

うん うん

なんとかやっていくうちにメディアをパーティーに迎え順調にキャリアを積んできた

しかし 最近俺の成長が頭打ちになってきていた…

原因は俺の持つ『ギフト』のせいだ

『ギフト』
突如目覚める才能

これに目覚めた人間は大抵そのギフトに沿った人生を歩む
冒険者でなければ俺の人生も変わっていたんだろうか

俺のギフトも戦闘向きならよかったのかな……

でも俺は――
やるぞ!

冒険者ギルド

ガチャ
おい アレ見ろよ
ガヤ
ワイ
ワイ
おお ありゃ 元・金羊毛団(アルゴーノーツ)のシオン様だぜ
ガヤ
ゲラゲラ
ガヤ
とうとう追放されたってなぁ
最上級ギフト持ちの集団って中で『翻訳者』ってなぁ
ゲラ
ガヤー
お情けでパーティーにいたのがとうとうバレちまったなあ!
…
ガヤ
ちげぇねぇ
ギャーハッハッ

皆さん! 冒険者同士のケンカは駄目ですよ!!
ゾロ…
ハイ 解散!
ゾロ…

シオンさん
いらしてたんですね
冒険者ギルド職員
アンジェリーナ
お話は伺ってます
奥で話しましょうか
金羊毛団（アルゴーノーツ）の資金とアイテムです
スッ
はい 確かにお預かりしますね

シオンさんの貢献度を考えたら何も返却させなくても…
プンスカ
いっそ紛失扱いで…

悔しいけど戦闘に関してはあいつの言うとおりなんです…
ソロじゃDがいいところでしょうし…
そんなことはありません！

私の見立てではソロでもCは確実ですし
ご希望とあれば金羊毛団(アルゴーノーツ)と同じBランクのパーティーを紹介できますよ!
がしっ
あありがとうございます
ででもまずはソロで…
サッ
そそうでしたかごめんなさい
自分の実力を見つめ直したいです
シオンさん…
アンジェさんの言葉で勇気が出ました
でしたら丁度お願いしたいクエストが…
ぐっ

付近の洞窟にオークが大発生しているらしく
何匹か退治していただけますか？
いつものように耳を持ってきてくだされば賞金と交換しますので
ズッ

また「例の方法」で洞窟内部の調査もしていただけると嬉しいです
こく
こちらは別途追加報酬をお支払いしますから――

あとシオンさん何度も言いますが
すっ
あなたがパーティーそしてギルドのためどれだけがんばっていたかを知ってます

今はつらくても絶対いいことがおきますよ
ぎゅ
ドキ
今まで何人も冒険者を見てきた私が保証します

ああありがとうございます…
じゃじゃあ今度俺と食事に…なんちゃって
あせっ
何言ってんだ俺――――!
……
ふたつ条件があります
ひとつは無事に帰ってくること
もうひとつは――
美味しいお店に私を案内すること
ですね
イヤッホ――――!!

ダンジョン行
馬車乗り場

元気いいなオマエ
何かいいコトでも
あったのカ
ヒヒン
オレはもっと
青草が食イタイ
ブモ
ま まあな
んなコトより
ニンジンくれ
わかったよ

これが俺のギフト
『翻訳者』の力だ
やめぃー

人間以外の動物
果ては魔物とも
意思疎通ができる
これが『剣聖』とか
もっと戦闘向きな
ギフトなら…
イアソンたちに
追放なんて
されることも
なかったのだろう

邪魔するよ
——っと

ギシッ

ゲラゲラ

ゲラゲラ

あの娘は
ソロっぽいけど

オイ！姉ちゃん
一人なのかよ

へっへっへ

俺らとどうよ？
分前もちゃんと
出すぜェ

わきわき

その代わり
夜もだがな！

ガハハ

そいつは
いいな！

ギャハハハハ

フゥ
ごめんなさい自分より弱い人と組む気はないの
小鬼(ゴブリン)のほうがまだ上手に女の子を誘うわよ
なんだとてめえ!!
え?
フッ
まずい!

ヒィッ
まだ続ける？
これ以上はそのクサい息が二度と吐けなくなるけど
じょ冗談だよ
冗談…
今の動き…イアソンより早かったぞ
ゴクリ…
他の冒険者に祝福されるわよ
他の冒険者に襲われるわよ
あなた…
はあ…肝に銘じておきます
？何言ってんだこの人…
!!

ブリッ
ブリッ
さっ
あなたまさか…いえ なんでもないわ
さっきのあれはなんだったんだ？
あ はあ
チラッ

気を取り直して行くとするか
ザッ

おーい 俺だ シオンだ
おー久々だねエ
でろー
今日はひとりかい？

ナルホド
そんなことが
薬草は人間が
育てたモノに
限るねぇ
君もどう？
エンリョ
しとくわ
ああ それで今は
ソロでの試験中
ってとこだな
ふーん シオンは
これからずっと
ソロでやるの？
ずっとって
ことはないが
どうして？
はぐれスライム
ライム
モッギュ
よければ僕を
連れて行って
ほしいんだ
ぽよんっ
ライム…
あのウザい金髪や
辛気臭いローブ女は
もういないんでしょ？
ぷるんっ
君と一緒に
冒険したいんだ
じわ…
お前…
そしていつか
ピンチのお姫様を
助けて…ムフフ
でへへ…
ニチャア…
お前ェ…
ライムが仲間になった！

で僕たちは何をすればいいんだい？
ぴょいんっ
近頃オークが大発生してるからその調査だな
何か知らないいか？
……
そういえば最近オークの族長が代替りしたんだって
噂によると新しい族長は人間に恨みを持ってるらしいんだ
いつもは巣から出ないような奴も洞窟をうろついてたりするから
シオンも気を付けてね
族長が変わって群れの動きも変化したってことか
そうなると調査も気を引き締めてかからないとな
ありがとう気を付けるよ
バサ
バサ

小鬼が三匹か
大した魔物じゃないが
放置も後々面倒そうだ
ギッ
ボリ
ボリ
ギリ
小鬼（ゴブリン）
ランク　D
ライム　あいつらを狩るけど　いいか？
もちろん
スッ
あいつらってば僕を見るとすぐ襲ってくるから嫌いなんだよ
風よ!!
せいっ
スッ

ゴラッ
ドサッ
ライム こっちは片付いたぞ――
うわあ…
フフフ やるねぇ シオン君
グミギ
ブク
ブク
また腕を上げたんじゃないか？
ちょん
ゴポッ
お前もな…って今日が最初だろ！
…シオン
ああさっき話したとおりに頼むよ
ザッ
ザッ
ビィイイイイイン

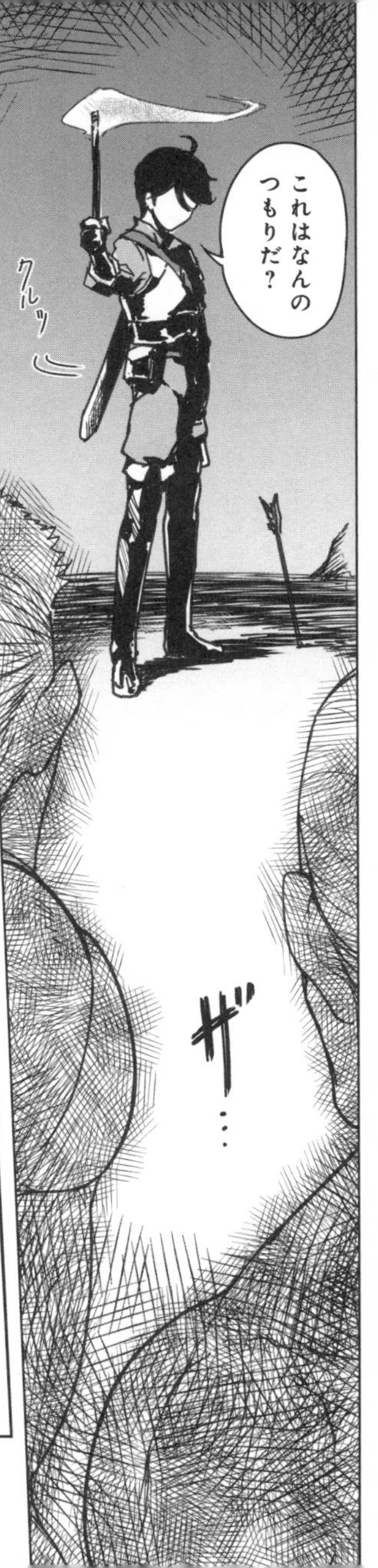
これはなんのつもりだ？
クルッ
ザ…

へぇ随分と落ち着いてるじゃねぇか
へへへ
ゾロ
ゾロ
ゾロ
あれは…馬車にいた連中か
腐っても元はB級冒険団員様ってか！

あんたたちに恨まれる覚えがないんだが
それに酒場で絡んできた奴もいるな…

ゲラ
ゲラ
うるせぇ！お前んとこの団長が散々バカにしてただろうが！
ゲラ
ソロになったお前で腹いせしてやろうってんだよ

そういうことか
あいつは誤解されやすいからな
追放されてすぐにあいつの名前を聞くことになるとは…
恨んでる本人でなくソロでいたぶりやすい俺を狙うとか
そんなだからCランクどまりなんだよな
とは言え8人と真正面から戦うのは面倒だ
でもいいのか？
冒険者同士の争いはギルドが禁止しているはずだが？
トントン
ニヤ
ニヤ
ケッ
そんなもん
ここでくたばれば報告もないだろ？
チャキッ
そういうことなら遠慮はいらないな
ゴッ
ザッ

ひっ
しーーん
ななんだよ
ビビらせやがって
『翻訳者』なんて
ヘボギフトで何が
できるってんだ
じゃあ見せてやる
『翻訳者』の戦い方
ってやつをさ
どうせハッタリだ
やるぞテメエら！
ドドドドドドド
何だ
お待たせ!!
オークたちを
連れてきたよ!!
ヒーロー
登場!!
うまく誘導
できたようだな
大変だ オークの
集団だぁ!!

人間がいるぞ！
殺せ!! 族長が
喜ぶぞ
ニンゲン コロス
オーク
ランク　C
おおいシオン
ここは手を
組まないか？
ああ さすがに
死にたくはない
まったく
面の皮の厚い
奴らだな
構えろ！
チャッ
数は15…
こいつらが
真面目に戦えば
なんとかなるだろ
とは言え
これで死なれると
後味が悪いし

サポートしつつ
適当なところで
逃げよう
おい おっさん
気を抜くな！
カーンッ
お、おう
この群れの
リーダーは
後ろのあいつだ
手強そうな奴は
遠距離攻撃で
攻めろ!!
ワアアアア
おおう…
そろそろ潮時かな…
キィ
キィ
なんだ⁉
ライム コウモリたちが
騒いでる！
ヤバい奴が
来るって
わかるか？
もしかしたら…

戦いの匂いだ！
うわぁ…
げぇ…
あいつかぁ
俺も混ぜろぉぉぉ!!
ズザー
一番強い奴は誰だ!!
俺と勝負しろ!!
ドーン

せっかくの
宣言だけど
グギャッ
普通の人間には
お前の言葉は
通じないんだよ
ドス
ドス
ギャーギャー
うるせえな
チビが！
……え？
ブシュ
ザ
C級冒険者が
瞬殺だと⁉
まさか
ギフト持ち
なのか⁉
ドサッ
ニィ

ダッ
動きでわかるぞ！
ライム!!
一番強いのはお前だなぁぁぁ!!
わかってるよ!!
ガ
俺の攻撃を受け止めた!?
やるなお前!!
バッ

おっと
ピョイッ
それにスライムを従えてるのか!!
ペロ…
面白いぞ貴様!
こいつ…
ギンッ
ギンッ
ギンッ
下手したらイアソンよりも…!?
左に逃げて!!
右に逃げて!!
オオオオオォォ

はっ
やっぱり…
あなたには『予言』が正しく聞こえているのね

ズザーッ
大丈夫かしら
私の救世主
ああありがとう
……って救世主？

イラスト／熊野だいごろう

TOブックス

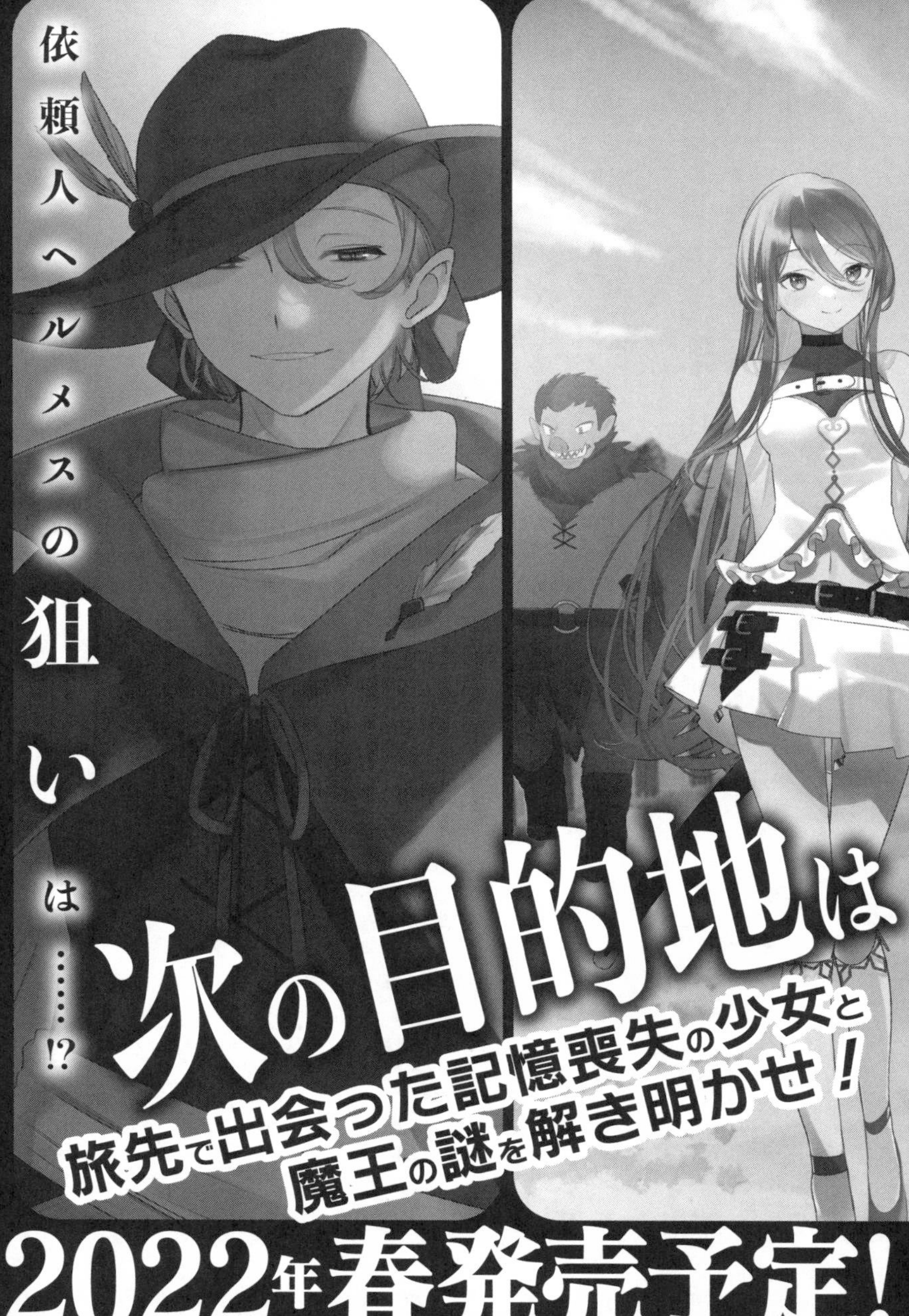
依頼人ヘルメスの狙いは……!?
次の目的地は
旅先で出会った記憶喪失の少女と
魔王の謎を解き明かせ！
2022年春発売予定!

次期ツェントである
わたくしの
婚約者だなんて
恥ずかしいでは
ありませんか

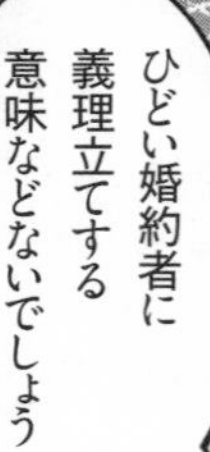

ひどい婚約者に
義理立てする
意味などないでしょう

ルディナンドの危機!

貴族院四年生の始まりも束の間――
第五部後半へ、急展開!

詳しくは「本好きの下剋上」公式HPへ! http://www.tobooks.jp/booklove

フェ
……誰でもいいから、早くフェルディナンド様を助けて！
2021年
12月10日
発売予定！
本好きの
下剋上
司書になるためには
手段を選んでいられません
第五部 女神の化身 Ⅶ
香月美夜
miya kazuki
イラスト：椎名 優
you shiina

[著]イスラーフィール
[絵]碧風羽
みどりふう
最新第十二巻
2021年12月20日
発売予定!

いざ
九州征伐へ
行かん!!
朽木基綱
くつきもとつな
ドラマCD
同時発売!
淡海乃海
水面が揺れる時
三英傑に
嫌われた不運な男、
朽木基綱の
逆襲

追放された俺が外れギフト『翻訳』で最強パーティー無双！2
～魔物や魔族と話せる能力を駆使して成り上がる～

2021年12月1日　第1刷発行

著　者　**高野ケイ**

編集協力　**株式会社MARCOT**

発行者　**本田武市**

発行所　**TOブックス**
〒150-0002
東京都渋谷区渋谷三丁目1番1号　PMO渋谷Ⅱ　11階
TEL 0120-933-772（営業フリーダイヤル）
FAX 050-3156-0508

印刷・製本　**中央精版印刷株式会社**

ISBN978-4-86699-367-6